国家普及类古籍整理图书专项资助项目

中国古代文史经典读本

韩愈诗文 选评

孙昌武 撰

上海古籍出版社

图书在版编目(CIP)数据

韩愈诗文选评／孙昌武撰. —上海：上海古籍出版社，2017.7
（中国古代文史经典读本）
ISBN 978-7-5325-8495-6

Ⅰ.①韩… Ⅱ.①孙… Ⅲ.①韩愈(768-824)—诗词研究②韩愈(768-824)—古典散文—古典文学研究 Ⅳ.①I206.2

中国版本图书馆 CIP 数据核字(2017)第 144445 号

中国古代文史经典读本
韩愈诗文选评
孙昌武　撰

上海世纪出版股份有限公司
上海古籍出版社 出版
（上海瑞金二路 272 号　邮政编码 200020）
（1）网址：www.guji.com.cn
（2）E-mail：guji1@guji.com.cn
（3）易文网网址：www.ewen.co
上海世纪出版股份有限公司发行中心发行经销
常熟新骅印刷有限公司印刷

开本 787×1092　1/32　印张 11.375　插页 2　字数 151,000
2017 年 7 月第 1 版　2017 年 7 月第 1 次印刷
印数：1—3,100
ISBN 978-7-5325-8495-6

Ⅰ·3178　定价：28.00 元
如有质量问题，读者可向工厂调换

出 版 说 明

　　上海古籍出版社成立六十多年来形成了出版普及读物的优良传统。二十世纪,本社及其前身中华书局上海编辑所策划、历时三十余年陆续出版的《中国古典文学作品选读》与《中国古典文学基本知识》两套丛书各八十种,在当时曾影响深远。不少品种印数达数十万甚至逾百万。不仅今天五六十岁的古典文学研究者回忆起他们的初学历程,会深情地称之为"温馨的乳汁";而且更多的其他行业的人们在涵养气度上,也得其熏陶。然而,人文科学的知识在发展更新,而一个时代又有一个时代的符号系统与表达、接受习惯,因此二十一世纪初,我社又为读者奉献了一套"新世纪文史哲经典读本",是为先前两套丛书在新世纪的继承与更新。

"新世纪文史哲经典读本"凝结了普及读物出版多方面的经验：名家撰作、深入浅出、知识性与可读性并重固然是其基本特点；而文化传统与现代特色的结合，更是她新的关注点。吸纳学界半个世纪以来新的研究成果，从中获得适应新时代读者欣赏习惯的浅切化与社会化的表达；反俗为雅，于易读易懂之中透现出一种高雅的情韵，是其标格所在。

"新世纪文史哲经典读本"在结构形式上又集前述两套丛书之长，或将作者与作品（或原著介绍与选篇解析）乳水交融地结合为一体，或按现在的知识框架与阅读习惯进行章节分类，也有的循原书结构撷取相应内容并作诠解，从而使全局与局部相映相辉，高屋建瓴与积沙成塔相互统一。

"新世纪文史哲经典读本"更是前述两套丛书的拓展与简约。其范围涵盖文学经典、历史经典与哲学经典，希望用最省净的篇幅，抉示中华文化的本质精神。

该套丛书问世以来，已在读者中享有良好的口碑。为了延伸其影响，本社于2011年特在其中选取十五种，请相关作者作了修订或增补,重新排版装帧,名之为"中国古代文史经典读本",以飨读者。出版之后,广受读者的好评,并于2015年被评为"首届向全国推荐中华优秀传统文化普及图书"。受此鼓舞,本社续从其中选取若干种予以改版推出,并得到国家有关部门的支持,多种获得2016年普及类古籍整理图书专项资助。希望改版后的这套书能继续为广大读者喜欢,为弘扬中华优秀传统文化作出贡献。

上海古籍出版社

2017 年 6 月

目　　录

导　言

　　谈到中国古代文学的成就，有一句口头禅："韩柳文章李杜诗。"其中提到的韩愈、柳宗元和李白、杜甫，都是唐代具有代表性的伟大作家，而唐代又正是中国古代文学发展十分灿烂辉煌的时期之一。这四位作家创造了唐代文学的巅峰，其作品更流传千古，饮誉世界，已成为世界古典文学中的瑰宝，中华民族珍贵的精神遗产。正如那句口头禅表明的，其第一位韩愈以"文章"著称。他首先是中国历史上第一流的散文家，是成就卓著、影响深远的唐代"古文运动"的领袖。而他又诗、文兼擅，长于辞赋，创作成就不仅仅限于散文。其一生业绩更不只表现在文学领域，他又是历史上有贡献、有影响的思想家和政治活动家。

　　韩愈(768—824)，字退之。韩氏郡望是昌黎，因称
"韩昌黎"；他曾担任吏部侍郎，称"韩吏部"；死后谥曰
"文"，称"韩文公"。他留有文集，称《昌黎先生集》或
《韩文公集》，正集四十五卷，外集十卷，另有一些后人
辑录的佚文，有些真伪尚待考辨；又外集中包括《顺宗
实录》，是史学著作；另存一部题署他与李翱合著的《论
语笔解》，真伪尚多异议。

　　对韩愈的评价，宋代的苏轼在《韩文公庙碑》里留
下了四句著名的话，即所谓：

　　　　文起八代之衰，道济天下之溺，忠犯人主之怒，
　　而勇夺三军之帅。(《经进东坡文集事略》卷五五)

这后两句是对韩愈品格的赞誉，暂且不论。前两句一则
表扬他的文学成就，再则赞扬他振兴儒道之功，大体概
括了韩愈一生的主要业绩。不过对于苏轼在这两方面
所做出的评价，后人有许多不同看法。比如关于"文"，
"八代"(有不同解释，一般以汉、魏、晋、宋、齐、梁、陈、
隋为八代)的成果是否可以用一个"衰"字来概括？韩
愈对它们是不是完全否定？就很值得讨论。又关于

"道"，韩愈是提倡"儒学复古"的，但他所倡导的"儒道"是否纯正？他是否真的复兴了先秦、两汉的"儒道"？人们同样多有疑问。这些争议本书下面将涉及到并具体论及。但苏轼那两句话、十二个字，确实言简意赅地道出了韩愈在"文"和"道"两方面的成绩，肯定他转变一代思想、文学风气的巨大影响和历史地位，因此也就被后代广泛传诵。

众所周知，唐代是中国历史发展中的一个鼎盛时期。在一般印象里，大唐帝国国势强盛，经济繁荣，声威远播四海，思想开放而活跃，文学艺术领域更是大家辈出，名作如林。但实际上唐王朝真正保持统一、安定局面主要是在开国后的一百几十年间，即从立国的七世纪初到八世纪中叶唐玄宗在位前期。从天宝十四载（755）爆发"安史之乱"，整个国家就急剧地走向下坡路。经过九年惨淡经营，大乱甫告平定，朝廷面对的是觎觊不安的强藩和边疆少数民族的侵逼，内部则政出多门，阉宦弄权，朝官政争。肃、代、德宗几代皇帝都不求、实际也难以振作，结果是动乱连年，经济衰弊，矛盾丛生,国是日非。在这种危机四伏的形势下,思想文化领域又弥漫着颓败、消极的风气。其集中表现就是佛、道横流。包括韩愈等人,一些具有用世之志又信守儒家传统的士大夫,深感形势衰颓、危机四伏的局面不可久恃,力图重新振兴儒学传统、发扬儒家经世济民精神和伦理道德,以为挽救社会危机的主要甚或是唯一的途径。这就是出现所谓"儒学复古运动"的背景。当然"运动"一词是现代人的概念;把提倡"儒学复古"的人们视为一个政治或学术"派别",称韩愈(和柳宗元)为这一派的"领袖"等等,也是一种现代意义的提法。但韩愈确实适逢其机,顺应潮流,为振兴儒学尽心竭力,并取得了重大成果,造成了广泛影响,从而也确立起他在思想史、学术史上的重要地位。

从中国历史发展实际看,外来的佛教和本土的道教作为传播久远而广泛的两大宗教,对文化发展都做出了不可磨灭的贡献,不可笼统地全面否定。就是历代批驳、反对佛、道的人往往也受其影响,更是不争的事实。而从另一个角度看,士大夫间提倡儒学,反对佛、道的努力自晋、宋以来迄未间断。到隋、唐时期,则有"大儒"文中子王通、史学家刘知幾等人,也都在这方面做出相当的努力。唐王朝开国伊始即兴办国学,敦崇先儒,修撰《五经正义》,如此等等的措施,也都是在自觉地以振兴儒学来维护思想意识领域的统一,这也成为唐王朝的国策。从这个角度看,韩愈辟佛、道,崇儒术,已鲜有创新的意味。何况他的主张显然又有偏激和肤浅的一面。但如果放在具体环境中来考察,韩愈斗争的意义和成就则不可低估了。他不仅在态度上表现出鲜有伦比的热忱和坚定,他的斗争更有主、客观两个方面是前人和同时代人难以企及的。就客观条件而言,他所处的中唐时期,正是佛、道二教在朝廷支持下大肆泛滥、思想领域十分混乱的时期,这就使得振兴儒道的努力显得特别紧迫和切实,从而也就突显出韩愈的特殊的目的性和战斗性。就主观方面而言,韩愈是在新的思想文化环境中提倡儒道的。如陈寅恪先生指出,他大力辟佛,却又"沟通儒释心性"学说,"尽量谈心说性,兼能济世安民,虽相反而实相成,天竺为体,华夏为用,退之于此以奠定后来宋代新儒学之基础"(陈寅恪《论韩愈》,《金明馆丛稿初编》第 288 页)。就是说,韩愈是在广泛总结、汲取各家各派包括佛教特别是禅宗心性学说的理论成果的基础上,赋予所提倡的儒家圣人之道以新鲜的理论和现实内容,他从而成为思想文化发展中承前启后的关键人物。在中国思想史上以"天人之际"为核心的"汉学"向以"性理"为核心的"宋学"的演变过程中,他起到了先行和开拓作用。加之他具有苏轼所称赞的"忠犯人主之怒,而勇夺三军之帅"的品格和勇气,表现出古代优秀士大夫引以自豪的大无畏精神和不屈不挠的意志,一生中永不衰歇地为张扬儒道、辟除佛老而奋斗,从而在文化史上成为反佛兴儒的旗帜和榜样。

而韩愈更以其文学成就传颂古今。在一般民众中,他的文名更高于思想家的名声。他的"儒学复古"与"文体复古"互为表里,两个方面有着密切关联。

就"文"而言,苏轼所说的"文",指的是"古文"。这是以三代、秦、汉文章为楷模、不同于魏晋以来流行的骈体文的散体单行之文。苏轼所谓"起衰",即是指韩愈以这种"古文"全面革正了魏晋以来严重败坏了的文体、文风、文学语言、文章表现手段等等。提倡和写作这种"古文"，同样不自韩愈始。但他在这方面确实做出了总结性的成绩和贡献。概括起来，成绩和贡献大体可归纳为两个大的方面：一是他大力倡导散体"古文"、批判浮靡雕琢的骈体，推进和完成了自南北朝后期即已开始的革正文体、文风和文学语言的"运动"。完成这一业绩，当然也不是他一个人的劳绩。但他理论系统而明晰，本人又进行了成功的实践，写作出一大批内容充实、表达优美的各体作品，为文坛树立了新文体、新文风的楷模；他又以"师道"自任，大力鼓动、援引同道和后学，使得新"古文"在声势上席卷文坛。这样，经过他和他的同道几十年间的努力，从根本上改变了文坛风气和创作面貌。自此以后直到"五四运动"白话文取代文言文，这种散体"古文"一直是文坛的主导文体。因而韩愈当之无愧地被看成是"古文运动"的领袖、写作"古文"的典范。再一方面，古代的"文"、"古文"等等，在概念上并不完全等同于今人所说的文学散文。例如论政、论学等议论文章以及各种表奏、书信等应用文字，就不能全部归类为散文。但是从文学历史实际出发，对于古代的"文"或"古文"与散文的区分、界限又确实难以划得很清楚。就文学历史的实际说，越是向上追溯，散文的范围就越是宽泛。例如先秦诸子著作本是学术论著，《左》、《国》、《史》、《汉》则是历史著作，但在文学史上都被当作散文经典。当然同样被看作散文的作品，文学性和文学价值的高下、精窳却大不相同。而时代越是推后，文学散文和非文学作品的区分就更为明显和严格。韩愈正处在散文发展史上的一个关键时期。他的著名文章如《原道》、《争臣论》本是学术或政论文字，他的大量书序、墓志等本是应用文字，但它们都被看作是散文史上的名篇。这不只是出于因袭传统的分类，更因为它们除了学术的、应用的等等方面的价值而外，确实更体现出高超的语言艺术和表达技巧，具有高度的艺术和审美价值。日本著名中国学家吉川幸次郎曾说过："重视非虚构素材和特别重视语言表现技巧可以说是中国文学史的两大特长。"（《中国文学史之我见》，《我的留学记》第 168 页）韩愈的大部分文章正典型地体现了这两方面的特长。从中国古代散文历史的长期演变看，有两个关键时期或者说是两个里程碑。一个是魏晋，当时"四部"分、文集立，"文学的自觉"观念形成，"文"被从"经"、"史"、"子"学术之"文"、文化之"文"区别开来；再一个就是唐代以韩、柳为代表的"古文"。韩愈等人倡导文体"复古"，本是以先秦、盛汉散体单行、质朴无华的文章为楷模。但这新一代"古文"家并没有回归到先秦、盛汉的文章之"文"、文化之"文"的老路上去。特别是韩、柳，明确地寓创新于"复古"，以"复古"行创新，创作出语言和表达极其精美、具有高度艺术和审美价值的文字，从而把古典散文的发展推进到一个新阶段。如果按前面引述的吉川幸次郎的观点，韩愈的文章基本都是"非虚构"的，但它们的立意、结构、表现手段、语言运用等方面，却显示出高度的艺术性。这样，韩愈不仅作为优秀的文章家革正了文体、文风和文学语言，更作为文学家创作出具有高度艺术性的新一代文学散文；韩愈及其同道不仅以明晰的理论和卓越的实践确立起"古文"发展的新方向,更创造出古典散文的新高峰。他和他的同道创造的这一传统被宋代欧阳修、苏轼等人所继承和发扬,直到晚清,一直被当作写作文章和创作散文的典范和标尺。由于韩愈在以上两个方面的劳绩,他确实当得"起衰"功臣的称号。

值得注意的还有一点,对于韩愈本人的活动及其造成巨大影响至关重要,就是他辩证地处理"儒学复古"和"文体复古"的关系。他清晰地提出"文以明道"作为革正文体和写作实践的纲领,即以"古文"为"明道"的手段,又以"明道"为"古文"的标的。这就既赋予他所倡导的"古文"以正大堂皇的旗号,更给他的创作充实以实际内容。特别是当他针对现实问题和社会矛盾,从积极方面发挥儒家学理,所写出的作品的积极意义就更为明显。而另一方面又如宋代理学家朱熹所说,韩愈一生"用力处"终究在文章,他"只是要作好文章"(《沧州精舍谕学者》,《朱文公文集》卷七四)。在这一点上又表现出他的文人本色。他在写作上研练琢磨,精益求精,对前人遗产广取博收,旁推交通,推陈出新,写作出许多表达精致、耸动视听的优美文字。如果说他在思想史上的业绩固然不可忽视，他的文章更饮誉古今；他为写作"古文"树立了典范，在发展文学散文艺术上更做出巨大贡献。

又古代广义的所谓"文"还包括诗歌、辞赋等。韩愈在这两个领域的成绩也十分突出。特别在诗歌创作上，韩愈在盛唐李、杜等大家之后，别辟蹊径，力求矜创，开创出诗歌创作的新生面。韩愈诗的特征被概括为"以文为诗"。对于这一说法历来有不同理解和评价。实事求是地分析，韩愈"以文为诗"主要体现在两个方面。一方面是内容，他把一般作为"文"的内容广泛纳入到诗里，使诗歌的题材大为开阔了。本来内容不断充实、扩大，是唐人诗歌创作的传统。李、杜、王维都是如此。韩愈则继续加以拓展。欧阳修说："退之笔力，无施不可，而尝以诗为文章末事。故其诗曰'多情怀酒伴，余事作诗人'也。然其资谈笑，助谐谑，叙人情，状物态，一寓于诗，而曲尽其妙。"(《六一诗话》)在他的笔下，议政、论学、谈文、考古等等都可入诗。许多难以表现的题材,如鼾睡、落齿、山火、疟疾等等都被他写成了诗。所以有人称赞他"胸中牢笼万象,笔下熔铸百家"(李重华《贞一斋诗说》)。另一方面表现在形式上,则把主要用于散文的技法活用于诗。如他的诗排比铺陈,不避琐细,这本来是文和赋的表现手法;而在诗的格律方面,他又往往力避排偶,多用散体句式,多用窄韵险韵;加之他刻意好奇,喜欢自铸新词,追求奇崛高古,如此等等,使他的作品显现出鲜明的艺术特色,形成独特的艺术风格。他的某些诗难免显得过分奇诡或浅陋冗长、缺乏情韵,但从总体看,其风格雄奇高古,恢弘奥衍,在盛唐诸大家之后,在艺术上做出了重大开拓和贡献。以他为代表,形成一个颇有创意、极富特色的诗歌创作流派即"韩孟(郊)诗派"。这一派对后世诗坛,特别是对宋诗的发展产生了巨大影响。

本文开头说到韩愈还是政治家。作为政治家的韩愈无论是观念还是行动都颇为矛盾和复杂。当时与后世对这一方面的评价更多有分歧。他作为庶族士大夫阶层出身的文人,以儒术立身,以政能文才求进,仕途颇多坎坷曲折。但他持志不衰，不仅在言论上，更以实际行动反对分裂割据，维护统一安定，关心民众疾苦，勇于与弄权的阉宦和跋扈的强藩斗争，力辟佛、道的蠹国害民，这种种表现都体现了他政治上的积极、进取态度。但他对待政治变革又趋于保守，力图护持朝廷纲纪，因而对当时有友人柳宗元、刘禹锡等参与的较激进的"永贞革新"取批评和对立立场，在文字中亦多有攻驳之词。这又反映出他在政治方面的局限，也造成他和友人柳宗元等人的矛盾。这方面当然也影响到他的文学创作。但平心而论，他在政治上绝不是单纯"守旧"或反动的；就是他对革新派的批评，也不无合理的成分。

　　以下，即依据韩愈的生平、创作历程，选择他具有代表性的各体诗文加以注释、评析，以期读者通过具体作品，对这位彪炳一代的文化伟人、取得巨大文学成就的伟大作家有所了解。选录文本，诗根据钱仲联集释《韩昌黎诗系年集释》，文根据马其昶校注《韩昌黎文集校注》，个别文字有校改，不另注明。篇目编排则依据韩愈生平经历划分为四部分，每部分均先诗后文，这也是遵循选家的惯例。实际上韩愈在散文方面的成就和贡献更值得重视。而就现实意义说，无论是对于文章写作还是散文创作，他的文章都具有更大的借鉴价值。

一、求举觅官(768年—803年12月)

韩愈早年和当时一般士大夫家庭出身的年轻人一样,怀抱壮志,求举觅官;但在现实环境中,却走过了一段相当坎坷的道路。

韩愈于唐代宗大历三年即公元768年生于长安。韩氏系出颍川(今河南许昌市),籍隶河南河阳(今河南孟州市),但他的家庭在河阳似无产业。他的父亲韩仲卿,是当时典型的文人官僚,曾任县令等地方官,和著名诗人李白、杜甫有过交往。晚年在朝廷任秘书郎,这是秘书省里掌管四部图书、不具实权的"闲曹"。韩愈父辈的经历、地位大体与他类似:有名望,善文辞,但都屈居较低的官职。

唐代是中国封建制度发生巨大变革、统治阶级各阶层权力再分配的时期。这一时期没有门第、权势依恃，依靠政能文才进身的所谓"庶族"势力急剧上升，他们通过科举得以跻身统治阶级上层，有些人更封侯拜相。这一阶层从总体看是当时促进社会前进的积极力量。唐代的众多文人均属于这一阶层，韩愈也不例外。这种社会地位决定了韩愈一生思想和行事的基本立场。

韩愈有着良好的家学渊源。他聪明早慧，七岁读书，十三能文。但自幼就很不顺利。他出生时"安史之乱"刚刚平定不久，强藩跋扈，吐蕃、回纥内侵，宦官程元振等弄权，各地民变蜂起。在这种形势之下，统治集团内部斗争更形尖锐。这些都直接影响到幼年韩愈的生活。他更遭遇家庭不幸：出生未满两个月，母亲去世；三岁父亲去世，就养于长兄韩会和嫂夫人郑氏。大历十二年（777），韩愈十岁的时候，韩会在朝依附的权臣元载败灭，受牵连贬官岭南，韩愈随同南行。这是他第一次南下贬所。不久后韩会病殁，韩愈随同嫂夫人郑氏扶灵柩返回河阳故里。幼年韩愈这些年所经受的艰难困顿可以设想。

建中二年(781)"河北三镇"再度大规模叛乱,很快波及中原。大概韩家在宣州(今安徽宣州市)有产业,郑氏遂率领百口之家远赴江南避难。虽然这一时期韩愈处在艰苦、动荡的环境中,却潜心向学,胸怀大志,特别是对儒家"古训"的倾心,对"古人"文章的偏好,已经培养起来。

贞元二年(786),十九岁的韩愈来到长安求贡举。但直到贞元八年,屡试不第。贞元三年,唐王朝与吐蕃在平凉会盟,吐蕃劫盟,韩愈的堂兄韩弇作为唐会盟使、朔方节度使浑瑊的判官死于劫难。中唐名将、封北平王的马燧当时主和戎之议,韩弇是他的部下。基于这一层关系,韩愈"应进士贡在京师,穷不自存,以故人稚弟拜北平王于马前……王轸其寒饥,赐食与衣"(《殿中少监马君墓志》)。这里所谓"穷不能自存"等等,并非夸张之词。后来韩愈在给友人的信里回忆说:

> 仆在京城八九年,无所取资,日求于人以度时月。当时行之不觉也。今而思之,如痛定之人思当

痛之时,不知何能自处也。(《与李翱书》)

从这段叙述可见他当时境遇之落拓和心情的惨淡。不过即使身处困境,他仍然勤学不辍,结交友朋,学业更加精进,对现实和人生也有了更深切的认识。

贞元八年,兵部侍郎陆贽知贡举,号称得人,二十五岁的韩愈擢进士第。按唐时制度,进士及第要经过吏部铨选,才能释褐进入仕途。这一步韩愈又很不顺利。所谓"三举于吏部,卒无成",三应博学宏词选皆落第。贞元十一年正月,无奈之下,他直接三度上宰相书,但没有得到回复,失望之下,遂东归故里,再到洛阳。

次年七月,兵部尚书董晋出任汴州(今河南开封)刺史、宣武军节度使。韩愈应征入幕,为观察推官,例带京衔,为秘书省校书郎。这也是不得已而为之。当时朝廷仕途艰难,颇有些不得志的士大夫到方镇寻求出路。至十五年二月,董晋死,死前已预知汴州必乱,遗命既殓即行。韩愈护丧西归。不出所料,董晋一死,镇兵即作乱,韩愈以从丧得免。离汴时妻子不及随从,乱起,逃难至徐州(今江苏徐州)。徐州是武宁军节度使张建封治所,韩愈与之有旧。韩愈西行至洛,匆忙东归,赶赴徐州,与家属相聚。建封辟署他为节度推官。在建封幕府,他遇事敢言,为建封所不满,不得已又离开徐州。不久,建封死,徐州兵变,韩愈再次幸免于难。这几年动荡不安、危机四伏的藩镇幕僚经历,给予他十分痛切的感受。

十六年冬,韩愈赴洛阳参选;次年,得四门博士,这是国学四门学的学官。至十九年冬,升任监察御史,这是检察机关御史台的属官,但不久即遭严贬为连州阳山(今广东阳山)令。这是他第二次踏上南贬长途。这一年他已经三十六岁。纵观这些年的经历,尽管他志高才大,无论是求举,还是觅官,都是坎坷多艰,患难不断。但经过这些年的历练,他的思想和文章写作都已相当成熟,已确立起人生的基本方向和创作的基本路线。

以下选录作品,就从在徐州幕僚时期开始。

此日足可惜一首赠张籍①

此日足可惜,此酒不足尝。舍酒去相语,

共分一日光。念昔未知子，孟君自南方②。自矜有所得，言子有文章③。我名属相府，欲往不得行④。思之不可见，百端在中肠。维时月魄死，冬日朝在房⑤。驱驰公事退，闻子适及城。命车载之至，引坐于中堂。开怀听其说，往往副所望⑥。孔丘殁已远，仁义路久荒。纷纷百家起，诡怪相披猖⑦。长老守所闻，后生习为常⑧。少知诚难得，纯粹古已亡⑨。譬彼植园木，有根易为长。留之不遣去，馆置城西旁。岁时未云几，浩浩观湖江⑩。众夫指之笑，谓我知不明。儿童畏雷电，鱼鳖惊夜光⑪。州家举进士，选试缪所当⑫。驰辞对我策，章句何炜煌⑬。相公朝服立，工席歌《鹿鸣》⑭。礼终乐亦阕，相拜送于庭⑮。之子去须臾，赫赫流盛名⑯。窃喜复窃叹，谅知有所成⑰。

① 以首句为题。张籍（766？—830？）：字文昌，和州乌江（今

安徽和县）人。他贞元十三年（797）北游汴州，从韩愈学文；十四年，韩愈主持府试，解送他入京应举，次年中进士第。他一生沉居下僚，善乐府诗，有为而作，诗风古朴质直。

② 孟君：孟郊（751—814），字东野，湖州武康（今浙江德清）人，贞元十二年进士，十六年选任溧阳（今江苏溧阳）尉，仕途潦倒。为诗善五古，语多感忿，不袭陈言。孟郊和张籍结识韩愈后，诗文唱和，终生友好。

③ 自矜：自负。文章：泛指诗文。

④ 相府：指董晋幕府；中唐节度使例带宰相衔，称"使相"，董晋带"检校左仆射同中书门下平章事"衔。

⑤ 月魄死：指朔日，《汉书·律历志》："死霸，朔也；生霸，望也。"霸，"魄"古今字。朝在房：《礼记·月令》："季秋之月，日在房。"这两句是说张籍抵汴的时间在九月一日。

⑥ 副所望：与期望相符。

⑦ 诡怪：怪诞，指离经叛道之言。披猖：放荡不拘。

⑧ "长老"二句：有资历的人谨守闻于"百家"者，后学更习以为常。长老，本指年高德韶者。

⑨ 少知：知道一些；少，通"稍"。纯粹：指纯正的儒道。

⑩ 未云几：未经几时。浩浩：广大的样子。湖江：喻广博深厚。这里是说没有经过多少时间，张籍的道德学问已十分深博。

⑪ 夜光：夜明珠，传说深藏海底。

⑫ 唐制，地方士子参加科举，先经县和州、府两级考试、推选，称"乡贡"；韩愈在汴州主持考选。缪所当：指担任考官；缪，同"谬"，自谦之词。

⑬ 驰辞：指应试撰写诗文。对我策：对答策问，策问是考试科目，就时务问题作答。炜（wěi）煌：光彩鲜明，形容文采出众。

⑭ 相公：指董晋。朝服立：身穿朝服肃立。工席：布设酒席。《鹿鸣》：《诗经·小雅》篇名；据《诗序》："燕群臣嘉宾也。"唐制，州、县考试完了，长官以乡饮酒礼会僚属，设宴席，歌《鹿鸣》之诗。

⑮ 阕（què）：终了。

⑯ 之子：这个人，指张籍。去须臾：离去不久。赫赫：显赫的样子。

⑰ 谅知：推想可知。谅，推想。

人事安可恒，奄忽令我伤⑱。闻子高第日，
正从相公丧⑲。哀情逢吉语，恼悦难为双⑳。
暮宿偃师西，徒展转在床。夜闻汴州乱，绕壁
行彷徨。我时留妻子，仓卒不及将㉑。相见不
复期，零落甘所丁㉒。娇女未绝乳，念之不能
忘。忽如在我所，耳若闻啼声。中途安得返，
一日不可更。俄有东来说，我家免罹殃㉓。乘
船下汴水，东去趋彭城㉔。从丧朝至洛，还走不
及停。假道经盟津，出入行涧冈㉕。日西入军
门，羸马颠且僵㉖。主人愿少留，延入陈壶
觞㉗。卑贱不敢辞，忽忽心如狂㉘。饮食岂知
味，丝竹徒轰轰。平明脱身去，决若惊凫翔㉙。
黄昏次汜水，欲过无舟航㉚。号呼久乃至，夜济
十里黄㉛。中流上滩潬，沙水不可详㉜。惊波
暗合沓，星宿争翻芒㉝。辕马蹢躅鸣，左右泣仆
童㉞。甲午憩时门，临泉窥斗龙㉟。东南出陈
许，陂泽平茫茫㊱。道边草木花，红紫相低昂。

百里不逢人,角角雉雉鸣㊲。行行二月暮,乃及许南疆。下马步堤岸,上船拜吾兄㊳。谁云经艰难,百口无夭殇㊴。

⑱ 奄忽:变化急速。

⑲ 唐制进士放榜在二月,张籍于贞元十五年二月及第。是月三日董晋死,死前预知汴州必乱,命其子三日殓,既殓即行;韩愈护丧至洛,行经偃师(今河南偃师县)听到变乱消息。

⑳ 惝怳(chǎng huǎng):精神恍惚的样子。难为双:谓喜讯和悲耗二者难于同时接受。

㉑ 仓卒(cù):匆忙间;卒,同"促"。将:携带;时韩愈家属留在汴州。

㉒ 零落:指家属离散。甘所丁:只好接受遭遇的事;无奈之词。

㉓ 俄:忽然。罹殃:遭遇灾难。

㉔ 汴水,唐时通济渠西起洛阳,引榖、洛二水入黄河,自板渚(今河南颍阳北)引黄河至盱眙(今江苏盱眙县)入淮河,称为汴水。彭城:古县名,唐时的徐州(今江苏徐州市)。韩

愈留在汴州的家属避乱东去彭城。

㉕ 假道:借路,指经过。盟津:即孟津,黄河渡口,是著名的关隘,在河阳(今河南孟州市)南。

㉖ 军门:指河阳三城节度使府门;这里是说日落时分来到河阳。羸马:瘦弱的马。颠:倒。

㉗ 主人:指河阳三城节度使李元淳。陈壶觞:指设酒宴;觞,古酒器。

㉘ 忽忽:形容心情恍惚不安。

㉙ 决(xuè):急速的样子。凫:野鸭。

㉚ 次:停留。汜(fàn)水:发源于河南巩县东南,流经颍阳北人黄河。

㉛ 十里黄:形容黄河宽广。

㉜ 潬(dàn):沙滩。详:知悉。

㉝ 合沓:重叠。翻芒:形容星光闪动。

㉞ 踟蹰(zhí zhú):徘徊不进。

㉟ 甲午憩时门:甲午日(二月二十日)来到时门。时门是古郑国城门,在唐时的新郑(今河南新郑县)。临泉窥斗龙:泉指洧渊,即洧水,避唐高祖李渊讳;典出《左传》昭公十九年:"郑大水,龙斗于时门之外洧渊。"洧水流经新郑。

㊱ 陈、许：陈州,治宛丘,今河南淮阳市；许州,治长社,今河南许昌市。陂(bēi)泽：沼泽；陂,池塘。

㊲ 角角(gǔ gǔ)：象声词,雉鸣声。雉：野鸡。

㊳ 吾兄：韩愈上有三兄；会、介,一不知名；又有从兄俞、岌等；这里不知所指。

㊴ 百口：指全家人。夭殇：死亡；早死谓夭,未成年死曰殇。

　　仆射南阳公,宅我睢水阳㊵。篋中有余衣,盎中有余粮㊶。闭门读书史,清风窗户凉。日念子来游,子岂知我情？别离未为久,辛苦多所经㊷。对食每不饱,共言无倦听。连延三十日,晨坐达五更。我友二三子,宦游在西京㊸。东野窥禹穴,李翱观涛江㊹。萧条千万里,会合安可逢。淮之水舒舒,楚山直丛丛㊺。子又舍我去,我怀焉所穷。男儿不再壮,百岁如风狂㊻。高爵尚可求,无为守一乡㊼。

㊵ 仆射南阳公：指徐州刺史、徐泗濠节度使张建封,贞元七年

进位检校礼部尚书,十二年加检校右仆射;建封字本立,原
为马燧部下,韩愈应是通过马燧之介与之相识。宅我睢水
阳:把我安置在睢水北岸住下。阳,水北岸。

㊶ 箧(qiè):箱笼之类。盎(àng):大腹敛口的盆。

㊷ 别离未为久:张籍去年十月入京,半年后再度来访。

㊸ 二三子:指友人。宦游:外出作官。西京:长安。

㊹ 东野窥禹穴:指孟郊南游吴越;相传大禹死葬会稽山,上有
孔穴,禹自此而入,称禹穴。李翱观涛江:李翱(774—
836),字习之,古文家,贞元十二年至汴州,与韩愈定交,十
四年登进士第,十五年南游浙东,其《复性书》(上)里有
"南观涛江,入于越"句。

㊺ 淮水、楚山:指张即将回归的故乡和州。舒舒:形容水流
舒缓。丛丛:形容山峰丛聚。

㊻ 百岁如风狂:谓人生如狂风过隙。

㊼ 高爵:指高官位。尚:倘若,同"倘"。无为:不要,劝勉之
词。守一乡:隐居一地。

这是一篇赠别友人张籍的长诗,以叙写交谊、友情
为线索,夹述自己几年来逃脱汴州兵变、流亡徐州的经

历,叙事述情,笔力雄健。

中唐文坛的一个重要现象,就是形成一些"集团",如"元(稹)白(居易)"、"刘(禹锡)柳(宗元)",还有诗坛上所谓"韩孟诗派"、"古文运动"中所谓"韩门弟子"等等。这种现象和盛唐有所谓"边塞诗派"、"山水田园诗派"等单纯的诗歌创作流派不同。中唐文人"集团"是当时社会环境的产物。由于朝廷政出多门,朋党相争,士大夫仕途蹇窄,需要党援。这样他们为求进取,一方面要攀附权门,另一方面即在出身、地位、学养、志趣(政治上的和文学上的)以至创作风格大体一致的基础上结合起来。科举中座主(主考官)与门生、一般的师弟子关系也都成为结合的纽带。与韩愈相关的"韩孟诗派"和"韩门弟子",就是这样的集团,对于推动"儒学复古"和文学创作都起了重要作用。

这首诗主要叙写和张籍的交谊,连带写到与孟郊、李翱结交情形,夹叙几年来仓皇避乱、家庭离散、四处投奔的惨痛经历,一方面表扬、劝勉友人,另一方面抒写自己的志向。写法显然有意轨模汉、魏诗和古乐府,以质直古朴的语气述事陈情,使痛切的感慨和深厚的情谊流露在字里行间。

这首诗体裁采用五古,又是长篇。五古本来适于叙事,也是韩愈擅长的诗体。这一篇更精心结撰:结构上转折变化,语气上提掇顿挫,描写淋漓详赡而不嫌繁密,抒情纡徐深厚而不避琐碎。特别是造句、用韵更富特色:中唐诗人作古体诗大都已相当格律化,但韩愈却有意多用散句,力避骈偶,用韵更相当自由。欧阳修曾举这首诗称赞韩愈诗的"笔力",说"余独爱其工于用韵",又说"其得韵宽则波澜横溢,泛入旁韵,乍还乍离,出入回合,殆不可拘以常格,如《此日足可惜》之类是也"(《六一诗话》)。诗中主要是押下平声的"阳"、"唐"两韵,这本是可以通押的两个宽韵,但韩愈却又用上平声的"东"、"钟"、"江"韵,下平声的"青"韵,去声的"漾"韵等;更有多处是重复使用同一韵字。如此逸越常规,有效地造成高古超俗的印象。而如此在格律上立意矜创,正有助于表达深厚郁积、磊落不平的情怀,对于造成诗的奇崛高古格调也起了重要作用。

这是韩愈早期作品,已经确立了他的诗歌的独特风格。

龊　龊①

龊龊当世士,所忧在饥寒。但见贱者悲,不闻贵者叹②。大贤事业异,远抱非俗观③。报国心皎洁,念时涕汍澜④。妖姬坐左右,柔指发哀弹⑤。酒肴虽日陈,感激宁为欢。秋阴欺白日,泥潦不少干⑥。河堤决东郡,老弱随惊湍⑦。天意固有属,谁能诘其端⑧。愿辱太守荐,得充谏诤官⑨。排云叫阊阖,披腹呈琅玕⑩。致君岂无术,自进诚独难⑪。

① 龊龊(chuò chuò):拘谨的样子。这里形容卑琐自私。
② 贱者、贵者:皆属"龊龊"之类,都是只为一己的穷通而悲叹。

③ 远抱：抱负远大。俗观：见解庸俗。

④ 汍澜(wán lán)：流泪的样子。

⑤ 妖姬：美女，指歌伎。哀弹：凄清的乐曲；典出潘岳《笙赋》："辍张女之哀弹，流《广陵》之名散。"

⑥ 少：通"稍"。这里活用宋玉《九辩》"皇天淫溢而秋霖兮，后土何时而得漧"语意。漧，干燥；古同"干"。

⑦ 东郡：指滑州(属河南道，今河南滑县)；关于这一年(作诗时的贞元十五年)黄河于滑州决口不见史料记载。

⑧ 有属：有所托付；属，通"嘱"。诘其端：追问其缘由。

⑨ 太守：实指刺史，具体指武宁节度使、徐州刺史张建封。

⑩ 阊阖(chāng hé)：天门。屈原《离骚》："吾令帝阍开关兮，倚阊阖而望予。"琅玕(láng gān)：美石；比喻忠心。

⑪ 致君：辅佐君主。杜甫《奉赠韦左丞丈二十二韵》："致君尧舜上，再使风俗淳。"

　　这是贞元十五年(799)秋在徐州张建封幕府的咏怀之作。韩愈不得已而托身于幕府，先是在汴州董晋处，以董晋亡殁不得不离去；又投奔徐州张建封。本来他寄有希望，期待得到张的举荐，显然两人志趣又不相投。韩愈本来自视甚高,立志颇大,怀抱着一展宏图的志向,几年间的遭遇使他对现实有了更深刻的认识。在这首诗里,他抨击斤斤计较一己悲欢的"龊龊当世士",表白自己难耐幕府里酒宴女乐的享乐生活,抒写对灾患频仍、民间疾苦的忧虑,慨叹"报国"、"念时"的志向不得伸展,仍在希望得到当权者的援手。不过这种希望不久后又一次落空了。

在对韩愈的评价中,其政治立场是个争论焦点。由于他对"永贞革新"取批判、对立态度,他在朝廷的进退又正和革新派人物刘禹锡、柳宗元等人迥异,颇有人论定他是守旧派,是反对革新的人物。但从这首诗(还有其他许多作品)可以看出,韩愈对国计民生相当关心,对民间疾苦十分同情;他怀抱救世济时的宏伟志愿,对改革时弊也有着强烈要求。实际上在根本政治倾向和主张上,他和革新派并无大的差异。只是他的政治态度比较持重、保守,又囿于君臣纲纪等比较封闭的观念,对待激进的变革难于承受,而革新派在策略、措施以及某些人的为人等方面又确有一定弊端,结果造成他和刘、柳等人的分歧。对于韩愈政治立场的看法，关系到对他的"儒学复古"和文学成就的总的评价，应当加以辨明。

这首五言古诗，同样清楚显示了他"复古"的艺术趣味。他显然有意追模前人咏怀传统，但没有使用前人常用的比喻、象征等手法，而是直陈胸臆，造成古朴的风格。作品篇幅虽然简短，但构思却有转折提掇，又采取夹叙夹议手法，取得言简意长的效果。

雉　带　箭[①]

原头火烧静兀兀，野雉畏鹰出复没[②]。将军欲以巧伏人，盘马弯弓惜不发。地形渐窄观者多，雉惊弓满劲箭加。冲人决起百余尺，红翎白镞随倾斜[③]。将军仰笑军吏贺，五色离披马前堕[④]。

① 雉：俗称野鸡。

② 原头：高平曰原。火烧（shào）：大火。兀兀：静谧的

样子。

③ 决(xuè)起：急飞起来。语出《庄子·逍遥游》："我决起而飞，抢榆枋而止。"

④ 离披：散乱的样子。语出宋玉《九辩》："白露既下百草兮，奄离披此梧楸。"

　　这是一首描写军府射猎的诗，也是在张建封幕所作。短短的十句，以简短的笔触描绘出射猎完整、具体的动态，其中有对典型细节的刻画，有群众氛围的烘托，一个激烈而宏大的场面，被描摹得鲜明生动、轰轰烈烈。

　　这篇作品突显出作者善于铺叙的特长，虽然篇幅窘窄，却利用简练的笔触，把环境、人物、射猎的坐骑、猎物以至围观的群众，有声有色地历历描绘出来。句法亦用散，也是"以文为诗"的体现，但却绝不给人散漫平淡的感觉。这是因为作者运笔善于斡旋，不断变换视角，兼顾到宏观的印象和传神的细节。特别是"将军"两联，把猎者高超的技巧和骄矜、持重的神态发露无余。古代甚至有人以此悟入作文法门。"冲人"以下的结尾四句，钱钟书评论说"物态人事，纷现纸上，方驾潘赋（《射雉赋》），不啻过之"（《管锥编》第3册第1173页）。

赠 侯 喜①

吾党侯生字叔起，呼我持竿钓温水②。平明鞭马出都门，尽日行行荆棘里。温水微茫绝又流，深如车辙阔容辀③。虾蟆跳过雀儿浴，此纵有鱼何足求。我为侯生不能已，盘针擘粒投泥滓④。晡时坚坐到黄昏，手倦目劳方一起⑤。暂动还休未可期，虾行蛭渡似皆疑⑥。举竿引线忽有得，一寸才分鳞与鳍。是时侯生与韩子，良久叹息相看悲。我今行事尽如此，此事正好为吾规⑦。半世遑遑就举选，一名始得红颜衰⑧。人间事势岂不见，徒自辛苦终何为。

便当提携妻与子,南入箕颍无还时⑨。叔迁君今气方锐,我言至切君勿嗤。君欲钓鱼须远去,大鱼岂肯居沮洳⑩。

① 侯喜:字叔迁(古"起"字),上谷(今河北易县)人。韩愈去徐归洛,北抵睢阳(今河南商丘市),与之同游。两人此时或此前开始交好。侯喜随韩愈至洛,洛北慧林寺有石刻题名:"韩愈、李景兴、侯喜、尉迟汾,贞元十七年七月二十二日,鱼于温洛,宿此而归。"诗中所述应即当时事。后经韩愈荐举,侯喜于贞元十九年(803)中进士,曾任校书郎、国子主簿等职。

② 温水:指洛河。

③ 微茫:形容天旱水少。辀(zhōu):车辕;此指车。

④ 盘针:弯针为钩。擘(bò)粒:剖粒为饵。泥滓:泥浆。

⑤ 晡(bū)时:落日西斜时分。

⑥ 蛭(zhì):蚂蟥。

⑦ 吾规:自我诫条。

⑧ 遑遑:匆忙的样子。就举选:参加科举、选官。

⑨ 箕、颍:箕山和颍水;箕山又称许由山,在河南登封县东南,

颍水源出河南登封县西,相传尧时巢父、许由曾隐居于此,
伯益亦避大禹之子于箕山之阴。

⑩ 沮洳(jù rù):低湿地带,此指干涸的洛水。

这首诗作于离开张建封幕府不久后的秋天。韩愈
后来曾荐侯喜于汝州刺史卢虔,说他"家贫亲老,无援
于朝,在举场十余年,竟无知遇"(《与汝州卢郎中论荐
侯喜状》),则侯喜亦常年科举不利,韩愈自会与他有同
病相怜之感。诗写与侯喜等人一起垂钓情事,显然另有
喻意:《庄子·外物》篇里有任公子以大钩巨缁钓巨鱼
的寓言,本来是比喻高士的超世绝伦之行,后来文人往
往以钓大鱼比喻树大志,立大功。韩愈在这首诗里描写
在干涸的洛水里钓小鱼,显然有对压抑人才的现实进行
讽刺的寓意,结尾处更以远钓大鱼勉励友人。贞元十八
年,中书舍人权德舆知贡举,陆傪佐之,韩愈又推荐侯
喜,次年终于及进士第。

这首诗同样使用铺叙手法,从约会、出门依次写出
垂钓的全过程,但并不给人平淡枯燥的印象。一是因为

用了调侃幽默而又平易流畅的语言,把垂钓的情境描绘得鲜明亲切,妙趣横生;再是细节刻画穷形尽象,如对天旱水枯、只见寸鳞片尾的尴尬局面的形容,对垂钓人的焦躁、期待心情的细致摹画,都绘形绘影,读后让人如临其境。这垂钓场景的细致描写又正为后面抒发感慨做了衬托。对友人的劝勉之词既表达了诗人的志向和自信,更以乐观幽默的情绪贯彻全篇。

因事抒情本是古典诗歌常用的手法,但取材垂钓却显示出诗人的独创性。韩愈不断扩大诗歌的表现内容,使难以入诗的内容入诗,在平凡的日常生活中发掘诗情,形成他的创作的一大特色,也是"以文为诗"的具体体现之一。

韩愈早年更着力于"古文"创作。比较他的诗歌,在文章方面他取得了更大的成就,也造成了更大的影响。他对于不同体裁、题材的散文创作进行了多方面的探索,另一方面又积累经验,总结规律,提出了较系统的理论主张。下面是他内容和题材各不相同的几篇文字。

与冯宿论文书①

辱示《初筮赋》，实有意思②。但力为之，古人不难到。但不知直似古人，亦何得于今人也③？仆为文久，每自则意中以为好，则人必以为恶矣④：小称意人亦小怪之，大称意即人必大怪之也。时时应事作俗下文字，下笔令人惭。及示人，则人以为好矣：小惭者亦蒙谓之小好，大惭者即必以为大好矣。不知古文直何用于今世也。然以竢知者知耳⑤。

① 冯宿(767—837)：字拱之，婺州东阳(今浙江东阳县)人，贞元八年与韩愈同榜进士，又同在武宁节度使张建封幕府任职，冯为掌书记；后裴度讨淮西，两人同行出征；韩愈论谏佛骨，时宰相疑为冯宿草疏，出为歙州(今浙江歙县)刺史，后官至剑南西川节度使。此文当作于汴州。

② 初筮：将出仕而占吉凶，谓之"筮仕"，初筮即首次筮仕。意思(sì)：指思想内容。

③ 直似:特似。何得:何取,指为人所认可。

④ 自则:自测;则,通"测"。

⑤ 竢:等待;竢,同"俟"。知者:智者;知,同"智"。

　　昔扬子云著《太玄》,人皆笑之⑥。子云言之曰:"世不我知,无害也⑦;后世复有扬子云,必好之矣。"子云死近千载,竟未有扬子云,可叹也。其时桓谭亦以为雄书胜《老子》⑧。《老子》未足道也,子云岂止与《老子》争强而矣乎⑨?此未为知雄者。其弟子侯芭颇知之,以为其师之书胜《周易》⑩。然侯之他文不见于世,不知其人果如何耳。以此而言,作者不祈人之知也明矣⑪。直百世以竢圣人而不惑,质诸鬼神而不疑耳⑫。足下岂不谓然乎?

⑥ 扬雄字子云;《太玄》亦称《太玄经》,十卷,仿《周易》而作。

⑦ 不我知:不了解我。

⑧ 桓谭(前23?—56):沛国相(今安徽宿县)人,东汉经学

家,著有《新论》等。《汉书》卷八七下《扬雄传赞》说:"时大司空王邑、纳言严尤闻雄死,谓桓谭曰:'子尝称扬雄书,岂能传于后世乎?'谭曰:'必传,顾君与谭不及见也。凡人贱近而贵远,亲见扬子云禄位容貌不能动人,故轻其书。昔老聃著虚无之言两篇,薄仁义,非礼学,然后世好之者尚以为过于《五经》。自汉文、景之君及司马迁皆有是言。今扬子之书文义至深,而论不诡于圣人,若使遭遇时君,更阅贤知,为所称善,则必度越诸子矣。'"

⑨ 止:同"只"。争强:争胜。

⑩ 侯芭:《汉书·扬雄传赞》:"巨鹿侯芭常从雄居,受其《太玄》《法言》焉。"侯芭以雄书胜《周易》,待考。

⑪ 祈:求。

⑫ 直:即使。质:辩白。此处语本《礼记·中庸》:"故君子之道,本诸身,征诸庶民,考诸三王而不缪,建诸天地而不悖,质诸鬼神而无疑,百世以俟圣人而不惑。"

近李翱从仆学文,颇有所得⑬。然其人家贫多事,未能卒其业。有张籍者,年长于翱,而亦学于仆,其文与翱相上下⑭。一二年业之,庶几乎至也。然闵其弃俗尚而从于寂寞之道,以之争名于时也[15]。久不谈,聊感足下能自进于此,故复发愤一道[16]。愈再拜[17]。

⑬ 据李翱《祭吏部韩侍郎文》:"贞元十二,兄在汴州,我游自徐,始得兄交。视我无能,待予以友,讲道析文,为益之厚。"(《李文公集》卷一六)但李翱不久后南游,故下文云"未能卒其业"。其所学之文为"古文"。

⑭ 张籍年长李翱五岁,于贞元十三年至汴州师从韩愈。

⑮ 闵:同"悯",忧虑。弃俗尚:指抛弃世俗流行的文体。

⑯ 聊:且。发愤:指有所感发。

⑰ 再拜:拜而又拜,书信套语。

韩愈提倡"古文",既有卓越的实践,又有系统的理论。在他早年所写的《争臣论》、《孟生诗》等诗文里,已在明确地张扬"古道",并提出了"文以明道"的纲领。

这封信借回应冯宿赠送所作《初筮赋》的机会,一方面表扬和鼓励友人的写作成绩,更主要的是宣扬"古文"创作的大方向,表明革正文体、文风必须不随流俗、固守原则的明确姿态和坚定立场。这封信可鲜明地划分出三个层次。前幅主要是通过自己切身体验表明写作"古文"的现实命运,利用递进和排比手法,在强烈的对比中表达从事文体革新与文坛流俗的矛盾。这既是发抒满怀牢骚,也是自我高自标识;既表明了奋斗的艰难,又流露出坚强的自信。中间陡然插入一段,说到古人扬子云,感叹他不但当世为人非笑,千年来亦未得知音,从而得出真正的"作者""不祈人之知"的结论,逼出《中庸》"百世以俟圣人而不惑"、"质诸鬼神而不疑"的信念。这就以古例今,进一步表白个人的自信,兀傲之情见于言表。最后又转回到现实中来,写李翱、张籍学文状况,感叹弃俗尚而写作"古文"的"寂寞",对"古文"的前途表示忧虑,实际也是在激励对方。全篇文笔简洁廉悍,强烈的感情贯穿始终。

这封信清楚地反映了当时提倡"古文"的艰难形势。冯宿,还有文中提到的张籍、李翱以及孟郊等人都是作者的同道。这些人年龄实际与他不相上下,但他显然在以"师道"自任。这固然反映了他"好为人师"的作风,同时也表明他倡导一派文风的地位及其所起到的作用。正由于他持之以恒地努力宣传鼓动,招引同志,教导后学,才不断扩大了创作"古文"的队伍,推动"古文"创作走向繁荣。

送李愿归盘谷序[①]

  太行之阳有盘谷[②]。盘谷之间,泉甘而土肥,草木丛茂,居民鲜少。或曰:谓其环两山之间,故曰盘;或曰:是谷也,宅幽而势阻,隐者之所盘旋[③]。友人李愿居之。

① 李愿:隐士;或以为李愿乃是中唐名将李晟之子。孰是待考。盘谷:在河南府济源县(今河南济源县)。

② 太行之阳:太行山南面,指济源一带地方。

③ 宅幽:处在闭塞之地。势阻:地势与外界相阻隔。盘旋:此处指停留。

愿之言曰："人之称大丈夫者，我知之矣④：利泽施于人，名声昭于时，坐于庙朝，进退百官而佐天子出令⑤；其在外则树旗旄，罗弓矢，武夫前呵，从者塞途，供给之人，各执其物，夹道而疾驰⑥。喜有赏，怒有刑，才畯满前，道古今而誉盛德，入耳而不烦⑦。曲眉丰颊，轻声而便体，秀外而惠中，飘轻裾，翳长袖，粉白黛绿者，列屋而闲居，妒宠而负恃，争妍而取怜⑧，——大丈夫之遇知于天子、用力于当时者之所为也⑨。吾非恶此而逃之，是有命焉，不可幸而致也⑩。穷居而野处，升高而望远，坐茂树以终日，濯清泉以自洁⑪。采于山，美可茹；钓于水，鲜可食⑫；起居无时，惟适之安⑬。与其有誉于前，孰若无毁于其后；与其有乐于身，孰若无忧于其心⑭。车服不维，刀锯不加，理乱不知，黜陟不闻⑮，——大丈夫不遇于时者之所为也，我则行之。伺候于公卿之门，奔走于形势之途⑯；足将进而趑趄，口将言而嗫嚅⑰；处污秽而不羞，触刑辟而诛戮⑱；侥幸于万一，老死而后止者，其于为人，贤不肖何如也⑲？"

④ 大丈夫：大有作为的人，此处指高官重臣。《孟子·滕文公下》："富贵不能淫，贫贱不能移，威武不能屈，此之谓大丈夫。"此文用其字面而有讽意。

⑤ 利泽：恩泽。昭于时：显赫于当时。昭，显。庙朝：指朝廷。古时朝廷宗庙为举行聘享、命官等重大典礼之所。进退百官：升黜各级官员。佐天子：辅助皇帝。

⑥ 树旗旄：指以旌旗开路。旄，古代用牦牛尾装饰的旗帜。罗弓矢：排列弓箭，也是仪仗。供给之人：使令的仆从。供给，侍候应用物品。

⑦ 才畯：才能杰出的人。畯，同"俊"。道古今而誉圣德：谓（才俊之人）称道古今人物来赞美其高尚德行。

⑧ 曲眉丰颊：眉毛弯曲，面颊丰满。唐时妇人以体态丰满为美。轻声而便（pián）体：歌声清亮，舞姿轻便。便，迅捷。秀外而惠中：外貌秀丽，内心聪慧。飘轻裾（jū）：衣襟飘举。裾，衣襟。翳（yì）长袖：长袖遮身。翳，遮蔽。粉白黛

绿：面敷粉而白，眉施黛而青。黛，用以画眉的染料，青绿色。妒宠：受娇宠而嫉妒。负恃：自负有所依恃。争妍：争比美貌。妍，美丽。取怜：求取怜爱。

⑨ 诮知：知遇，谓得到重用。

⑩ 是有命：这是命中有定数的。幸而致：侥幸得到。

⑪ 穷居：安于困顿。野处：隐居草野。濯清泉：用清泉洗濯。语本《孟子·离娄上》载《孺子歌》："沧浪之水清兮，可以濯我缨；沧浪之水浊兮，可以濯我足。"

⑫ 茹(rú)：吃。鲜：鲜鱼，通"鱻"。

⑬ 起居无时：作息没有固定时间。惟适之安：只求安于舒适。

⑭ 与其……孰若……：两相比较之词，表前者不如后者。有誉：得到赞誉。无毁：不受诋毁。

⑮ 车服不维：指不受居官的约束。车服，指作官乘的车子和穿的官服。维，维系，约束。刀锯不加：指不受责罚。刀和锯都是古时刑具。黜(chù)陟(zhì)不闻：听不到贬降、升迁消息，指没有官职升降的忧虑。黜，降职或罢免；陟，提升。

⑯ 公卿之门：指显贵门下。古有三公九卿。形势之途：权势

的门路。形势,通"形埶",权力地位。

⑰ 趑趄(zī jū):欲进又退的样子。嗫嚅(niè rú):欲言又止的样子。

⑱ 处污秽:指处身不义之中。污秽,不洁。刑辟(bì):刑法。辟,法。诛戮:责罚和杀戮。

⑲ 微幸:非分之福。

　　昌黎韩愈闻其言而壮之,与之酒而为之歌曰⑳:盘之中,维子之宫㉑;盘之土,可以稼。盘之泉,可濯可沿㉒;盘之阻,谁争子所㉓。窈而深,廓其有容㉔;缭而曲,如往而复㉕。嗟盘之乐兮,乐且无殃㉖。虎豹远迹兮,蛟龙遁藏㉗。鬼神守护兮,呵禁不祥㉘。饮则食兮寿而康,无不足兮奚所望㉙。膏吾车兮秣吾马,从子于盘兮,终吾生以徜徉㉚。

⑳ 壮之:以之为壮,谓赞赏之。

㉑ 维子之宫:乃是你的居室。维,同"惟",发语词。宫,室。

㉒ 可濯：应前"濯清泉"。濯或作"櫂(棹)"，"可櫂"谓可以棹舟。可沿：可顺流而下。

㉓ 谁争子所：有谁来争夺你的隐逸之所。

㉔ 窈而深：幽远而深邃。廓其有容：开阔宽敞；有，通"又"。

㉕ 缭而曲：缭绕曲折。

㉖ 嗟：赞叹。无殃：没有祸害。殃或通"央"；无央，无尽。

㉗ 遁藏：逃走藏匿。

㉘ 呵禁：喝止。不祥：妖怪魑魅之类。

㉙ 则：而。奚：何。

㉚ 膏吾车：给我的车轴加油。秣吾马：给我的马喂草料。徜徉：徘徊，此处谓停留不去。

　　本文旧本跋语有"贞元辛巳"记载。辛巳，贞元十七年，不知所据，姑系于此。苏轼有《跋退之〈送李愿序〉》一文说："欧阳文忠公尝谓晋无文章，惟陶渊明《归去来》一篇而已。余亦谓唐无文章，惟韩退之《送李愿归盘谷》一篇而已。生平愿效此作一篇，每执笔辄罢，因自笑曰：不若且放教退之独步。"(《东坡题跋》卷一)这篇文字历代受到高度评价，苏轼的这番赞誉可谓达到极致了。

这篇送序是送友人隐居的。这本是一个平常题目，其中没有直接说明隐居原因，也没有对之表同情或代为不平之类的话。文章的立意则可归结为"君子固穷"四个字。这也是古代不得志的文人常常抒写的主题。但韩愈却能利用这一平常的题目和陈旧的主题阐发新意，更能表达得精彩绝伦，无论是文体处理还是具体写法，都表现出极大的独创性。

文章不是采用一般送序以记叙为主的写法。前面略用数语点染盘谷形势、风景，后面用咏盘谷一歌作结，主要篇幅是中间一大段借友人李愿的口进行议论，写了三种人：第一种是已经得到权位的得意人，第三种是正在为追求权位而奔走的人，中间夹述鄙视权位而退隐闲居的人。三者相互映衬，对比鲜明，褒贬之意寓于字里行间，最后得出"贤不肖如何"的结论。这样，对友人的同情、赞赏，为他遭遇的不平、无奈等等复杂感情尽在言外，对当时士风的卑劣更极尽揭露和讽刺之能事，作者的无限感慨亦流露于笔端。

从构思看,这篇送序本是就事立议。但又以叙为议,使用了鲜明、生动的描写手法。特别是中间重点描绘三类人,每一类都是寥寥数句,捕捉典型细节,造语形容,极其形象。作者不是去塑造典型的个性,而是替某一类人画像,让他们作为一种类型形神毕现。这同样是一种特殊的典型化手法。加之又使用了高度形象化的语言,即所用许多语汇是具象的、修饰的、富于美感和诗情的;句式也充分体现了汉语的形式美:骈、散间行,多用对偶、排比,讲究声韵的整齐和谐。在这些方面,作者显然又继承了前人包括六朝人的艺术成果而有所发展。例如熔铸前人成语,像"飘轻裾,翳长袖"两句用曹植《洛神赋》"扬轻袿之猗靡兮,翳修袖以延伫";"粉白黛绿"用《战国策·楚策》张仪所说"彼郑、周之女,粉白黛黑,立于衢间"等等,都不露痕迹而更显精粹。更多的则是自铸新语,如"采玉山,美可茹,钓于水,鲜可食","足将进而趑趄,口将言而嗫嚅"等等,极其精粹而富于表现力。又全篇文字本来具有诗的特色,最后以辞赋体的歌唱作结,使得浓郁的诗情呼之欲出。这样,一篇立意单纯的平常应酬文字就成为千古传诵的美文。

答 李 翊 书①

六月二十六日,愈白:李生足下②:

生之书辞甚高,而其问何下而恭也③?能如是,谁不欲告生以其道?道德之归也有日矣,况其外之文乎④?抑愈所谓望孔子之门墙而不入于其宫者,焉足以知是且非邪⑤?虽然,不可不为生言之。

① 李翊:贞元十八年(802)进士。他向韩愈请教作文方法,应是韩愈的后辈。本文应作于李翊进士及第略前。

② 足下:用于对同辈人的敬称。

③ 书辞甚高:来信文词甚好。

④ 道德之归:指养成道德;这里道与德分指,即圣人之道与德。有日:谓指日可待。

⑤ 抑:表转折,然而。宫:室。焉:何。且:还是,表选择。

此句意本《论语·子张》:"子贡曰:'譬之宫墙,赐之墙也及肩,窥见室家之好;夫子之墙数仞,不得其门而入,不见宗庙之美,百官之富。得其门者或寡矣……'"作者是自谦对于圣人之道尚未登堂入室,还不能判定是非。

生所谓立言者是也⑥。生所为者与所期者甚似而几矣⑦。抑不知生之志蕲胜于人而取于人邪⑧?将蕲至于古之立言者邪⑨?蕲胜于人而取于人,则固胜于人而可取于人矣⑩。将蕲至于古之立言者,则无望其速成,无诱于势利⑪,养其根而俟其实,加其膏而希其光⑫。根之茂者其实遂,膏之沃者其光晔⑬;仁义之人,其言蔼如也⑭。

⑥ 立言者:以言论传世的人。典出《左传》襄公二十四年,"(鲁大夫叔孙豹)曰:'大(同"太")上有立德,其次有立功,其次有立言。'"这里指李翊有志于立言。

⑦ 所期者:所追求的。甚似而几(jī):十分类似、接近。几,

接近。

⑧ 蕲(qí)胜于人：求胜过他人。蕲，通"祈"，求。取于人：被他人所认可。

⑨ 将：还是，表选择。至于：达到。

⑩ 固：本来。

⑪ 无诱于势利：不被权势和利益所诱惑。

⑫ 养其根而俟其实：以种植为喻，培养根部以求果实丰硕。俟(sì)，等待。加其膏而希其光：以灯火为喻，增添油膏以求灯火明亮。

⑬ 其实遂(suì)：它的果实丰硕。遂，长成，成就。膏之沃：油脂丰厚。沃，浓厚。晔(yè)：火光明亮。

⑭ 其言蔼如：其言辞和平温厚。

　　抑又有难者，愈之所为，不自知其至犹未也⑮。虽然，学之二十余年矣⑯。始者非三代两汉之书不敢观，非圣人之志不敢存⑰；处若忘，行若遗⑱；俨乎其若思，茫乎其若迷⑲；当其取于心而注于手也，惟陈言之务去，戛戛乎其难哉㉑！其观于人，不知其非笑之为非笑也㉑。如是者亦有年，犹不改，然后识古书之正伪，与虽正而不至焉者，昭昭然白黑分矣㉒。而务去之，乃徐有得也㉓。当其取于心而注于手也，汩汩然来矣㉔。其观于人也，笑之则以为喜，誉之则以为忧，以其犹有人之说者存也㉕。如是者亦有年，然后浩乎其沛然矣㉖。吾又惧其杂也，迎而距之，平心而察之，其皆醇也，然后肆焉㉗。虽然，不可以不养也。行之乎仁义之途，游之乎《诗》、《书》之源，无迷其途，无绝其源，终吾身而已矣㉘。气，水也；言，浮物也㉙。水大而物之浮者大小毕浮。气之与言犹是也，气盛则言之短长与声之高下者皆宜㉚。虽如是，其敢自谓几于成乎㉛？虽几于成，其用于人也奚取焉㉜？虽然，待用于人者其肖于器邪㉝？用与舍属诸人㉞。君子则不然：处心有道，行己有方，用则施诸人，舍则传诸其徒，垂诸文而为后世法㉟。如是者其亦足乐乎？其无足乐也㊱？

⑮ 至犹未：达到没有。指上面说的"立言者"。

⑯ 虽然：虽说如此。韩愈自称十三岁学文，如算至贞元十八年是二十一年。

⑰ 始者：起初。三代：夏、商、周。两汉：东、西汉。韩愈提倡"古文"，取法秦、汉以上，故云。

⑱ 处若忘(wàng)：居止时若有所失，形容精神集中的样子。忘，通"亡"。行若遗：行动时若有所失。遗，与"忘"同义。

⑲ 俨乎：庄重的样子。其若思：像是在思索什么。茫乎：迷茫的样子。其若迷：像是有所迷失。

⑳ 取于心：有得于心。注于手：谓手下写出来。惟陈言之务去：只求去掉陈言。"陈言"应指内容和用语陈旧两层意思。戛戛(jiá jiá)：艰难的样子。

㉑ 观于人：由别人来看。非笑：讥笑。

㉒ 有年：几年。犹不改：还是不改初衷。犹，仍然。识古书之正伪：指了解古代传下来的书是否合乎圣人之道。合为正，不合为伪。虽正而不至：谓虽然大体醇正但未臻完美。昭昭然：清晰、分明的样子。

㉓ 务去之：努力去掉它们。指去掉"伪"或"不至"者。徐有
得：渐渐有所收获。

㉔ 汩汩(gǔ gǔ)然：流水声，这里是形容文思如流水。

㉕ 笑之则以为喜：被嘲笑则觉得高兴。因为自己的追求不同
流俗，下句意味相同。犹有人之说者存：谓心里还介意他
人的看法。"人之说"指他人的看法。

㉖ 浩乎：浩大的样子。沛然：充沛的样子。此句意本《孟子》
"我善养吾浩然之气"(《公孙丑上》)和"及其闻一善言，见
一善行，若决江河，沛然莫之能御也"(《尽心上》)。

㉗ 惧其杂：唯恐文章驳杂不纯。迎而距之：形容使思绪停下
来。距，通"拒"。平心：心静下来。皆醇：全都纯正不杂。
然后肆焉：谓然后放手写下去。肆，随意去做。

㉘ 游之乎《诗》、《书》之源：畅游在《诗经》、《尚书》等(圣人
之道的)源头。这里是指熟读《诗》、《书》等儒家经典。

㉙ 气，水也：喻人之气如水。"气"指人的内在精神修养。
言，浮物也：承上喻，文章言语如水上漂浮的东西。

㉚ 气之与言犹是也：气与言辞的关系就像这样。言之短长：
指语句音节的短长。声之高下：声调的高低。皆宜：都
适宜。

㉛ 几于成：近乎完美。

㉜ 虽：即使。用于人：被人所用。奚取：采取什么；奚，何。

㉝ 待用于人：等待为人利用。肖于器：与器皿的情形相像；肖，相像。

㉞ 属诸人：归于他人，谓由他人决定。

㉟ 处心有道：立意发想有一定的规范。道，这里作规范解。行己有方：所作所为有一定的法则。方，与"道"同义。垂诸文：传之于文章。垂，传之后代。后世法：后代的法则。此处意本《论语·述而》："用之则行，舍之则藏。"

㊱ 如是者：像这样。这里是说做到这些是否得到满足。其……其……：表选择。足：值得。

　　有志于古者希矣㊲。志乎古必遗乎今㊳，吾诚乐而悲之㊴。亟称其人，所以劝之，非敢褒其所褒而贬其可贬也㊵。问于愈者多矣，念生之言不志乎利，聊相为言之㊶。愈白。

㊲ 有志于古者：立志复古的人。这里的"古"兼指道与文，意

本《论语·述而》："好古,敏以求之者也。"希:少;同"稀"。

㊳ 遗乎今:被今人所遗弃。

㊴ 乐而悲之:为之高兴又为之悲哀。

㊵ 亟称其人:屡屡称赞其人,"其人"指对方。亟(qì),屡次。

劝之:勉励他。非敢褒其所褒而贬其可贬:这里说不敢以
一己之意来褒贬,自谦之词。暗用杜预称赞《春秋左氏传》
"指行事以正褒贬"典。

㊶ 相为:为之,复义偏指。

这封书信与《答冯宿论文书》同样,也是"论文"的;
同样以宣扬、鼓吹"古文"为主题。从这篇文章看,韩愈
不只有倡导文体和文风革新的热忱,更有得自实践的相
当系统的理论主张。所以他才能吸引一批人从学,自己
也以师道自任。这当然也反映了他对自己道德、文章的
自信。这些都成为他倡导"古文运动"得以成功的重要
因素。如果说《答冯宿》主要是发抒牢骚、发明立场,那
么这一篇就是他具体指导后进、系统阐述文学观念和写
作方法的重要文字。有人评论说:"昌黎论文书不多

见,生平全力所在,尽在《李翊》一书。"(林纾《韩文研究法》)

文章的中心内容是鼓吹以儒学"复古"促进文章复古,强调作文首先要学习儒家经典,加强思想修养,端正写作态度,努力创作出不同流俗的、足以垂法后世的文字。文章结合自己二十余年潜心探索的经验,总结出学文的三个阶段,形象而生动,具体而亲切;其中流露出的不随流俗的自负与自信,更体现了革新者的品格。后来王国维在《人间词话》里曾提出:"古今之成大事业大学问者,必经过三种之境界:'昨夜西风凋碧树,独上高楼,望尽天涯路。'此第一境也;'衣带渐宽终不悔,为伊消得人憔悴。'此第二境也;'众里寻他千百度,蓦然回首,那人却在灯火阑珊处。'此第三境也。此等语皆非大词人不能道……"如此把学问、事业、作文的道理相沟通,与韩愈看法的基本精神完全一致,两人的表述亦有异曲同工之妙。文章把孟子以来先儒的"养气"说加以具体化,进一步明确人的学养和文字的辩证关系,确为的论。

文章的表达简练精赅,严整清晰,既突显出亲切劝勉的语气,又具有强大的逻辑力量。全篇构思十分精密:从对方写到自己,又从自己转到对方,既表现出谆谆善诱的风度,又把文思一步步推进,最后归结到文体"复古"的主旨。前幅三个以"抑"开头的转折句:"抑愈所谓……"、"抑不知生之志……"、"抑又有难者……",形成语气的提顿和意念的转换,造成千回百转的气势;接着写自己学文的进境,则用了"始者……"、"如是者亦有年……"、"如是者亦有年……"等段落大排比,通过个人实践,真切而深刻地表述了自己的理论主张,对文坛风气加以批评,取得了文虽散而意犹整的效果。文章对语言的提炼更见精彩。如"生所谓立言者"一段,先是用疑问句加以选择,然后说:"将蕲至于古之立言者,则无望其速成,无诱于势利;养其根而俟其实,加其膏而希其光。根之茂者其实遂,膏之沃者其光晔;仁义之人,其言蔼如也。"短短几十个字,立意深刻,表述确切,特别是行文寓骈于散,比喻贴切而生动,成为流传千古的警句。至于全文大量使用疑问、感叹句,使用比喻、排比等修辞方法,也使得文情起伏跌宕,造成了作者所谓"气盛言宜"的艺术效果。

欧阳生哀辞[1]

欧阳詹世居闽越。自詹已上皆为闽越官,至州佐县令者,累累有焉[2]。闽越地肥衍,有山泉禽鱼之乐,虽有长材秀民通文书吏事与上国齿者,未尝肯出仕[3]。

[1] 欧阳生(757? —802?):欧阳詹,字行周,泉州晋江(今福建晋江市)人,韩愈友人。哀辞是哀祭文一体,一般作韵语。

[2] 闽越:古国名,用以称闽地,相当于今福建省。州佐:指州的别驾、长史、司马、录事等佐史。累累:犹言"屡屡"。

[3] 肥衍:肥沃。衍,丰饶。禽鱼:同"禽渔",指打猎捕鱼。长材秀民:民众中有杰出才能的人。材同"才"。通文书吏事:通晓文书和官吏事务。与上国齿:可与京城人相比

并。上国,指京畿地方;齿,并列。

今上初,故宰相常衮为福建诸州观察使,治其地④。衮以文辞进,有名于时,又作大官,临莅其民⑤。乡县小民有能诵书作文辞者,衮亲与之为客主之礼,观游宴飨,必召与之⑥。时未几,皆化翕然⑦。詹于时独秀出,衮加敬爱,诸生皆推服⑧,闽越之人举进士繇詹始⑨。

④ 今上:当今皇帝,指唐德宗李适。常衮(729—783):建中元年(780)任福建观察使,四年卒。他在大历年间曾任宰相,故称"故宰相"。

⑤ 衮以文辞进:常衮天宝十四载(755)进士及第后,曾任太子正字、翰林学士、知制诰等文学之职。临莅:居上位,指治理。

⑥ 客主之礼:主人待客的礼节。观游宴飨:游览和宴会。召与之:请他们参加。与,通"预"。

⑦ 时未几:经过不多时。皆化翕(xī)然:谓全都接受教化成

为顺民。翕然，和顺的样子。

⑧ 秀出：杰出。诸生：指州县生员。推服：推重敬服。

⑨ 此为颂扬之辞，据考在欧阳詹以前已有闽人进士及第。

　　建中贞元间，余就食江南，未接人事，往往闻詹名闾巷间⑩。詹之称于江南也久⑪。贞元三年，余始至京师举进士，闻詹名尤甚⑫。八年春，遂与詹文辞同考试登第，始相识⑬。自后詹归闽中，余或在京师他处，不见詹久者惟詹归闽中时为然；其他时与詹离率不历岁⑭。移时则必合，合必两忘其所趋，久然后去。故余与詹相知为深。

⑩ 就食江南：指建中二年（781）以逃避中原兵祸，韩愈随嫂夫人郑氏逃难宣州，大约至贞元元年（785）北归。就食，谋食。未接人事：年轻未接触世事。闾巷间：指邻里之间。

⑪ 称于江南：有名声于江南。

⑫ 韩愈初至长安参加进士试在贞元二年，依例放榜在三年

春,所以称三年亦可。

⑬ 文辞同考试登第:指同样以善于文辞及进士第。当年试题
   是《明水赋》、《御沟新柳诗》。

⑭ 率不历岁:大体不过一年。率,大体。

　　詹事父母尽孝道,仁于妻子,于朋友义以
诚⑮。气醇以方,容貌嶷嶷然⑯。其燕私善谑
以和,其文章切深,喜往复,善自道⑰。读其书,
知其于慈孝最隆也⑱。十五年冬,余以徐州从
事朝正于京师,詹为国子监四门助教,将率其
徒伏阙下举余为博士⑲。会监有狱,不果上⑳。
观其心,有益于余,将忘其身之贱而为之也㉑。
呜呼,詹今其死矣!

⑮ 义以诚:有道义又诚实。以,而。

⑯ 气醇以方:气象醇厚而方正。嶷嶷(nì nì)然:高峻的
   样子。

⑰ 燕私:公退休暇。善谑以和:善于戏谑而亲和。自道:自

我表述。

⑱ 隆：厚。

⑲ 徐州从事：指任徐州节度推官。从事指属官。朝正：唐制
外官于正月赴朝廷朝觐，称朝正。伏阙（què）下：跪在宫
门前。阙，宫门前望楼。

⑳ 会监有狱：正值国子监有讼案，讼案详情待考；或以为指太
学生请愿挽留被诬陷的阳城，受到惩处一事。不果上：没
有上朝论奏。

㉑ 有益于余：意本《论语·季氏》："益者三友：……友直，友
谅，友多闻，益矣。"忘其身之贱：指不顾及自己身份低下。
四门助教是从八品上的低级官员。

　　詹，闽越人也。父母老矣，舍朝夕之养以
来京师，其心将以有得于是而归为父母荣也㉒。
虽其父母之心亦皆然。詹在侧，虽无离忧，其
志不乐也；詹在京师，虽有离忧，其志乐也。若
詹者，所谓以志养志者欤㉓？詹虽未得位，其名
声流于人人，其德行信于朋友，虽詹与其父母

皆可无憾也[24]。詹之事业文章,李翱既为之传,故作哀辞,以舒余哀,以传于后,以遗其父母而解其悲哀,以卒詹志云[25]。

[22] 朝夕之养:早晚向父母请安,引申为孝养。将以有得于是:将在这件事(指来京师)上有所得,指取得官职。

[23] 以志养志:指顺从父母心意,使之得到安慰:意本《孟子·离娄上》:"……此所谓养口体者也。若曾子,则可谓养志也。"赵注:"有恐违亲意也,故曰养志。"

[24] 流于人人:流传在众人中。人人,众人。信于朋友:被朋友所伸张。信,通"伸"。

[25] 舒余哀:舒解自己的悲哀。卒詹志:完成欧阳詹(以志养志)的志愿。李翱的欧阳詹传今已不传。

求仕与友兮,远违其乡[26]。父母之命兮,子奉以行。友则既获兮,禄实不丰[27]。以志为养兮,何有牛羊[28]。事实既修兮,名誉又光[29]。父母忻忻兮,常若在旁[30]。命虽云短兮,其存者长。终要必死兮，愿不永伤㉛。友朋亲视兮，药物甚良。饮食孔时兮，所欲无妨㉜。寿命不齐兮，人道之常。在侧与远兮，非有不同。山川阻深兮，魂魄流行㉝。祀祭则及兮，勿谓不通㉞。哭泣无益兮，抑哀自彊㉟。推生知死兮，以慰孝诚㊱。呜呼哀哉兮，是亦难忘！

㉖ 远违其乡：远离家乡。

㉗ 禄实不丰：俸禄确实不多。此指官位不高。

㉘ 何有牛羊：谓何须有牛羊；指不需要口腹之养。

㉙ 事实既修：指行为美好。修，完美。光：光大。

㉚ 忻忻：欢欣的样子；忻，同"欣"。

㉛ 终要必死：人总归有一死；要，取。

㉜ 孔时：很适时；孔，甚。所欲无妨：达成欲望没有阻碍。

㉝ 阻深：险阻深幽。流行：四处游走。

㉞ 勿谓不通："通"指阴阳两界交通，这里是说祭祀可以得到馨享。

㉟ 自彊：自制。

㊱ 推生知死：由生前可以知道死后，指亡灵会带来福佑。

　　唐时一般哀祭文都做韵语，而本篇前半是散体，后面是骚体，这种特殊的体制已表明是有意"复古"之作。

　　如作者在本篇之后所写《题哀辞后》所表明的，这篇哀辞是为"哀欧阳生之不显荣于前，又惧其泯灭于后"而作的。欧阳詹是出身于荒僻闽越的好学之士，远离父母，奔波异乡，才不得施，赍志以殁。对这种落拓士人的命运深表同情是韩愈作品常见的主题。在唐代，出身低微、依靠政能文才进身的士大夫是统治集团中新进的、具有积极进取意识的社会阶层，在政坛和文坛上都起着重要作用。这一阶层的处境和地位往往反映某一时期政治状况的良窳。中唐政出多门，矛盾丛生，造成才智之士仕途蹇窄，大才难施，正是社会危机的集中体现之一。包括韩愈本人在内的许多文人实际都是这种政治状况的牺牲品。由此也可以知道为什么他（当然还有其他许多人）热衷于表现这一主题，也可以明了这类作品的深刻的现实意义。

　　这篇作品前半散文的主要部分有两个层次：一是写自己与主人公的交往、离合；再是写后者奔波宦途、远离父母的境况。正因为是以生离死别这一充满感情的内容为主线，所以虽然只是平实地叙写实况，文字内含的深情却感人肺腑。特别是两个层次间以"呜呼，詹今其死矣"发感慨，又以"詹，闽越人也"做提顿，然后从游子和父母双方着笔，细致描写亲人离情别绪的隐微，再转到"以志养志"的安慰之辞，多层面地抒写出主人公命运的可悲。末段的抒情则利用骚体，更造成反复咏叹的效果。这样，文章基本采用陈述方式，既没有表情强烈的语汇，也不用激越愤发的语气，和另一些哀祭文如下面所选的《祭十二郎文》等明显不同；但就是如此娓娓而谈，却低回婉转地把无尽哀情表述得淋漓尽致，充分发挥了散体和骚体的表现功能。

题 哀 辞 后①

　　愈性不喜书，自为此文，惟自书两通②：其

一通遗清河崔群,群与余皆欧阳生友也,哀生之不得位而死,哭之过时而悲③;其一通今书以遗彭城刘君伉④。君喜古文,以吾所为合于古,诣吾庐而来请者八九至,而其色不怨,志益坚⑤。

① 题目或作《题欧阳生哀辞后》。

② 不喜书:不好书写。通:篇。

③ 崔群(772—832):与韩愈同年进士,后于元和年间拜相;清河是他的郡望。不得位:指不得较高官职。

④ 刘君伉:待考;彭城也是郡望。

⑤ 诣吾庐:来到自己住处。

凡愈之为此文,盖哀欧阳生之不显荣于前,又惧其泯灭于后也⑥。今刘君之请,未必知欧阳生,其志在古文耳。虽然,愈之为古文,岂独取其句读不类于今者邪⑦?思古人而不得见,学古道则欲兼通其辞;通其辞者,本志乎古道者也。古之道,不苟誉毁于人[8];刘君好其辞,则其知欧阳生也无惑焉[9]。

⑥ 显荣于前:取得荣耀于生前。泯灭于后:死后销声匿迹。

⑦ 句读不类于今:断句不同如今;"今"谓今文即流行的骈体文。

⑧ 苟:随便。誉毁:褒贬。

⑨ 无惑:无疑。

这一篇是对写作《哀辞》的说明。一方面指出写《哀辞》是"哀欧阳生之不显荣于前,又惧其泯灭于后",即发抒对友人的同情和纪念;另外更补充重要一点,就是欧阳詹在喜好古文方面与自己同道,哀悼他也是为了宣扬古文。

韩愈在这篇简短的文字里明确指出,自己写作和提倡古文,并不是单纯追求表达形式的变革,主要是为了学习和提倡古道即儒家圣人之道。他在别的地方也一再说明这样的想法,如说:"愈之所志于古者,不惟其辞之好,好其道焉尔。"(《答李秀才书》)这样就不只赋予他所提倡的古文以正大的旗号和充实的内容,更使得革正文体的努力与当时思想文化战线的斗争紧密配合起来。这也是韩、柳倡导古文得以成功并取得重大成就的重要原因之一。当然,韩愈还有另外的说法,如说:"余之志在古道,尤甚好其言辞。"(《答陈生书》)表明他同样十分重视语言表现形式的作用。他提出"文以明道",更明确地界定了文与道两者的地位和作用,即文以道为内容,道靠文来表达。如此两者兼重,处理好其间的辩证关系,正是韩愈等人提倡和写作古文取得成功的关键。

这篇虽只是短短的题跋,但仍有转折提顿,在陈述、议论中表达生死契阔之悲,文自情生,深情洋溢。

送孟东野序①

大凡物不得其平则鸣②。草木之无声,风挠之鸣③;水之无声,风荡之鸣。——其跃也或激之,其趋也或梗之,其沸也或炙之④;金石之无声,或击之鸣⑤;人之于言也亦然,有不得已者而后言⑥。其歌也有思,其哭也有怀,凡出乎口而为声者,其皆有弗平者乎⑦!乐也者,郁于中而泄于外者也,择其善鸣者而假之鸣⑧。金、石、丝、竹、匏、土、革、木八者,物之善鸣者也⑨。维天之于时也亦然,择其善鸣者而假之鸣。是故以鸟鸣春,以雷鸣夏,以虫鸣秋,以风鸣冬。四时之相推敚,其必有不得其平者乎⑩!

① 贞元十三年(797),孟郊自南方至汴州,依行军司马陆长源,与韩愈相识;十五年早春南归,韩愈有《醉留东野》诗相送;十六年,孟郊至洛阳应铨选,得溧阳(属江南西道宣州,今江苏溧阳县)尉,后以不治官事,调为假尉,不得意;曾至长安,将归,韩愈作《送孟东野序》送之,时在十八年或十九年。

② 不得其平:谓不能处在平正无颇状态。

③ 挠:扰动。

④ 其跃也或激之：谓水面扬波是因为有激荡它的原因。或，有。趋：急行，这里指急流。梗：阻碍。炙(zhì)：烧。

⑤ 金石：这里指乐器；金如钟之类；石如磬之类。

⑥ 不得已：谓不能自制。

⑦ 怀：感念。弗平：不平。

⑧ 郁于中：积聚于内心。泄于外：发露在表面。

⑨ 这里所述为"八音"即八类乐器。金，如钟、钹。石，如磬。丝，如琴、瑟。竹，如管、龠。匏(páo)，如笙、竽。土，如埙(xūn)，陶制，形如纺锤，中空有孔。革，如鼓。木，如柷(chù)，形如漆桶，四方形，左右击之。

⑩ 推敚：变迁。敚，"夺"古字。

　　其于人也亦然：人声之精者为言；文辞之于言，又其精也，尤择其善鸣者而假之鸣。其在唐虞，咎陶、禹其善鸣者也，而假以鸣⑪；夔弗能以文辞鸣，又自假于《韶》以鸣⑫；夏之时，五子以其歌鸣⑬；伊尹鸣殷⑭；周公鸣周⑮——凡载于《诗》、《书》六艺，皆鸣之善者也⑯。周之

衰,孔子之徒鸣之,其声大而远⑰;《传》曰⑱:
"天将以夫子为木铎⑲。"其弗信矣乎⑳!其末
也,庄周以其荒唐之辞鸣㉑。楚,大国也,其亡
也,以屈原鸣㉒。臧孙辰、孟轲、荀卿,以道鸣者
也㉓。杨朱、墨翟、管夷吾、晏婴、老聃、申不害、
韩非、慎到、田骈、邹衍、尸佼、孙武、张仪、苏秦
之属,皆以其术鸣㉔。秦之兴,李斯鸣之㉕。汉
之时,司马迁、相如、扬雄,最其善鸣者也㉖。其
下魏、晋氏,鸣者不及于古,然亦未尝绝也㉗。
就其善者,其声清以浮,其节数以急,其辞淫以
哀,其志弛以肆,其为言也杂乱而无章㉘。将天
丑其德莫之顾邪㉙? 何为乎不鸣其善鸣
者也㉚?

⑪ 唐虞:传说中尧与舜的国号。咎陶(gāo yáo):又作"皋
陶"、"咎繇",传说舜时东夷首领。禹:传说中远古夏部落
首领,被舜定为继承人。《尚书》有《皋陶谟》和《大禹谟》。

⑫ 夔(kuí):相传尧、舜时为乐官。假于《韶》以鸣:借助于

《韶》乐而鸣。传说《韶》是尧、舜时乐曲，经典中不见夔制《韶》乐事。

⑬ 《史记·夏本纪》上记载"（夏启之子）太康失国，昆弟五人，须于洛汭，作《五子之歌》"。伪《古文尚书》里有五篇歌词。

⑭ 伊尹：商臣，伊姓，尹为官名。伪古文《尚书》里有《伊训》、《太甲》、《咸有一德》等篇，托为所作。

⑮ 周公：姬姓，名旦，周武王弟，曾助武王灭商，武王死，成王年幼，暂行摄政。相传他制礼作乐，言论见今文《尚书》的《大诰》、《康诰》、《多士》、《无逸》、《立政》诸篇。

⑯ 《诗》《书》六艺：指《诗》、《书》、《易》、《礼》、《乐》、《春秋》六经。

⑰ 孔子之徒：孔子一派人。相传孔子删《诗》、《书》，定《礼》、《乐》，赞《易》，作《春秋》，其弟子编辑其言论为《论语》；又相传其弟子卜商序《诗》，作《丧服传》，曾参撰《孝经》，作《曾子》，等等。

⑱ 《传》：此指《论语》，"传"是相对于"经"而言。

⑲ 语出《论语·八佾》，谓上天利用孔子为宣扬教化的工具。木铎，本指以木为舌的大铃，上古用以发传达政令的信号。

⑳ 弗信：不可信。

㉑ 荒唐之辞：《庄子·天下》篇说所著为"荒唐之言"；荒唐意谓游说无根，漫无边际。

㉒ 春秋时期楚国兼并周围诸国，与晋争霸，战国时又攻灭越国，故称"大国"；屈原身处国家衰灭之际，以辞赋抒写忧国伤时的情思。

㉓ 臧孙辰、孟轲、荀子都被认为是儒家贤人，因此肯定他们以"道"鸣。臧孙辰，又称臧文仲(字仲，谥文)，春秋时鲁国执政，言论见于《左传》及《国语·鲁语》。

㉔ 杨朱：战国初魏国人，属于早期道家。墨翟：即墨子，春秋、战国之际鲁国人，一说宋国人，墨家学派创始人。管夷吾：字仲，春秋初期思想家，助齐鲁公称霸。晏婴：字平仲，即晏子，春秋时期齐国人，政治家。老聃：即老子，姓李名耳，字伯阳，谥曰聃，道家创始人。申不害：战国中期赵国人，早期法家，为韩昭侯相。韩非：战国末期韩国公子，法家。眷("慎"古字)到：战国时期赵国人，法家。田骈：一名陈骈，战国人，学黄、老之术，一般列为眷到一派。邹衍：亦作驺衍，战国时齐国人，阴阳家。尸佼：战国时期晋国人，一说鲁国人，为商殃门下客，殃曾师事之。孙武：战

国末期齐国人,兵家,助吴王阖闾称霸。张仪:战国时期魏国人,为秦相,主连横,纵横家。苏秦:字季子,战国时期东周洛阳人,拜六国相,主合纵,纵横家。以上列举诸家,均为"百家争鸣"的各派代表人物,从儒家立场看他们不合于"道",因而称之为"术",即学说、技艺。各家基本都有著述(如《老子》、《墨子》、《韩非子》、《孙子》等,但今本均不无问题),多数已佚,或存后人辑本,其思想学说则可通过文献及考古发现考见。

㉕ 李斯:战国末楚国人,秦政治家,协助秦始皇统一中国,后为赵高所忌被杀。他善文工书,著有《荐逐客书》、《苍颉篇》(已佚,有辑本)等。

㉖ 司马迁(约前 145—?):西汉史学家,著有《史记》。司马相如(前 179—前 117):西汉文学家,善辞赋。扬雄(前 53—18):西汉文学家、思想家。汉代文章为韩愈所师法,因而这些人被评为"最善鸣者"。

㉗ 魏、晋氏:魏王朝和晋王朝。魏,曹氏;晋,司马氏。未尝绝:没有断绝。

㉘ 就其善者:纵然是其中良好的。就,纵。清以浮:谓声韵清轻飘浮。数(shuò)以急:谓音节繁杂急促。淫以哀:谓

文词过分藻饰而凄恻。淫,过度。弛(shǐ)以肆:松懈而放纵。无章:没有条理。章,法规,条理。

㉙ 将:抑,或。天丑其德:上天厌恶其德行。丑,憎恶。莫之顾:不照顾它。

㉚ 何为:为何。不鸣其善鸣:谓不使善鸣者鸣。

　　唐之有天下,陈子昂、苏源明、元结、李白、杜甫、李观皆以其所能鸣㉛。其存而在下者,孟郊东野始以其诗鸣,其高出魏、晋,不懈而及于古㉜;其他浸淫乎汉氏矣㉝。从吾游者,李翱、张籍其尤也㉞。三子者之鸣信善矣。抑不知天将和其声而使鸣国家之盛邪㉟?抑将穷饿其身、思愁其心肠而使自鸣其不幸邪㊱?三子者之命则悬乎天矣。其在上也奚以喜,其在下也奚以悲㊲!

　　东野之役于江南也,有若不释然者㊳。故吾道其命于天者以解之㊴。

㉛ 陈子昂(661—702)：字伯玉，梓州射洪(今四川射洪)人，初唐文学家，致力于文体革新，被认为是"古文运动"先驱。苏源明(？—764)：字弱夫，京兆武功(今陕西武功)人，工文辞，有盛名，与杜甫等人交好。元结(719—772)：字次山，河南(今河南洛阳)人，盛唐文学家，亦致力于诗文革新，受到杜甫称赞。李观(766—794)：字元宾，陇西(今甘肃陇西)人，亦工古文，本与韩愈同年辈，早逝。韩愈作此文时李观逝世未久。上述诸人皆以文名，且创作均有"复古"倾向。

㉜ 高出魏、晋：谓其水准超越魏、晋人之上。及于古：达到古代水平。古此指先秦盛汉。

㉝ 浸淫：浸润，引申为接近。汉氏：指汉代诗文。

㉞ 其尤：其中的杰出者。

㉟ 和其声：相互唱和。

㊱ 思(sì)愁其心肠：使其怨思愁苦。思，怨思。

㊲ 在上、在下：指仕途是否顺利。奚以喜、奚以悲：致疑之词，文中表否定。

㊳ 役于江南：指任溧阳尉。役，服役；溧阳在江南。不释然：心情郁闷不解。

㊼ 命于天：受之天命，安慰之词。

这篇同样是送序，同样是对友人的慰藉之词，但立意和写法又有特点。

因为孟郊仕途不得意，心情郁郁，韩愈要安慰他，称赞他的文字可以和古代圣贤相比拟，并发挥出一套"不平则鸣"和鸣之善否的理论。立意从"鸣"字生发，主要篇幅是排比古今二十九种"鸣"的状况，议论滔滔，妙远不测，造成气势，得出结论。而雄辩的议论中自然流露出感慨悲歌之情。

上面已经提到，韩愈提倡"古文"的纲领是"文以明道"。"道"是指儒家圣人之道。前面的《答李翊书》正集中阐述了这一纲领。而韩愈在理论的具体发挥和创作实践中则表现出更为积极、更为丰富的倾向。其中一个重要观念就是本文提出的"不平则鸣"。这种观念上承孟子、司马迁的"发愤"著书说，下开宋人"文穷而后工"论，一方面明显有替在下位、受屈辱者鸣不平的意味，另一方面则大力肯定和表扬这些人的文学业绩。这无论在理论上还是实践上都具有重大意义。特别是韩愈所列举的"善鸣"典型,古代有儒家圣贤,也有诸子百家,本朝举出的则全是不得志的文人。这既显示了他的观念的开阔,也鲜明地表现出其文人本色。他主张好文章(诗文)要作不平之鸣,就是要求写作揭露现实矛盾,关怀民间疾苦,在人格上则提倡安于贫贱,不畏权势,这些都体现了古代文人的优良传统。

但如果仔细分析这篇文章,论述逻辑上却不无矛盾。古人早经指出其"格奇而调变,不能谓为有道理之文"。首先是所述基本观念的所谓"不平"实际包含两种意义:一是平正不颇,如开头作为类比的草木、流水等等所处状态,因而后面的"鸣国家之盛"和"自鸣其不幸"就都可以作为"不平"而并列了;再是不均,即贵贱、贫富、高下等等的不平,那么所鸣就是低贱者发愤之所作。韩愈在文章里显然把二者搅在一起了。但读这篇文章,一般却不会觉察观念、逻辑上的这种矛盾。这是因为文章先声夺人,气势特别盛大。

开头陡然而起,凭空立论,这是韩愈常用的手法。

以下由物及人，由人及天，再由天及于人言，一气直下，逐步引出文章所论主题的"文辞"；说文辞则由唐虞、三代、秦汉直说到本朝，高屋建瓴，排荡而出。全文以四十个"鸣"字相贯穿，交错转换，句式抑扬变化，语气升降顿挫，淋漓尽致地写出各种类型的"不平则鸣"，最后归结到对所送友人孟郊的慰解。是为友人鸣不平，是替自身抒怨愤，也是对压抑人才的现状的有力抨击。如此行文、构思，都显示了高度艺术技巧。

师　说①

古之学者必有师②。师者，所以传道、受业、解惑也③。人非生而知之者，孰能无惑④？惑而不从师，其为惑也，终不解矣。生乎吾前，其闻道也，固先乎吾，吾从而师之⑤；生乎吾后，其闻道也，亦先乎吾，吾从而师之。吾师道也，夫庸知其年之先后生于吾乎⑥？是故无贵无贱，无长无少，道之所存，师之所存也⑦。嗟乎！

师道之不传也久矣，欲人之无惑也难矣⑧。古之圣人，其出人也远矣，犹且从师而问焉⑨；今之众人，其下圣人也亦远矣，而耻学于师。是故圣益圣，愚益愚。圣人之所以为圣，愚人之所以为愚，其皆出于此乎⑩！

① 师说：论师之说；说是论说文体的一种。

② 学者：志学之人，治学之人。

③ 传道：指传圣人之道。受业：教授艺业。受，通"授"。解惑：解除疑难。

④ 意本《论语·述而》："子曰：'我非生而知之者，好古敏以求之者也。'"孰，谁。

⑤ 固先乎吾：本在我之前。固，本来。

⑥ 庸知：谓怎能计较。庸，岂。

⑦ 以上意本《吕氏春秋·劝学》："是故古之圣王，未有不尊师者也。尊师则不论其贵贱贫富矣。若此，则名号显矣，德行彰矣。故师之教也，不争轻重、尊卑、贫富，而争于道。"

⑧ 师道：为师、尊师之道。

⑨ 出人：超出一般人。犹且：尚且。

⑩ 出于此：由于这，指"耻学于师"。

　　爱其子，择师而教之；于其身也，则耻师焉，惑矣。彼童子之师，授之书而习其句读者，非吾所谓传其道、解其惑者也⑪。句读之不知，惑之不解，或师焉，或不焉⑫。小学而大遗，吾未见其明也⑬。

⑪ 童子之师：指孩童启蒙、教授读写的老师。句读（dòu）：指断句，这是幼学的基本功。读，通"逗"。

⑫ 或不焉：不，同"否"。

⑬ 小学而大遗：学其小者而忽略大者。

　　巫医、乐师、百工之人，不耻相师⑭。士大夫之族，曰师、曰弟子云者，则群聚而笑之⑮。问之，则曰：彼与彼，年相若也，道相似也⑯。位卑则足羞，官盛则近谀⑰。呜呼！师道之不复可知矣。巫医、乐师、百工之人,君子不齿⑱。今其智乃反不能及,其可怪也欤!

⑭ 巫医:上古巫、医不分;语本《论语·子路》:"子曰:'南人有言曰:人而无恒,不可以作巫医。'"百工:各类工匠。巫医、乐师、百工被看作是士大夫之下的低贱之人。

⑮ 族:类。

⑯ 相若:相类似,不相上下。

⑰ 位卑则足羞:谓所师者地位低下则从师者感到羞耻。官盛则近谀:谓所师者官位高则近乎谄媚。

⑱ 不齿:不与等列。

圣人无常师⑲。孔子师郯子、苌弘、师襄、老聃⑳。郯子之徒,其贤不及孔子。孔子曰:"三人行,则必有我师。"㉑是故弟子不必不如师,师不必贤于弟子,闻道有先后,术业有专攻,如是而已㉒。

⑲ 意本《尚书·咸有一德》:"德无常师。"又《论语·子张》:"子贡曰:'……夫子焉不学,而亦何常师之有?'"

⑳ 郯(tán)子:春秋郯国君主,郯国故地在今山东郯城县,据《左传》昭公十七年,郯子朝鲁,孔子从学"少皞氏鸟名官"事。苌弘:春秋时周敬王大夫,后以晋公族内讧被杀,据《孔子家语·观周》,孔子至周,"访乐于苌弘"。师襄:春秋时卫国乐官,据《史记·孔子世家》,"孔子学鼓琴师襄子"。又据《史记·老子韩非列传》,"孔子适周,将问礼于老聃",但孔、老关系多有不明处,"问礼"不一定是史实。

㉑ 语本《论语·述而》:"孔子曰:'三人行,必有我师焉。择其善者而从之,其不善者而改之。'"韩愈取其前半,突出学无常师义。

㉒ 术业:技艺学业。专攻:专门致力处。

李氏子蟠,年十七,好古文,六艺经传皆通习之㉓。不拘于时,学于余㉔。余嘉其能行古道,作《师说》以贻之㉕。

㉓ 李蟠:旧注谓贞元十九年进士。六艺经传:《诗》、《书》、

《易》、《礼》、《乐》、《春秋》六经的经与传,概指儒家经典。

㉔ 不拘于时:不受时风(不重师道的风气)所拘束。

㉕ 古道:指古代从师之道。贻(yí):送,给。

据旧注,李蟠贞元十九年进士,这篇文章作于他十七岁的时候,应是在他登第以前。文章中关于尊师重道、人非生知、学无常师等议论,本都是历来的常谈,没有太多新意。本文的意义在于其强烈的针对性,而其感染力则得自高超的表达技巧。

柳宗元被贬官永州,江南士子纷纷从学,他以"系囚"身份力避师名。他写《答韦中立论师道书》说:"……今之世不闻有师,有辄哗笑之,以为狂人。独韩愈奋不顾流俗,犯笑侮,收召后学,作《师说》,因抗颜而为师。世果群怪聚骂,指目牵引,而增与为言辞。愈以是得狂名,居长安,炊不暇熟,又挈挈而东,如是者数矣。"这里说到韩愈居长安、挈挈而东,是指他早年奔走幕府时情形。从前面所选《此日足可惜赠张籍》等作品可以知道,他当时就已极力团结后学,以师道自任。这是因为师道乃是传播圣人之道、教授古文之业的保障，也是他从事儒学和文学"复古"事业的重要条件。正基于此，他作《师说》，提倡师道，就表现出强烈针对性并具有重大现实意义。至于他在文章里把"道"与"艺"并举，"传道"与"受业"并重，抨击士大夫间耻于相师，批评他们不如"巫医、乐师、百工"，笔墨更显得相当尖锐。

　　文章表达清通简要，无一冗言赘语。开头使用韩文习见的先声夺人笔法，开门见山地提出"古之学者必有师"，树立论点，作为前提。然后条分缕析地论述师的作用、从师的必要、谁人可为师、师道的现状等；再用古今对比做转换，提出"爱子择师"、"巫医等不耻相师"、"圣人无常师"三项加以具体发挥；最后点题，说明写作缘起。短短四百余字，结构精严，波澜起伏，有尺幅千里之势。而作为提倡"古道"的具体体现，文中多处引用经典，但点化如己出，不露痕迹，则显示了使典用事的高度技巧。

　　还值得提出的是，文中提出"年相若"则耻相师，他和张籍等人的年龄正不相上下。可能在这点上他颇受非议，文章有为而发，也可见他"好为人师"的姿态。

祭十二郎文①

年月日②，季父愈闻汝丧之七日，乃能衔哀致诚，使建中远具时羞之奠，告汝十二郎之灵③：

呜呼！吾少孤，及长，不省所怙，惟兄嫂是依④。中年，兄殁南方，吾与汝俱幼，从嫂归葬河阳⑤。既又与汝就食江南，零丁孤苦，未尝一日相离也⑥。吾上有三兄，皆不幸早世⑦；承先人后者，在孙惟汝，在子惟吾⑧。两世一身，形单影只。嫂常抚汝指吾而言曰："韩氏两世，惟此而已。"汝时尤小，当不复记忆；吾时虽能记忆，亦未知其言之悲也。

---

① 十二郎名老成，韩愈兄介之子。介有二子，百川、老成；百川早卒。长兄韩会无子，过继老成为后。老成亦有二子，湘、滂，后滂归继其祖介。据本文，老成死于孟郊归江南的次年，即贞元十九年（803）。唐人大排行按曾祖所出计顺

序,老成行十二。

② 《文苑英华》所收本文作"贞元十九年五月二十六日",与下
文所述十二郎"六月二日"死相矛盾。

③ 季父:叔父。唐俗叔父可称名。衔哀致诚:心怀哀伤,致
以诚心。使建中远具时羞之奠:派遣仆人建中从远方准备
下应时祭品。羞,美味食品。奠,祭品。

④ 孤:幼而丧父。不省所怙(hù):指无父。典出《诗经·小
雅·蓼莪》:"无父何怙,无母何恃。"怙,依靠。兄嫂是依:
依靠兄嫂。韩愈生三岁父殁,就养于兄韩会。

⑤ 中年:谓这些年间。兄殁南方:韩会于大历十二年(777)
贬韶州(属岭南道,治曲江县,今广东韶关市),后卒于贬
所,具体时间不详。归葬河阳:把灵柩运回河阳葬在祖茔。

⑥ 就食江南:到江南谋食。建中二年(781)为避中原兵乱,
郑氏携家逃难到江南宣州。

⑦ 上有三兄:韩愈有兄会、介,另应有一人,不知名,或早夭。
早世:早卒。

⑧ 承先人后者:继承先人为后嗣的。以下"在孙"、"在子",
均据韩仲卿世次而言。

吾年十九,始来京城;其后四年,而归视汝⑨。又四年,吾往河阳省坟墓,遇汝从嫂丧来葬⑩。又二年,吾佐董丞相于汴州,汝来省吾,止一岁,请归取其孥⑪。明年丞相薨,吾去汴州,汝不果来⑫。是年,吾佐戎徐州,使取汝者始行,吾又罢去,汝又不果来⑬。吾念汝从于东,东亦客也,不可以久⑭。图久远者,莫如西归,将成家而致汝⑮。呜呼,孰谓汝遽去吾而殁乎⑯!吾与汝俱少年,以为虽暂相别,终当久相与处,故舍汝而旅食京师,以求斗斛之禄⑰。诚知其如此,虽万乘之公相,吾不以一日辍汝而就也⑱。

⑨ 韩愈贞元二年(786)来到长安谋贡举。以下计算年份依此。

⑩ 省(xǐng)坟墓:谓祭扫先人坟墓。从嫂丧来葬:郑夫人应于贞元九年卒于宣州,此年老成护丧归河阳。

⑪ 佐董丞相:韩愈贞元十二年起在董晋幕府为观察推官,中

唐时期节度使例带宰相衔,因称丞相。取其孥(nú):取来他的妻小。孥,儿子,或指妻小。

⑫ 丞相薨(hōng):古诸侯死曰薨,唐制三品死曰薨,董晋死时为检校左仆射同平章事,例带三品衔。吾去汴州:指董晋死,韩愈护丧归洛阳。

⑬ 佐戎徐州:在徐州张建封武宁节度使幕为节度推官。戎,武事,节度使幕为军府,故任职称"佐戎"。吾又罢去:贞元十六年五月韩愈为张建封所黜,去徐归洛。

⑭ 从于东:去到东方,"东"应是指宣州。东亦客:在东方也是客居。

⑮ 图久远:谋长久之计。成家而致汝:安家接你来。

⑯ 遽:匆促。

⑰ 旅食:谓在外谋生。斗斛(hú)之禄:谓微薄的俸禄;唐官员受禄米,以斗斛计算,十斗为斛。

⑱ 万乘(shèng)之公相:指宰相。万乘,万乘之国,大国,上古以车乘(四匹马拉的战车)计国力。辍汝而就:离开你去就任。辍,停留。

去年,孟东野往⑲。吾书与汝曰:"吾年未

四十,而视茫茫,而发苍苍,而齿牙动摇⑳。念诸父与诸兄,皆康强而早世,如吾之衰者,其能久存乎㉑?吾不可去,汝不肯来,恐且暮死,而汝抱无涯之戚也㉒。"孰谓少者殁而长者存,强者夭而病者全乎!呜呼,其信然邪?其梦邪?其传之非其真邪?信也,吾兄之盛德而夭其嗣乎㉓?汝之纯明而不克蒙其泽乎㉔?少者、强者而夭殁,长者、衰者而存全乎?未可以为信也。梦也,传之非其真也,东野之书,耿兰之报,何为而在吾侧也㉕?呜呼!其信然矣!吾兄之盛德而夭其嗣矣!汝之纯明宜业其家者不克蒙其泽矣!所谓天者诚难测,而神者诚难明矣㉖!所谓理者不可推,而寿者不可知矣㉗!虽然,吾自今年来,苍苍者或化而为白矣,动摇者或脱而落矣。毛血日益衰,志气日益微,几何不从汝而死也㉘。死而有知,其几何离?其无知,悲不几时,而不悲者无穷期矣。汝之子始十岁,吾之子始五岁,少而强者不可保,如此孩提者又可冀其成立邪㉙?呜呼哀哉!呜呼哀哉!

⑲ 指贞元十八年孟郊回溧阳,溧阳属宣州,可以旁证老成"从于东"为去到宣州。

⑳ 贞元十八年韩愈有致友人崔群书,其中说:"近者尤衰惫,左车(牙床)第二牙(上曰齿,下曰牙)无故动摇脱去;目视昏花,寻常间便不分人颜色;两鬓半白,头发五分亦白其一,须亦有一茎两茎白者。"

㉑ 诸父:指父辈。康强而早世:身体强健但早卒。其能久存乎:难道能长久存活吗?

㉒ 旦暮:早晚之间,犹一旦。无涯之戚:不尽的哀伤。

㉓ 盛德:德行盛大。夭其嗣:使其后嗣早亡。老成继韩会为嗣。

㉔ 纯明:纯洁明敏。不克蒙其泽:不得蒙受他(韩会)的恩泽。

㉕ 耿兰之报:耿兰送来的讣告。耿兰应是家里的仆人。

㉖ 意本《史记·伯夷列传》:"或曰:天道无亲,常与善人。若

伯夷、叔齐,可谓善人者非邪? 积仁挈行如此而饿死。且
七十子之徒,仲尼独荐颜渊为好学,然回也屡空,糟糠不
厌,而卒蚤夭。天之报施善人,其何如哉! ……余甚惑焉。
倘所谓天道,是邪非邪?"

㉗ 不可推:不可追问。推,推算,追问。

㉘ 几何:多少(时间)。

㉙ 汝之子:指韩湘。吾之子:韩愈二子:长曰昶,贞元十五年
生于符离,小字符郎,本年五岁;次子名州仇,后曾为富平
令。孩提:幼儿。冀其成立:期待他们长大成人。

汝去年书云:"比得软脚病,往往而剧㉚。"
吾曰:是疾也,江南之人常常有之,未始以为
忧也㉛。呜呼! 其竟以此而殒其生乎㉜? 抑别
有疾而至斯乎? 汝之书,六月十七日也;东野
云汝殁以六月二日;耿兰之报无月日。盖东野
之使者,不知问家人以月日;如耿兰之报,不知
当言月日。东野与吾书乃问使者,使者妄称以
应之耳㉝。其然乎? 其不然乎?

㉚ 比(bì)得软脚病：近来患脚气病。比，近来。软脚病，脚气病。剧：（病情）严重。

㉛ 未始：未尝。

㉜ 殒(yǔn)其生：死亡。

㉝ 妄称以应之：胡乱答应。妄称，乱说。

今吾使建中祭汝，吊汝之孤与汝之乳母㉞。彼有食可守以待终丧，则待终丧而取以来㉟；如不能守以终丧，则遂取以来。其余奴婢，并令守汝丧。吾力能改葬，终葬汝于先人之兆，然后惟其所愿㊱。呜呼！汝病吾不知时，汝殁吾不知日；生不能相养以共居，殁不得抚汝以尽哀㊲；敛不凭其棺，窆不临其穴㊳；吾行负神明而使汝夭，不孝不慈，而不得与汝相养以生，相守以死，一在天之涯，一在地之角㊴；生而影不与吾形相依，死而魂不与吾梦相接，吾实为之，其又何尤㊵？彼苍者天，曷其有极㊶！

㉞ 吊汝之孤:慰问你留下的孤儿。吊,慰问丧事。

㉟ "彼有食"二句:意谓如果他们可以维持生活如期守丧,就等他们丧期终了再接到我这里来。旧时守丧依据关系亲疏决定期限,父母之丧三年,服斩衰之服(衣边不缝的粗麻布丧服)。

㊱ 力能改葬:有能力迁葬。先人之兆:祖先坟茔,指河阳祖坟。兆,界域,引申为坟地的界域。惟其所愿:指奴婢的去留依个人意愿。

㊲ 抚汝以尽哀:拍打你的尸体以抒发哀情。抚,通"拊",拍击。

㊳ 敛不凭其棺:谓入殓时不在棺木前。敛,通"殓"。凭,靠。窆(biǎn)不临其穴:谓下葬时没有亲临墓穴。窆,棺木入土。

㊴ 行负神明:行为违背神明。

㊵ 其又何尤:有什么可埋怨的。尤,怨恨,归咎。

㊶ 彼苍者天:呼天之语,意谓苍天无知。语出《诗经·秦风·黄鸟》:"彼苍者天,歼我良人。"曷其有极:怨恨之语,谓有什么法则可循。曷,何。极,法则,法度。语出《诗经·唐风·鸨羽》:"悠悠苍天,曷其有极。"

自今以往，吾其无意于人世矣[42]。当求数顷之田于伊、颖之上，以待余年[43]。教吾子与汝子，幸其成[44]；长吾女与汝女，待其嫁[45]——如此而已。呜呼！言有穷而情不可终，汝其知之邪？其不知也邪？呜呼哀哉，尚飨[46]！

[42] 无意于人世：谓在人间别无所求。

[43] 伊、颖之上：谓在伊水和颖水上度过闲散生活，参阅《赠侯喜》诗注。以待余年：指度过余生。

[44] 幸其成：希望他们长大成人。

[45] 吾女与汝女：韩愈五女。据所作《女挐圹铭》，知第四女挐元和十四年(819)年十二卒于贬潮途中，则生于元和三年，此前有三女。后长嫁李汉，次嫁樊宗懿，三嫁陈氏不知名，第五女嫁蒋係；老成女不可考。

[46] 尚飨：祭文套语，祈祷亡灵享受祭品。

韩愈"古文"的总的风格是雄深雅健、猖狂恣睢（或简单地评为"恢奇"、"高古"），而具体作品由于体裁、题材、主题等等的不同,又采用多种多样的写法,表现出不同的格调,从而造成其文字千汇万状的面貌。比如这篇《祭十二郎文》,就不同干其他议论文字的辞严义密、气势充沛,也不同于碑传文字的叙事严整、摹写鲜明,而是有意用散体变调,在琐细的叙事中抒写哀思;构思则极力在虚处幹旋,随事曲注,翻空以出奇;文句看似凌乱,但有深情贯注,在散漫中见雄肆。

幼年的韩愈和老成一起被郑氏养育,共同度过了饱经忧患的童年。后来韩愈进京赴选,流宦谋生,两人不得不分离。从文章看,老成卒年约在三十上下。他没有求举谋仕,或因为体弱多病,或资质本来薄弱,短暂的一生是可悲可怜的。而自贞元初即在宦途奔波的韩愈也饱经坎坷,体验了杜甫所谓"朝叩富儿门,暮随肥马尘。残杯与冷炙,处处潜悲辛"的艰难。他两度不得已而入幕,均铩羽而归,只得到四门博士这一个学官冷曹。至贞元十九年春又曾一度被罢职。韩愈写这篇文字,可能就在罢职居闲时。他感事伤身,由于一己的痛切人生体验更增强了对亡侄夭折的伤痛。古人说:"凡诗文出于真情则工,昔人所谓出于肺腑者也。"(薛瑄《薛文清公读书录》卷四)这篇文章的字里行间真情洋溢,真是血泪满纸,历来被评为"千古绝调"(茅坤《八大家文钞》卷三,吴楚材、吴调侯《古文观止》卷八)。

这篇文章抒写悲情兼有喷薄雄肆和哀婉深沉的特点,文字如强抑悲痛,脱口而出,未加修饰,实则精心结撰,是真情流出的至文。写法上的一个突出妙处在多用虚词。上古典诰之文少用虚词,是造成文风古朴浑噩的重要因素;后来诸子、《左》、《国》等使用虚词渐多,对传达语气文情起了重要作用。但虚词过多,则会使得文气卑弱不振。而如六朝骈体那样把虚词运用程式化,更限制了整体的表达功能。韩愈则出于抒情的需要,大量、重复地使用虚词,"其最妙处,自'其信然邪'以下,至'几何不从汝而死也'一段,仅三十句,凡句尾连用'邪'字者三,连用'乎'字者三,连用'也'字者四,连用'矣'字者七,几于句句用助辞矣。而反复出没,如怒涛惊湍,变化不测,非妙于文章者,安能及此?"(费衮《梁溪漫志》卷六《文字用语助》)如此运用虚词,造成了错杂抑扬、婉转绵长的节奏文情,把悲伤、痛悔、怨愤等种种复杂感情,表达得淋漓尽致。加之又多用短句、排句,更突显出哽咽吞吐的语气,宣泄悲情,气短韵长,形成强烈的抒情效果。

又整篇文字清通如口语,琐琐如道家常,和韩愈另一些文字的高古典雅又有不同。但这种比较浅俗的语言,虽不见精心研练痕迹,实则正得自推敲琢磨之功,不是仓促草率可以写出的。

送董邵南序①

燕、赵古称多感慨悲歌之士②。董生举进士,连不得志于有司,怀抱利器,郁郁适兹土③。吾知其必有合也④。董生勉乎哉! 夫以子之不遇时,苟慕义强仁者皆爱惜焉,矧燕、赵之士出乎其性者哉⑤!

---

① 韩愈有《嗟哉董生行》诗:"寿州属县有安丰,唐贞元时县人

董生召南,隐居行义于其中。刺史不能荐,天子不闻名声,爵禄不及门。门外惟有吏,日来征租更索钱。嗟哉董生朝出耕,夜归读故人书,尽日不得息。或山而樵,或水而渔……。"此"召南"与"邵南"应为同一人,从中可见其人处境,也可以知道他不得已而远赴河北求出路的原因。

② "燕赵"句:语本《汉书·地理志》:"赵、中山地薄人众……丈夫相聚游戏,悲歌忼慨。"古燕国,今河北北部和中部一带;古赵国,今河北南部一带。此处又暗用《史记·刺客列传》只身刺秦王的荆轲与友人高渐离在燕市慷慨悲歌事:"荆轲嗜酒,日与狗屠及高渐离饮于燕市。酒酣以往,高渐离击筑,荆轲和而歌于市中,相乐也。已而相泣,旁若无人者。"

③ 不得志于有司:指没有中举。有司,指负责举选的礼部。怀抱利器:指具有杰出才能。利器,精良工具,引申为才具。郁郁:不得志的样子。适兹土:去到这块地方,指河北。

④ 有合:有所遇合,指得到重用。

⑤ 不遇时:生不逢辰,不被重用。慕义强仁者:追求仁德、勉力于道义的人。矧(shěn):况且。出乎其性:指仁义出于

本性。

然吾尝闻风俗与化移易，吾恶知其今不异于古所云邪^⑥？聊以吾子之行卜之也^⑦。董生勉乎哉！

吾因子有所感矣。为我吊望诸君之墓，而观于其市，复有昔时屠狗者乎^⑧？为我谢曰^⑨：明天子在上，可以出而仕矣。

⑥ 风俗与化移易：风俗随教化情形不同而改变。恶（wū）知：怎么知道。今不异于古所云：如今和古语所说的情况有所不同。古所云，指"燕、赵古称"云云。

⑦ 聊：且。卜：占卜，引申为据以判断。

⑧ 望诸君：战国时乐毅，原为燕昭王上将，联合赵、楚、韩、魏伐齐，下七十余城，后以齐反间奔赵，赵封乐毅于观津，号望诸君，燕惠王致书为谢，往来燕、赵间；一说其墓在河北良乡县南三里。昔时屠狗者：指与荆轲、高渐离一起在燕市慷慨悲歌者。

⑨ 谢曰：致意说。

这篇送序仅百余字，古人评论说它"短而转摺多、气长"（李涂《文章精义》），"文仅百余字，而感慨古今，若与燕赵豪俊之士，相为叱咤呜咽其间，一涕一笑，其味不穷，昌黎序文当属第一首"（茅坤《八大家文钞》卷二）。

文章所写实际是时代的大问题：当时政出多门，科场腐败，正直士大夫没有出路，只好投靠藩镇；而董邵南又是去到属于"河北三镇"的逆乱反侧之地。董邵南这一行动或出于不得已，或由于对朝廷已经失望，总之有难言之隐。写送序，一般要表达祝福、惜别之情；但送董邵南去河北，却难以落笔。特别是韩愈本来反对藩镇割据，并不赞同他的做法。这样，文章就不得不使用曲笔，据"古"、"今"两字立意，从虚处呼应，曲尽吞吐的笔法。一开始引用古人对河北风俗的赞颂，说不得志的董邵南在那里"必有合"，从而做出"董生勉乎哉"的勉励之辞。但紧接着文思陡转，联想到"风俗与化移易"，表明古说已不适用今情，再做"董生勉乎哉"的劝勉，则已明显包含有告诫、讽喻之意。这是一层转折。然后"有所感"，照应前文，提出"吊望诸君"，借用古代忠义之人来劝勉友人出仕朝廷，这是又一层转折。文章题目曰"送"，实际是警告、劝阻其行。这样就用含蓄不露、曲折吞吐的笔墨，表达出曲折、深隐的看法。文章对古人事典的运用极其巧妙，开端的"燕赵古称"隐含着《史记》、《汉书》相关的大量典故，照应全篇主旨，表达言外之意。而一波三折的长句又有力地传达出曲折、复杂的感情。文中又频频利用"我"、"吾知"、"吾尝闻"、"吾恶知"、"吾因子"、"为我"（重复）等句式，强化了主观抒情色彩；更善用关联语如"矧知"、"然"、"恶知"、"聊以"，造成语势的曲折，突出立意的隐微，使行文有一种出没不测、烟云缭绕的气象。

圬者王承福传①

圬之为技，贱且劳者也。有业之其色若自

得者^②。听其言,约而尽^③;问之,王其姓,承福其名,世为京兆长安农夫^④。天宝之乱,发人为兵,持弓矢十三年^⑤;有官勋,弃之来归,丧其土田,手镘衣食,余三十年^⑥。舍于市之主人,而归其屋食之当焉^⑦。视时屋食之贵贱,而上下其圬之佣以偿之^⑧;有余,则以与道路之废疾饿者焉。

① 圬(wū)者:泥瓦匠。圬,做泥瓦工。

② 贱且劳:低贱又辛苦。业之:以之(泥瓦工)为业。

③ 约而尽:简约而透彻。尽,这里指尽其意。

④ 京兆长安:唐长安县为京兆府所辖,管理长安城西部。

⑤ 天宝之乱:指"安史之乱",起于唐玄宗天宝十四载(755)。时平卢、范阳、河东三镇节度使安禄山率镇兵叛乱,延续九年始告平定。发人为兵:征调民伕从军。人,"民"(唐太宗名李世民)之讳。

⑥ 有官勋:有官阶勋位。唐时立军功例授武散官阶和勋品,是无职事的荣誉称号。手镘(màn)衣食:操持抹泥板谋

取衣食。镘，抹泥板。

⑦ 舍：居住。市：长安城有东、西两市，分别在城东、西部的中间。这里当指西市。屋食之当（dàng）：居屋和饮食的价值。当，抵当。

⑧ 上下其圬之佣：提高或降低做泥瓦工的工钱。

又曰：“粟，稼而生者也⑨；若布与帛，必蚕绩而后成者也⑩；其他所以养生之具，皆待人力而后完也——吾皆赖之。然人不可遍为，宜乎各致其能以相生也⑪。故君者，理我所以生者也⑫；而百官者，承君之化者也⑬。任有小大，惟其所能，若器皿焉⑭。食焉而怠其事，必有天殃⑮。故吾不敢一日舍镘以嬉⑯。夫镘，易能可力焉⑰；又诚有功，取其直，虽劳无愧，吾心安焉⑱。夫力，易强而有功也⑲；心，难强而有智也⑳。用力者使于人，用心者使人，亦其宜也㉑。吾特择其易为而无愧者取焉。嘻！吾操镘以入贵富之家有年矣㉒。有一至者焉，又往

109

过之，则为墟矣㉓；有再至、三至者焉，而往过之，则为墟矣。问之其邻，或曰：噫！刑戮也；或曰：身既死而其子孙不能有也；或曰：死而归之官也㉔。吾以是观之，非所谓食焉怠其事而得天殃者邪？非强心以智而不足、不择其才之称否而冒之者邪㉕？非多行可愧、知其不可而强为之者邪㉖？将富贵难守、薄功而厚飨之者邪㉗？抑丰悴有时、一去一来而不可常者邪㉘？吾之心悯焉，是故择其力之可能者行焉。乐富贵而悲贫贱，我岂异于人哉！"又曰："功大者，其所以自奉也博㉙。妻与子，皆养于我者也。吾能薄而功小，不有之可也。又吾所谓劳力者。若立吾家而力不足，则心又劳也㉚。一身而二任焉，虽圣者不可能也㉛。"

⑨ 稼：种田。

⑩ 若：至于。蚕绩：养蚕缉麻。绩，把麻捻成线；蚕丝织绢

帛，麻织布。

⑪ 遍为：全都去做。各致其能：各尽所能。致，付出。相生：相互生养。主张社会各阶层各有职司，相互生养，是韩愈社会思想的重要观点，参见下《原道》。

⑫ 理：治理；理，"治"（唐高宗名李治）之讳。

⑬ 承君之化：承接君主的教化。

⑭ 惟其所能：只依其能力。

⑮ 食焉：取食于某事。怠其事：荒废其职务。怠，怠惰。天殃：天降的灾祸。

⑯ 舍镘以嬉：放下手中的抹泥板去游乐。嬉，戏乐。

⑰ 易能可力：容易掌握，可以出力。

⑱ 诚有功：确实有成效。直：同"值"。

⑲ 易强而有功：容易勉力来取得成效。

⑳ 难强而有智：难于勉强而变得聪明。

㉑ 意本《孟子·滕文公上》："百工之事，固不可耕且为也；然则治天下独可耕且为与？有大人之事，有小人之事。且一人之身而百工之所为备，如必自为而后用之，是率天下而路也。故曰：或劳心，或劳力；劳心者治人，劳力者治于人；治于人者食人，治人者食于人，天下之通义也。"

㉒ 有年：多年。

㉓ 墟：废墟。

㉔ 归之官：指被官府抄没。

㉕ 强心以智：勉强心力，自作聪明。不择其才之称（chèn）
否：不计他的才能是否相称。

㉖ 多行可愧：多做愧对于心的事。

㉗ 薄功而厚飨（xiǎng）：功劳很少而享受丰厚。飨，通"享"。

㉘ 丰悴（cuì）有时：谓盛衰变化于瞬间。悴，衰弱，疲萎。一
去一来：指丰去悴来。

㉙ 自奉也博：自己享受丰厚。奉，供养。

㉚ 立吾家：建立自己的家庭。

㉛ 一身而二任：一个人担负两方面的任务。圣者：《尚书·
洪范》："聪作谋，睿作圣。"孔传："于事无不通谓之圣。"不
可能：不能做到。

　　愈始闻而惑之，又从而思之，盖贤者也，盖
所谓独善其身者也㉜。然吾有讥焉，谓其自为
也过多，其为人也过少㉝。其学杨朱之道者
邪㉞？杨之道，不肯拔我一毛而利天下㉟。而

夫人以有家为劳心,不肯一动其心以畜其妻子,其肯劳其心以为人乎哉㊱?虽然,其贤于世之患不得之而患失之者,以济其生之欲、贪邪而亡道以丧其身者,其亦远矣㊲。又其言有可以警余者,故余为之传而自鉴焉㊳。

㉜ 独善其身:意本《孟子·尽心上》:"穷则独善其身,达则兼济天下。"

㉝ 有讥:有非议。自为:为自身。

㉞ 杨朱之道:杨朱,见前《送孟东野序》注㉔。其学说主张"贵生"、"重己"、"全性葆真",提倡"为我",是战国时期与儒家对立的显学。

㉟ 语本《孟子·尽心上》,其中说杨朱"拔一毛而利天下不为也";韩非子也说他"不以天下大利易其胫一毛"(《韩非子·显学》)。

㊱ 夫人:那个人;夫,指示代词。畜:养。

㊲ 患不得之而患失之:(未得时)忧虑得不到,(得到时)又忧虑失去。意本《论语·阳货》:"子曰:'鄙夫可与事君也与

哉？其未得之也,患得之;既得之,患失之。苟患失之,无
所不至矣。'"患,忧虑。济其生之欲:满足其生存欲望。
贪邪而亡道:贪婪邪恶而无道义。亡,无。

㉝ 警余:警醒自己。自鉴:自作鉴戒。

　　这是一篇很有特色的传记文,而其立意本在议论。
韩愈还有《毛颖传》那样以"传"立题的文字,本书下面
也将选录。毛颖本出于虚构,实际是暗喻毛笔;王承福
则实有其人。因此有人认为《毛颖传》那样的作品是
"游戏之传",把《王承福传》这一类叫做"寄托之传"
(全谢山《答沈东甫征君文体杂问》,《鲒埼亭集》外集卷
四七)。而鲁迅又明确指出这类作品"幻设为文","以
寓言为本","无涉于传奇"(《中国小说史略》第八篇
《唐之传奇文(上)》)。这是发展了阮籍的《大人先生
传》、陶渊明的《五柳先生传》、王绩的《醉乡记》等立意
方法的兼用史传、寓言、小说笔法的独特传记文,实可视
为杂文的一体。这篇作品主要是以人传言,以言传人,
即通过王承福来发表议论,又通过这些议论来表扬一种

理想的人格。而王承福及其言论更和后面作者的评论相照应,所以作品表达的乃是作者自己的观点。这种写法也体现了韩愈在文体方面的创新。

文章主题从《孟子》"劳心者治人,劳力者治于人"的观点演化而来。这本是当时人所习知的看法,但韩愈利用奇异的构想、生动的叙事把内容表达得趣味盎然。文章表扬"贱且劳"的传主那种漠视利欲、安贫乐道的精神,揭示"富贵"之人或尸位素餐、薄功厚飨,或贪邪无道、多行可愧而自取败亡的下场,造成鲜明的对比,表现鲜明的爱憎、褒贬态度,既有激愤又有讽刺。其中一大段对于"富贵之家"的近乎诅咒的议论,实际是韩愈在长安十几年所见所闻的总结,也是他经过多年人生历练取得的教训。当然,正因为王承福不过是作者的代言人,所以他的议论口吻不像是个"劳力者",至于文章观念上的消极面也是很明显的。

文章前面略叙人物因缘,结尾着意点题,中间是他人替自己说话,这又和《送李愿序》的结构类似。这种方法让议论出自别人,作者成为旁观者,也是客观的评

论者,从而增强了说服力,结构也显得抑扬错落,行文更
有情致。

杂　说（四首选一）

　　世有伯乐,然后有千里马①。千里马常有,
而伯乐不常有②。故虽有名马,祇辱于奴隶人
之手,骈死于槽枥之间,不以千里称也③。

① 伯乐:相传为春秋时期秦国秦穆公(前659—前625在位)
　时人,姓孙名阳,以善驭马著名。《战国策·楚策四》记载:
　汪明见春申君,汪明曰:"君亦闻骥乎?夫骥之齿至矣,服
　盐车而上太行,蹄申膝折,尾湛胕溃,漉汁洒地,白汗交流,
　中坂迁延,负辕不能上。伯乐遭之,下车攀而哭之,解纻衣
　以幂之。骥于是俛而喷,仰而鸣,声达于天,若出金石声
　者,何也?彼见伯乐之知己也……"为本篇立意所本。
② "千里马"二句:意本《楚辞·怀沙》:"伯乐既没,骥焉
　程兮?"

③ 奴隶人：奴仆。骈死：相并而死。槽枥：马槽。扬雄《方言》卷五："枥……或谓之皁。"郭璞注："养马器也。"

马之千里者，一食或尽粟一石。食马者不知其能千里而食也④；是马也，虽有千里之能，食不饱，力不足，才美不外见，且欲与常马等不可得，安求其能千里也⑤？

④ 食马者：喂马的人。食，通"饲"。尽粟一石：吃尽一石谷子；石，重量单位，一百二十斤。

⑤ 不外见：不表现在外。见，通"现"。安求：怎能要求。

策之不以其道，食之不能尽其材，鸣之而不能通其意，执策而临之曰⑥：天下无马。呜呼！其真无马邪？其真不知马也？

⑥ 策之：鞭策它；策，马鞭。鸣之：呼唤它。或谓马鸣，亦通。临之：挨着它。

117

这一篇和下篇写作年代均不可考。从内容看,应作于早年出仕不利时期,姑系于此。

这种寓言文乃是论说的变体。诸子文章已多利用寓言,但形成成熟的寓言文体则在唐代,主要是韩、柳的功劳。这一篇立意并不算新鲜。例如早有注①引述的屈原的话,类似的意思还有宋玉《九辩》:"当世岂无骐骥兮,诚莫之能善御。见执辔者非其人兮,故踌躇而远去。"《韩诗外传》卷七:"使骥不得伯乐,安得千里之足?"等等,都表示怀才不遇、知音难得的意思。韩愈抒写的也是同样的牢骚。然而这个短篇却千古被人广泛传诵,是因为它的构思、表达确有难以企及处。文章就伯乐驭马的常见典故生发,构想集中在"千里马常有而伯乐不常有"这一对矛盾上,进而又归结到马之"千里"与"食之"不以其道的矛盾。这就利用一个比较陈旧的题材发挥出全新的立意。而立意的鲜明的现实性和强烈的针对性则是很突出的。

文章在短短的篇幅里,运笔虚虚实实,结撰腾挪变化,创造出"以摇曳之调继斩截之词,兼'卓荦为杰'与

'纤徐为妍'"（钱钟书《管锥篇》第 2 册第 619 页）的艺术效果。特别其一结的两问，看似空灵，实则质实，再次突出了"不知马"的主旨。这样，造成尺幅千里之势，引人深思，余味无穷。

子产不毁乡校颂①

我思古人，伊郑之侨②。以礼相国，人未安其教③。游于乡之校，众口嚣嚣④。或谓子产："毁乡校则止。"曰："何患焉？可以成美。夫岂多言，亦各其志⑤。善也吾行，不善吾避。维善维否，我于此视⑥。川不可防，言不可弭⑦。下塞上聋，邦其倾矣⑧。"既乡校不毁，而郑国以理。

---

① 子产：名侨，字子产，春秋时期郑穆公（前 627—前 606 在位）时人，郑国执政。乡校即乡学。本篇立意据《左传》襄公三十一年："郑人游于乡校，以论执政。然明谓子产曰：

'毁乡校何如？'子产曰：'何为？夫人朝夕退而游焉，以议
执政之善否。其所善者，吾则行之；其所恶者，吾则改之，
是吾师也。若之何毁之？我闻忠善以损怨，不闻作威以防
怨。岂不遽止？然犹防川，大决所犯，伤人必多，吾不克救
也。不如小决使道，不如吾闻而药之也。'然明曰：'蔑也
今而后知吾子之信可事也。小人实不才，若果行此，其郑
国实赖之，岂唯二三臣？'仲尼闻是语也，曰：'以是观之，
人谓子产不仁，吾不信也。'"

② 伊郑之侨：伊，发语词。子产为郑穆公之孙，故称公孙侨，
又为子国之子，故称国侨。

③ 相国：辅助治国，指执政。

④ 嚣嚣：喧哗的样子。

⑤ 各其志：语出《论语·先进》："子曰：'亦各言其志也
已矣。'"

⑥ 维善维否：指事情的善恶。维，语词。否（pǐ），恶。

⑦ 弭：止。

⑧ 下塞上聋：下情闭塞，则在上位者聋聩；意本《穀梁传》文
公六年："上泄则下暗，下暗则上聋，且暗且聋，无以相通。"
邦其倾矣：国家就要覆灭了。倾，败灭。

在周之兴,养老乞言⑨。及其已衰,谤者使监⑩。成败之迹,昭哉可观⑪。

维是子产,执政之式⑫。维其不遇,化止一国⑬。诚率是道,相天下君⑭。交畅旁达,施及无垠⑮。

於虖⑯!四海所以不理,有君无臣⑰。谁其嗣之,我思古人⑱。

⑨ 典出《诗经·大雅·行苇》序:"周家忠厚,仁及草木,故能内睦九族,外尊事黄耇,养老乞言,以成其福禄焉。"养老乞言谓养老人之贤者,从乞善言。

⑩ 谤者使监:典出《国语·周语上》:"厉王虐,国人谤王。邵公告曰:'民不堪命矣。'王怒,得卫巫,使监谤者。以告,则杀之。国人莫敢言,道路以目。"

⑪ 昭:显著。

⑫ 执政之式:执政者的楷模。式,规范。

⑬ 化:教化。

⑭ 率:遵循。相:辅佐。

⑮ 交畅旁达：谓普及到四方。施（yì）及无垠：无远不到。施，蔓延；无垠，无限。

⑯ 於虖：同"呜呼"。

⑰ 有君无臣：谓有贤君而无良臣。

⑱ 嗣：继承。

这是一篇颂辞，但却以议论行文，又是一种创格。全篇基本用四言韵语，只是略施变化，以增强文思的灵动；由于文思纵横跌宕，读后不觉为短小的有韵文字。前幅用韵文隐括注①所引《左传》襄公三十一年子产不毁乡校故事，但只用了接近原文一半的文字（原文173字，本篇用89字），十分简洁、清晰地复述出事件，而且人物的口吻声情毕现，可见作者的笔力。接下来是立议，进而简练地点出周朝兴衰的两个典型事例，以为正反面的教训，更造成文思的错综。然后又归结到所颂人物子产，抒发感慨，并以"於虖"提顿，总结出治国的规律，从而由古及今，表明颂扬子产正所以批评当世。

文章中说"有君无臣"，显然有为君主回护的意味。

这当然反映了韩愈观念上的局限。但本文立意在颂扬"相国"者,并肯定治国方略在广纳群言,这种观点无论是当时还是如今都是具有训喻意义的。

复 志 赋①

愈既从陇西公平汴州,其明年七月,有负薪之疾,退休于居,作《复志赋》②。其辞曰:

居悒悒之无解兮,独长思而永叹③。岂朝食之不饱兮,宁冬裘之不完④?昔余之既有知兮,诚坎轲而艰难。当岁行之未复兮,从伯氏以南迁⑤。凌大江之惊波兮,过洞庭之漫漫。至曲江而乃息兮,逾南纪之连山⑥。嗟日月其几何兮,携孤媵而北旋⑦。值中原之有事兮,将就食于江之南⑧。始专专于讲习兮,非古训为无所用其心⑨。窥前灵之逸迹兮,超孤举而幽寻⑩。既识路又疾驱兮,孰知余力之不任⑪。

① 复志：意谓复于初志，持志不移的意思；汉刘歆有《遂初赋》，题意类似。

② 陇西公平汴州：董晋累爵为陇西郡开国公；汴州自大历来频动乱，贞元十二年朝命董晋为汴州刺史、宣武军节度副大使知节度事，韩愈随从。负薪之疾：谓托词有疾而闲居；语出《礼记·曲礼下》："君使士射，不能，则辞以疾，言曰：'某有负薪之忧。'"

③ 悒悒：忧闷的样子。永叹：长叹。

④ 宁：义同"岂"。

⑤ 岁行之未复：岁星（木星）公转一周十二年，此谓未及十二岁。从伯氏以南迁：伯氏指长兄韩会，南迁指被贬岭南事。

⑥ 曲江：岭南道韶州治曲江县，今广东韶关市。南纪：南方。语出《诗经·小雅·四月》："滔滔江汉，南国之纪。"

⑦ 携孤嫠（lí）而北旋：指随同嫂夫人郑氏、侄老成等北归河阳。孤嫠，孤儿寡妇。

⑧ 中原之有事：自建中二年"河北三镇"叛乱，四年泾原（泾原节度使镇泾州，今甘肃泾川县）兵变占领长安，朔方军（朔方节度使镇灵州，今甘肃武威市）相继叛乱。就食于江之南：指与嫂夫人一起逃亡宣城。

⑨ 专专：谨慎的样子。专，通"颛"。古训：古人教训，指先儒之道。《诗经·大雅·烝民》："古训是式。"毛传："古，故；训，道。"

⑩ 前灵：前贤。逸迹：超迈的踪迹，指高妙的德行。孤举：独自高举。幽寻：探寻深幽的道理。

⑪ 不任：不堪，不能胜任。

　　考古人之所佩兮，阅时俗之所服⑫。忽忘身之不肖兮，谓青紫其可拾⑬。自知者为明兮，固吾之所以为惑。择吉日余西征兮，亦既造夫京师⑭。君之门不可径而入兮，遂从试于有司⑮。惟名利之都府兮，羌众人之所驰⑯。竞乘时而附势兮，纷变化其难推⑰。全纯愚以靖处兮，将与彼而异宜⑱。欲奔走以及事兮，顾初心而自非⑲。朝骋骛乎书林兮，夕翱翔乎艺苑⑳。谅却步以图前兮，不浸近而愈远㉑。

⑫ 所佩、所服：引申为服习之意。意本《离骚》："謇吾法夫前

修兮,非世俗之所服。"

⑬ 不肖:不良,不贤。青紫:指高官显贵。汉代丞相、太尉金印紫绶,御史大夫银印青绶,绶是拴印钮的丝带。此句意本《汉书》卷七五《夏侯胜传》:"士病不明经术;经术苟明,其取青紫如俛拾地芥耳。"

⑭ 吉日:吉利日子。语本《离骚》:"历吉日兮吾将行。"西征:西行。指自宣州赴长安。造:去,到。

⑮ 君之门:指朝廷。语本《楚辞·九辩》:"岂不郁陶而思君兮,君之门以九重。"径而入:直接进入。从试于有司:指赴官府(具体是礼部)参加考选。

⑯ 都府:都会,引申为汇集之处。羌:发语词。所驰:所追逐。

⑰ 乘时:利用时机。附势:依附权势。难推:难以推知。

⑱ 全纯愚:谓保全自己的纯鲁愚直。靖处:安于寂寞。异宜:不相合。

⑲ 及事:办成事,指得到官位。初心:当初的志愿。自非:自我否定。

⑳ 骋骛、翱翔:均引申为畅游。

㉑ 谅:推想。却步以图前:意本《家语·儒行》:"是犹却步而

欲求及前人,不可得也。"不浸近而愈远:意本屈原《九歌·大司命》:"不寖近兮愈疏。"

哀白日之不与吾谋兮,至今十年其犹初㉒。岂不登名于一科兮,曾不补其遗余㉓。进既不获其志愿兮,退将遁而穷居㉔。排国门而东出兮,慨余行之舒舒㉕。时凭高以回顾兮,涕泣下之交如㉖。戾洛师而怅望兮,聊浮游以踌躇㉗。假大龟以视兆兮,求幽贞之所庐㉘。甘潜伏以老死兮,不显著其名誉㉙。非夫子之洵美兮,吾何为乎浚之都㉚?小人之怀惠兮,犹知献其至愚㉛。固余异于牛马兮,宁止乎饮水而求刍㉜。伏门下而默默兮,竟岁年以康娱㉝。时乘闲以获进兮,颜垂欢而愉愉㉞。仰盛德以安穷兮,又何忠而能输㉟?

㉒ 白日之不与吾谋:指时日迅速流逝。至今十年:自贞元二年来长安已十一年,此举成数。

㉓ 登名于一科：名字列入科举的一个科目里，指贞元八年中
　　进士第。

㉔ 遁：隐遁，归隐。穷居：困居。

㉕ 排国门：推开国都城门。舒舒：缓慢的样子。

㉖ 凭高：登上高处。交如：交流的样子。

㉗ 戾洛师：到达洛阳。戾，至；洛师，语本《尚书·洛诰》：“予
　　惟乙卯，朝至于洛师。”浮游：四处游荡。

㉘ 假大龟以视兆：利用龟卜来看吉凶。假，借；兆，征兆。求
　　幽贞之所庐：访求隐逸之士居住的地方。幽贞，语本《易
　　经·履》：“幽人贞吉。”

㉙ 显著：张扬。

㉚ 夫子：指董晋。洵（xún）美：实在美好。洵，诚然。语本
　　《诗经·郑风·有女同车》：“彼美孟姜，洵美且都。”浚之
　　都：指汴州。汉置浚仪，汴州以浚仪为治所。

㉛ 怀惠：感念恩德。

㉜ 求刍：求食。刍，喂牲口的草料。语本《孟子·公孙丑
　　下》：“今有受人之牛羊而为之牧之者，则必为之求牧与
　　刍矣。”

㉝ 竟岁年：终年。竟，终了。

㉞ 乘闲：趁机会。愉愉：和颜悦色的样子。

㉟ 安穷：安于困顿。何忠而能输：怎能献上忠心。

　　昔余之约吾心兮,谁无施而有获㊱。嫉贪佞之洿浊兮,曰吾其既劳而后食㊲。惩此志之不修兮,爱此言之不可忘㊳。情怊怅以自失兮,心无归之茫茫㊴。苟不内得其如斯兮,孰与不食而高翔㊵？抱关之陋陋兮,有肆志之扬扬㊶。伊尹之乐于畎亩兮,焉富贵之能当㊷？恐誓言之不固兮,斯自讼以成章㊸。往者不可复兮,冀来今之可望㊹。

㊱ 约吾心：约束自己的心志。

㊲ 贪佞：贪婪奸邪。洿(wū)浊：人格卑下。洿,通"污"。

㊳ 惩此志之不修：警惕这样的志愿不能实现。

㊴ 怊(chāo)怅：感伤失意的样子。自失：神情恍惚。

㊵ 内得：指心有所获。

㊶ 抱关：守门人。陋陋：地位低下。扬扬：得意的样子。意

129

本《荀子·荣辱》:"故或禄天下而不自以为多,或监门御
旅,抱关击柝,而不自以为寡。"

㊷ 伊尹:商汤臣,佐汤伐桀,被尊为阿衡,早年为陪嫁奴隶。
畎亩:田间,垄上为亩,垄下为畎。意本《孟子·万章上》:
"孟子曰:……伊尹耕于有莘之野,而乐尧舜之道焉。……
汤使人以币聘之,嚣嚣然曰:'我何以汤之聘币为哉?我岂
若处畎亩之中,由是以乐尧舜之道哉!'"

㊸ 自讼:自责;讼,责备。

㊹ "往者"二句:意本《论语·微子》:"往者不可谏,来者犹
可追。"

赋这种文体,经骚体赋、大赋、六朝的抒情小赋,到
唐代已发展到尾声。作为科举考试科目的律赋,几乎没
有多少文学意味。另一方面,赋作为文体又在实现"散
文化"的转变,如杜牧的《阿房宫赋》和宋代欧阳修的
《秋声赋》、苏轼的《赤壁赋》等等,已成为散文的一体。
唐人写作骚体赋并真正能够略得前人风神的,以柳宗元
最为杰出,再就是韩愈有作品四篇,颇值得一读。其创

作成败的关键在于能否表达真实的情感。

韩愈"四举于礼部则无成",不得已去到汴州董晋幕府。"唐制,幕府皆自辟而后命于天子,有不善则得以奏劾之,其去留甚轻;而帅又多尊贵自恣,以故直道者率不合"(王懋竑《读书记疑》卷一六)。虽然董晋尚称"长者",但以韩愈的志向、性情,在其属下,心情之抑郁可知。他的许多诗歌即抒写了这种心情。这篇赋一方面倾诉自己半生落拓、怀才不遇的遭遇,另一方面表达持志不移的意愿。由于辞赋体可以铺排展开,这篇作品也就得以相当细致地抒写内心的矛盾隐微,表达也相当真切动人。

全篇从结构到修辞都在有意追模屈赋,并确也表现出某些神似之处。但另一方面又显然可发现摹拟痕迹。句法、修辞不必说了,其中更多使用前人特别是屈赋的词语、事典;更主要的是作品中已不见屈原那种宏伟的气魄、高远的意境和惊采绝艳的艺术风格。这当然不能简单地归结为韩愈的才情不够,主要是辞赋作为文体已经完成了它的历史使命。

　　不过如前所说,韩愈(还有柳宗元)的辞赋作为这一文体的后劲,在唐代仍算是不可多得的作品;作为他的创作的一类,也值得一读。而韩愈的诗文往往融入辞赋技法,成为其成功的要素之一,则表明其辞赋修养的另一方面的意义。

二、流贬南荒（803年12月—806年6月）

贞元十九年（803），韩愈三十六岁。这一年末的十二月，他在仕途上遭受更大挫折，被远贬为岭南连州阳山（今广东阳山）任县令，实际是被流放了。

韩愈自贞元二年入长安求举，到贞元十九年春，官只做到四门博士，这是"掌教文武七品已上及侯、伯、子、男子之为生者，若庶人子为俊士生者"（《唐六典》卷二一）的学官。后来他回忆这近二十年的情形说："愈少鄙钝，于时事都不通晓，家贫不足以自活，应举见官凡二十年矣。薄命不幸，动遭谗谤，进寸退尺，卒无所成。"（《上兵部李侍郎书》）到贞元十七年参加吏部的调选，是年冬（或以为次年春），被任命为四门博士，才算正式进入朝官行列。到十九年，晋升为监察御史，这是监察机构御史台属官，算是具有实权的职务。但为时不久，就遭逢贬谪之祸。

关于致贬的原因，史料记载不一，至今也没有定说。有资料说是因为他谏宫市。宫市是当时朝廷广受非议的弊政之一，宦官以宫廷需索为名到街市强行购物。有的说是因为他谏田旱，本年京畿诸县夏逢亢旱，韩愈有《论天旱人饥状》上奏朝廷。还有的说是受到奸臣李实的排斥。更有一种说法是受到王叔文、王伾为代表的改革派的嫉恨。从现存史料看，前三种看法都难以成立，只有第四种可以从韩愈自身的作品得到多方面的印证。可是如果这种说法成立，就直接关系到对韩愈的基本政治立场的评价，因此又出现各种不同的辩驳或解释。

客观地分析起来，韩愈遭贬确是出于革新派的排挤；但其中有韩愈本人的原因，也有革新派举措失当之处。德宗一朝的政治斗争本来十分激烈、尖锐。随着德宗年事衰迈，赞同革新的太子李诵继位在即，以二王（王叔文、王伾）、刘（禹锡）、柳（宗元）为首的革新势力迅速扩展势力。韩愈和刘、柳是朋友。他们不但文学主张相似，政治观点也大体一致：都要求革新朝政，关注民生，都主张加强中央集权，限制和打击藩镇和阉宦势力，等等。正是在革新派势力剧增的贞元十九年，韩愈在仕途上是一波三折：本年四月前，他离四门博士职，曾向新任京兆尹李实上书献文请求援引；七月复得四门博士。此次罢、授原因不详。是年冬，他和刘、柳一起得到御史中丞李汶推荐，同授监察御史；但到官不久，即被远贬连州阳山(今广东阳山县)县令。

韩愈后来有诗回忆说："……或自疑上疏，上疏岂其由？……同官尽才俊，偏善刘与柳。或虑语言泄，传之落冤雠。二子不宜尔，将疑断还不……"(《赴江陵途中寄赠三学士》)这表明，韩愈本人后来也一直对于遭贬原因心存疑问。他想到自己常常私下和刘、柳非议"二王"，怀疑是不是此情被泄漏而遭报复。而另有些诗文也表明，他对改革派的一些做法确实存有异议。在革新和守旧两派斗争急速激化的时候，朝廷政争形势本来十分严峻。白居易曾回忆说："臣又见贞元之末，时政严急,人家不敢欢宴,朝士不敢过从。"(《论左降孤独朗等状》,《白氏长庆集》卷六○)元稹也有诗说:"贞元岁云暮,朝有曲如钩。风波势奔趡,日月光绸缪。齿牙属为滑,禾黍暗生蟊……"(《阳城驿》,《元氏长庆集》卷二)韩愈在政治态度上本来趋于保守,又具有浓厚的君臣纪纲之类传统观念,加之革新派行动上又确有急躁冒进、结党营私等弊端,在激烈的斗争中个人恩私更会被抛开不计,冲突中往往玉石俱焚,结果韩愈就成了革新的对立面,被排斥也就有理由了。

这样,在贞元十九年底的严冬季节,韩愈走上南贬的漫漫长途。赴岭南,要出武关,下襄汉,过洞庭,溯湘江而上,历经山路崎岖、江河风涛之险。和他同行的有同时被流贬的友人张署。次年春,方抵达贬所连州阳山。韩愈描写这里的情况说:

阳山,天下之穷处也。陆有丘陵之险,虎豹之虞;江流悍急,横波之石廉利侔剑戟。舟上下失势,破碎沦溺者往往有之。县郭无居民,官无丞、尉。夹江荒茅篁竹之间,小吏十余家,皆鸟言夷面。始至,言语不通，画地为牢，然后可告以出租赋，奉期约。

是以宾客游从之士，无所为而至。(《送区册序》)

韩愈在这种偏僻冷落、类似系囚的境况下度过近一年半。这期间的贞元二十一年正月，顺宗即位，以"二王"和韦执谊为首的改革派出掌朝政，这就是历史上短命的"永贞革新"。因为朝廷屡有诏书大赦，夏秋之际，韩愈至郴州(今湖南郴县)待命。改革派当政仅半年多。至八月，宪宗李纯即位，"二王"、刘、柳等先后被远贬。朝廷又有大赦，韩愈仍遭阻遏，仅得移官江陵(今湖北荆州)法曹参军。次年六月，革新派已彻底被整肃，才被召为权知国子博士，得回京城。

这次是韩愈第二次下岭南。他所走过的是少年时期随同故去的兄长韩会走的同一条路。而这一次是政治迫害和打击加于自身了。在这两年多的时间里，他饱受征行、流贬之苦，人生旅途中经受了巨大磨难，也是磨练。他在艰难征途、荒凉贬所，执志不移，仍在勤学精思，著述不辍，总结、写作出纲领性著作《原道》等；新的人生体验，新的精神境界，又使他创作出一批更具特色的精彩诗文。

答 张 十 一①

山净江空水见沙,哀猿啼处两三家。筼筜
竞长纤纤笋②,踯躅闲开艳艳花③。未报恩波
知死所④,莫令炎瘴送生涯⑤。吟君诗罢看双
鬓,斗觉霜毛一半加⑥。

① 张十一:名署(758—817),河间(今河北河间县)人,贞元
二年(786)进士,举博学宏词科,为校书郎、武功(今陕西武
功)令。贞元十九年冬韩愈拜监察御史,张署亦为李汶所
荐为同官,年末同时遭贬,署得郴州临武(今湖南临武)令。
张署致贬的具体原因亦不可确考,但两人遭遇的政治背景
显然是相同的。两人相偕南行,一路诗文唱和,抒写"同
气"之感。至临武惜别,韩愈继续南下。此诗为告别时所
作。今存有张署原唱,见下解说。
② 筼筜(yún dāng):一种皮薄、节长而秆高的竹子。纤纤:

　细小的样子。

③ 踯躅(zhí zhú)：杜鹃花。

④ 恩波：恩泽。知死所：知道另有死处(意谓不当死在这里)。

⑤ 炎瘴：南方热带的瘴气。瘴气，致人死病的疫气。

⑥ 斗觉：立即感到。斗，通"陡"，顿。

　张署赠韩愈的原唱是：

　　　九疑峰畔二江前，恋阙思乡日抵年。白简趋朝
　曾并命，苍梧左宦一联翩。鲛人远泛渔舟水，鵩鸟
　闲飞露里天。涣汗几时流率土，扁舟西下共归田。

　(《赠韩退之》，《全唐诗》卷三一四)

这表明写诗的地方在九疑山下。九疑山正在张署贬所
临武县西，山下有桂水和武溪。张署诗的情绪显然偏于
消极：他用汉代贾谊贬长沙作《鵩鸟赋》的典故，期待得
到朝廷恩赦("涣汗"意谓帝王发布命令)，归田隐居。
韩愈的答诗仅以结句呼应其贬谪的悲情，前半对眼前景
物的描写，明丽闲淡，流露出安详顺适的情绪；到颈联
(第三联)更直叙志意，半是对友人的安慰，半是个人心

志的表白：期待着报效朝廷的机会,决不在这炎瘴之地耗尽生命。这样就在传统的忠君意念里,表达了洗刷罪名、终得大用的自信。

韩愈写诗擅古体,近体七律仅十首。从这首看,格律的精严、运思的深醇确能"真得杜(甫)意"(程学恂《韩诗臆说》)。张署的原唱前半叙事,但颈联泛用典故,意境欠完整、浑融。韩诗则前半描写,后半议论,这虽是七律一般结构方式,但对于景物有全景的描写,有细节的刻画,特别是所写南方春季里的特有风光,明净的山水中哀猿啼鸣,竹笋遍地,杜鹃盛开,整个境界空灵鲜活而又闲淡静谧,从如画的风景里表露出淡淡的哀愁;后半的议论就原唱翻案,有精辟的意念,有深情的劝慰。短短的八句诗,结构开阖变化,运笔抑扬转换,境界十分鲜明,感情更富有深度。

叉　　鱼[①]

叉鱼春岸阔,此兴在中宵。大炬然如昼,

长船缚似桥②。深窥沙可数，静搒水无摇③。刀下那能脱，波间或自跳。中鳞怜锦碎，当目讶珠销④。迷火逃翻近，惊人去暂遥。竞多心转细，得隽语时嚣⑤。潭馨知存寡，舷平觉获饶⑥。交头疑凑饵，骈首类同条⑦。濡沫情虽密，登门志已辽⑧。盈车欺故事，饲犬验今朝⑨。血浪凝犹沸，腥风远更飘。盖江烟羃羃，拂棹影寥寥⑩。獭去愁无食，龙移惧见烧⑪。如棠名既误，钓渭日徒消⑫。文客惊先赋，篙工喜尽谣⑬。脍成思我友，观乐忆吾僚⑭。自可捐忧累，何须强问鸮⑮。

① 韩愈有《祭郴州李使君》文，中有"投叉鱼之短韵，愧韬瑕而举秀"句，即指此诗；李使君讳伯康，字士丰，永贞元年十月卒。张署所在临武属郴州，此诗当为韩愈是年夏天待命郴州时所作。

② 然：同"燃"。

③ 静搒(bàng)：停下船。搒，撑船。

④ 中鳞：指刺着鱼。锦碎：形容破碎的鱼身。语出潘岳《射雉赋》："霍若碎锦。"珠销：形容刺中鱼目。《北史·倭国传》："有如意宝珠，其色青，大如鸡卵，夜则有光，云鱼眼睛也。"以宝珠比鱼眼。

⑤ 竞多：争相多捕。得隽（jùn）：得到大鱼。隽，通"俊"，出众者。语时嚣：不时发出喧嚣。

⑥ 潭罄：潭水已空，指无鱼。罄，尽。舷平：船舷和水面齐平，形容船重。

⑦ 凑饵：凑向食饵。骈首：两头相并。都是描写叉得的鱼的姿态。

⑧ 濡沫：以口里的水沫相互润泽。典出《庄子·大宗师》："泉涸，鱼相与处于陆，相呴以湿，相濡以沫。"登门：登龙门。典出《艺文类聚》卷九六录辛氏《三秦记》："河津一名龙门。大鱼集龙门下数千，不得上。上者为龙，不上者（原注：句有脱文）故云曝腮龙门。"龙门在今陕西韩城县和山西河津县间黄河上。

⑨ 盈车：典出《孔丛子·抗志》："魏人钓于河，得鳏鱼焉，其大盈车。"欺故事：谓前人讲的大鱼盈车只是无根之谈。故事，指古老相传之事。饲犬：典出《盐铁论》："江陵之滨，

以鱼饲犬。"验今朝：谓今天得到证实。

⑩ 幂幂(mì mì)：同"幂幂"，深密的样子。拂棹：回船。拂，
背；棹，船桨，指船。

⑪ "獭去"二句：水獭以鱼为食，鱼尽则愁无食；又唐时有烧
尾之说，本来是指新授高官向皇帝献食，这里用其字面，说
龙惧怕像鱼那样被烧而迁移了。

⑫ 如棠：《左传》隐公五年记载："(鲁隐)公将如棠观鱼者。"
据旧注，实际是指捕鱼，因此说成"观"是错误的。钓渭：
典出《史记·齐太公世家》："吕尚盖尝穷困年老矣，以鱼钓
奸周西伯，西伯……果遇太公于渭之阳。"这里是说今天又
鱼也不同于古代姜太公钓鱼事。

⑬ "文客"二句：文人词客都惊喜地争先赋诗，船工也都高兴
得唱起来。

⑭ 脍：细切的鱼肉。观乐：语本《左传》襄公二十九年："吴公
子札来聘……请观于周乐。"这里指观看众人之乐。

⑮ 忧累：忧患。问鸮(xiāo)：鸮，猫头鹰。汉贾谊贬长沙，作
《鹏鸟赋》，谓"鹏似鸮，不祥鸟也"，并发问说："请问于鹏
兮，予去何之?"这里是为了押韵而活用典故。

143

　　这是在南方贬所记叙游兴的诗,写的是一次和友人一起叉鱼的经过。韩愈诗的总风格是奇崛高古,但这一首却写得通俗明丽,情趣盎然。前幅描写叉鱼,用了诗人所常用的赋的铺叙笔法,极力描摹夸饰,绘形绘影,大的场面写得热闹异常,鱼的姿态等细节更是穷形尽相,字里行间又流露出参与者的勃勃兴致。后幅纯用议论,排比了一系列关于捕鱼的典故,仿佛在故作炫耀,正流露出幽默风趣。最后引发出捐弃"忧累"、不须"问鸮"的劝勉之词,实际劝勉友人也是诗人自己强作排遣。全篇喜中有悲,悲中有喜,在十分风趣的陈述笔墨中表达出沦落不平的感慨。这样,一首咏物、咏事诗就有了更深一层的含意,内中抒情也有了一定深度。

　　韩愈阳山遇赦,滞留郴州,逢宪宗即位大赦,却仅得"量移"江陵,再次踏上流役之路。这一时期他写过几篇长诗,如《赴江陵途中寄赠翰林三学士》、《岳阳楼别窦司直》、《永贞行》等,叙述生平,发抒感慨,旅途奔波之苦和命运坎坷之痛交织其中,成为他诗歌中艺术特色最为突出的作品。下面所选几首诗即是。

八月十五夜赠张功曹①

纤云四卷天无河,清风吹空月舒波②。沙平水息声影绝,一杯相属君当歌③。君歌声酸辞且苦,不能听终泪如雨:洞庭连天九疑高,蛟龙出没猩鼯号④。十生九死到官所,幽居默默如藏逃⑤。下床畏蛇食畏药,海气湿蛰熏腥臊⑥。昨者州前槌大鼓,嗣皇继圣登夔皋⑦。赦书一日行万里,罪从大辟皆除死⑧。迁者追回流者还,涤瑕荡垢朝清班⑨。州家申名使家抑,坎轲祇得移荆蛮⑩。判司卑官不堪说,未免捶楚尘埃间⑪。同时辈流多上道,天路幽险难追攀⑫。君歌且休听我歌,我歌今与君殊科⑬。一年明月今宵多,人生由命非由他,有酒不饮奈明何⑭!

① 八月十五:永贞元年(即贞元二十一年)的中秋。张功曹:

张署。韩愈和张署在郴州待命,宪宗即位大赦,两人仅得
量移(即职务所在略向接近朝廷的北方迁移),韩愈为江陵
法曹参军,张署为江陵功曹参军。诸曹参军是州的属官。

② 纤云:云彩微淡。天无河:天上不见银河;照应下面"月舒
波",是形容月光散射。

③ 相属(zhǔ):相劝,此处指劝饮。属,通"嘱"。

④ 九疑:九疑山,在今湖南宁远县南。猩鼯(wú):猩猩和飞
鼠。这里是说被贬南行的艰辛和路途的荒凉。

⑤ 幽居:深居不出。藏逃:躲藏逃避。

⑥ 食畏药:指害怕吃到蛊毒。《文选》录鲍照《苦热行》李善
注引顾野王《舆地志》:"江南数郡有畜蛊者,主人行之以杀
人。行食饮中,人不觉也。"湿蛰:湿气浓厚。蛰,多,盛。

⑦ 州前槌大鼓:在州府前击鼓。唐制,逢大赦日,宣布诏书,
击鼓千声。嗣皇继圣:指新皇帝即位。嗣皇,继位的皇帝。
登夔皋:指进用贤明大臣。夔、皋比拟贤臣;夔,相传舜时
为乐官;皋,相传舜时为掌刑狱之官。

⑧ 赦书:施赦的诏书。行万里:言传递赦书之急速。大辟:
死刑。除死:免除死刑。

⑨ 迁者追回:贬官者征调回朝任以官职。迁,左迁,贬官。流

者还：流放者回朝。涤瑕荡垢：除去污垢,比喻有罪者改
过自新。涤,清洗;瑕,玉石上的斑点,转义为缺点;荡,除
去;垢,污秽。朝清班：在清廉的班列中朝见皇帝。

⑩ 州家申名：指当时郴州已把自己的名字列在大赦名单里。
使家抑：被使府所压抑。郴州隶属湖南观察使管辖,当时
的湖南观察使、潭州刺史是杨凭。杨凭,字虚受,贞元十八
年出任湖南观察使,是柳宗元的岳父,与"二王"一派关系
密切,歌者张署怀疑受到他的阻扼。移荆蛮：量移到荆州。
移,量移;荆蛮,江陵为古荆楚地,贬称蛮荒之地。

⑪ 判司卑官：唐制州府分曹判事,参军判一司之事,称判司。
捶楚：用杖或板子打。据隋制,"诸司论属官,若有愆犯,听
于律外捯酌决杖"(《隋书》卷二《高祖纪下》)。唐沿隋俗,
下级官吏可受杖责。

⑫ 辈流：同一类人。上道：指遇赦首途。天路：指回归朝廷
的道路。难追攀：照应"同时流辈",自己难于追随北上。

⑬ 殊科：不一样。科,品,类。

⑭ 非由他(tuō)：不决定于其他。奈明何：意谓怎么面对这
月色。明,指月亮。语本《易·系辞上》："悬象著明,莫大
乎日月。"

这篇是七古,是韩愈所擅长的诗体。韩愈本以"莫须有"的罪名(他的许多作品表明,直到后来自己也不很清楚罪过在哪里)被贬到阳山,此后的一年多朝廷内部处在激烈的变动中。他离开长安不久,贞元二十一年一月下旬,德宗崩,顺宗即位;四月初,宦官集团拥立广陵王李淳(后更名纯)为太子,这样就曾两度施赦。另外二月还有一次大赦。不知道依据哪次赦令,韩愈得到郴州待命,再次遇见在那里的友人张署。到八月初顺宗禅位,宪宗立,"二王"集团显然已经失势,他们必然会萌生洗雪沉冤的希望和信心。而诏命到来,他们却一起被量移到偏远西方的荆州为判司,这就激起强烈的失望和怨愤之情,因之作歌唱和。

张署原唱不传。这首诗结构独创,诗人是把友人句意加以隐括,作为自己诗的主体。这种反客为主的构思方式,更能凸显出两人间心心相印、同病相怜的情怀。诗的开头描写中秋美丽月色,月明风清,对酒当歌,景色的美丽反衬感情的凄苦;中间友人的长歌正是声酸辞苦的叙情,从南下的艰辛、贬居的痛苦直写到对大赦的期待和量移的失望,深刻地表现了再次受抑的失落感;收尾以"明月"和"我歌"收束,正照应开端。而前面是对酒听歌"泪如雨",结尾却是以明月难得、人生有命劝慰友人,不仅显示出结构上虚实开阖的转换之妙,更抒写出情绪的转折抑扬。全篇七换韵,二至八句换韵不等,最后又单句收尾,句式的变化也有力地烘托出磊落不平的情绪。

诗人劝勉友人,把不幸归之天命,故作开解之语,也正是无可奈何之词,更沉痛地表现了悲愤、失望之情。

谒衡岳庙遂宿岳寺题门楼①

五岳祭秩皆三公,四方环镇嵩当中②。火维地荒足妖怪,天假神柄专其雄③。喷云泄雾藏半腹,虽有绝顶谁能穷④。我来正逢秋雨节,阴气晦昧无清风⑤。潜心默祷若有应,岂非正直能感通⑥。须臾静扫众峰出,仰见突兀撑青空⑦。紫盖连延接天柱,石廪腾掷堆祝融⑧。

森然魄动下马拜,松柏一径趋灵宫⑨。粉墙丹柱动光彩,鬼物图画填青红⑩。升阶伛偻荐脯酒,欲以菲薄明其衷⑪。庙令老人识神意,睢盱侦伺能鞠躬⑫。手持杯珓导我掷,云此最吉余难同⑬。窜逐蛮荒幸不死,衣食才足甘长终⑭。侯王将相望久绝,神纵欲福难为功⑮。夜投佛寺上高阁,星月掩映云曈昽⑯。猿鸣钟动不知曙,杲杲寒日生于东⑰。

① 衡岳:南岳衡山,在今湖南衡阳市北。韩愈受江陵法曹参军命后北上,途经衡山。

② 五岳:中岳嵩山、东岳泰山、西岳华山、南岳衡山、北岳恒山,统称五岳。祭秩皆三公:祭祀时品级都按三公对待。据《礼记·王制》:"天子祭天下名山大川,五岳视三公,四渎视诸侯。"三公或称三师,即太师、太傅、太保,名义上是皇帝的师傅,唐时只是宰相或藩镇统帅的荣誉称号。实际唐天宝年间五岳已封王,南岳封司天王。四方环镇:谓东、西、南、北四岳围绕镇守。嵩当中:嵩山居于中央。

③ 火维:指南方,南方属火。维,边隅。足妖怪:多有妖怪。天假神柄:上天赋予山神权柄。相传祝融为高辛氏火正,死后为火神,镇南方。专其雄:称雄一方。

④ 喷云泄雾:形容山上云烟缭绕。谁能穷:有谁能登上山顶。

⑤ 晦昧:阴暗不明。

⑥ 正直:指岳神。语本《左传》庄公三十二年:"神,聪明正直而壹者也。"感通:感应。语本《易·系辞上》:"《易》无思也,无为也,寂然不动,感而遂通天下之故。"

⑦ 须臾:一会儿。突兀:形容山势高耸的样子。

⑧ 紫盖、天柱、石廪、祝融:山峰名。衡山有七十二峰,最大者五:芙蓉、紫盖、石廪、天柱、祝融。腾掷:形容山势高耸如腾飞。

⑨ 森然:肃穆的样子。魄动:神魂惊动。灵宫:指岳庙大殿。

⑩ 动光彩:光彩闪耀。照应前面写日出时日光映射。鬼物图画:指墙上绘有神怪壁画。填青红:谓用青、红重彩描画。

⑪ 伛偻(yǔ lǚ):曲躬,恭敬的样子。荐脯酒:敬献祭品和祭酒。脯,干肉。菲薄:量少质次之物。此谦指上句"脯酒"。衷:衷心。

⑫ 庙令：执掌岳庙的官员。唐制,五岳四渎令各一人,掌祭
　　祀。睢盱(suī xū)：威严的样子。侦伺：仔细察看。

⑬ 杯珓(jiào)：古占卜用具,两片蚌壳或竹、木片,掷地观其
　　俯仰以定吉凶。余难同：谓其余办法都没有这种灵验。

⑭ 窜逐：流放。蛮荒：南方荒远之地。甘长终：甘心就此
　　终老。

⑮ 望久绝：谓早已绝望。神纵欲福：纵使岳神要降福佑。

⑯ 掩映：忽隐忽现。曈昽(tóng lóng)：迷蒙的样子。

⑰ 钟动：钟敲响。不知：不觉。杲杲：明亮的样子。

　　韩愈南贬阳山,经历了巨大的人生磨难,却造就了
他思想和诗文更成熟的阶段。下面选录的《原道》等体
现了他这一时期思想、学术的进展和成就。诗歌方面,
这一时期他创作出一系列艺术上更具特色的、高水平的
长篇巨制,其中七古一体更为突出。五古适于铺叙,但
音节比较窘窄。而七古音节漫长,表达更为开阔自由,
便于磊落以陈情。这一体创作,韩愈显然对李白、杜甫
的传统多有开拓。上一篇《八月十五夜赠张功曹》是歌

行体,这一篇和下面的《山石》等是典型的七古。这些诗写得高古雄健,感慨深长,读来让人神清气爽。

这首诗叙写路径衡岳、住宿岳庙一夜的经过,从前晚入山写到第二天旭日东升,踏上征途。这是诗人惯用的赋的铺叙手法。又巧妙地与议论、描写相结合,创造出恢弘的意境。开端以关于五岳的议论陪衬起,使立意显得十分高远。述说衡岳的形势和岳神的庄严,议中有叙,典重雄健,为山岳传神。接着转入主题"宿岳寺",一步步描写山间的云雾变换、峰峦雄伟、殿堂壮丽,风景愈转愈细。再由风物而及于人,最后归结到自身:写庙令引导占卜,发出对于生平的感叹。最后以夜宿、日出作结,暗示自己重新踏上征途,这也是艰难的人生旅途。

从诗的全篇结构看,前面极写山势的庄严雄伟,山神的正直感通,造成雄浑的气势,把高昂的气象推到极致;然后陡然反跌,述说自己窜逐蛮荒,神灵难佑,发抒感慨,造成对应的效果,余意无穷。景物描写极其奇丽鲜明:山间的气象变化,"阴气晦昧"中,须臾间群峰毕现;庙堂上佛画斑斓,庙令伛偻鞠躬,都以极其简洁的笔触写照传神。而使用响亮平正的上平声一东韵,且首句入韵,一韵贯通,则特别有助于突显出雄伟盛大、一气直泻的声势。

山　石

山石荦确行径微,黄昏到寺蝙蝠飞①。升堂坐阶新雨足,芭蕉叶大支子肥②。僧言古壁佛画好,以火来照所见稀③。铺床拂席置羹饭,疏粝亦足饱我饥④。夜深静卧百虫绝,清月出岭光入扉⑤。天明独去无道路,出入高下穷烟霏⑥。山红涧碧纷烂漫,时见松枥皆十围⑦。当流赤足踏涧石,水声激激风吹衣。人生如此自可乐,岂必局束为人靰⑧。嗟哉吾党二三子,安得至老不更归⑨。

① 荦确(luò què):巨石堆积的样子。行径微:谓山路狭窄不分明。

② 升堂:指登上佛殿。支子肥:栀子果实饱满。支,通"栀";

栀子,一种常绿灌木,果实可入药。

③ 稀:微细不清。

④ 羹:汤。疏粝(shū lì):粗糙的饭食。疏,通"疏",粗;粝,糙米。

⑤ 百虫绝:指各种野生动物鸣声寂静。扉(fēi):门户。

⑥ 穷烟霏(fēi):指尽在烟雾缭绕之中。穷,穷尽;烟霏,云烟缭绕的样子。

⑦ 松栎(lì):松树和栎树。栎,同"栎",即柞树,一种落叶乔木。

⑧ 为人靰(jī):被人所羁束;靰,马缰绳,引申为受人牵制。

⑨ 吾党:我们这类人。安得:反诘之词,怎能。归:谓退官隐居。此处暗用陶渊明《归去来辞》:"归去来兮,田园将芜,胡不归!"

　　这是一首纪游诗,以首两字为题,是《诗经》以来常见的命篇方式。所描写为南方景物,因而推测当是韩愈南迁山阳或后来贬潮时所作,姑系于此。

　　题材与前《宿岳寺》相同,写法也有近似处:同样写夜宿山寺,同样主要用铺叙笔法,同样是借风物抒感慨;

但表现手法和风格迥异,表达的情绪也不一样。因为不是名山大岳,就不能像《宿岳寺》那样用正大的议论陪衬开始,而是直入描写,用简练的笔墨叙写黄昏入山、到寺、留宿、次晨出山游历的所见所闻。描写技巧极佳:只用短短的篇幅,以高度凝练的文字,描绘出一幅幅风景,造成尺幅千里的气象。首四句写古寺的荒凉,但一片生机盎然,"新雨足"、"支子肥","足"字、"肥"字都十分新颖而传神,特别是景物中有人,人和景物互动。接下来更入僧人,一起欣赏古代壁画,被热情招待羹饭,又在月光清冷、万物寂静中入眠。运笔极其简妙:几个细节刻画出一派亲切而又静谧的风景,又透露出自己潇洒的情怀。写到第二天出寺,着力描绘山间隔绝人寰、明丽烂漫的环境:由拂晓的云烟缭绕,写到日出后满山红花,碧绿流水,引发出解脱现世羁束的感慨。"当流"一句暗用古《沧浪歌》"沧浪之水浊兮,可以濯我足"句意,正烘托出接下来"水声"句里的洒脱心境。而当流赤足,激风吹衣,高简闲淡,形神俱出。全篇按顺序叙写,看似无意求工,但语丽辞工,几乎是一句一景,有声有色。句律则多用散,力避骈偶,更有助于表达出磊落不平的心情。

感 春 四 首 (选一)①

皇天平分成四时,春气漫诞最可悲②。杂花妆林草盖地,白日座上倾天维③。蜂喧鸟咽留不得,红萼万片从风吹④。岂如秋霜虽惨冽,摧落老物谁惜之⑤。为此径须沽酒饮,自外天地弃不疑。近怜李、杜无检束,烂漫长醉多文辞⑥。屈原《离骚》二十五,不肯馎啜糟与醨⑦。惜哉此子巧言语,不到圣处宁非痴⑧。幸逢尧舜明四目,条例品汇皆得宜⑨。平明出门暮归舍,酩酊马上知为谁⑩。

① 这一组诗为元和元年春在江陵作。

② 漫诞:散漫无拘。形容春天气象温屯散缓。此处翻用宋玉《九辩》"皇天平分四时兮,窃独悲此廪秋"语意。

③ 杂花妆林:意本丘迟《与陈伯之书》:"暮春三月,江南草

157

长,杂花生树,群莺乱飞。"倾天维:改变了天之常道。天
维,天经,天之常道。

④ 鸟咽:鸟鸣如咽。"红萼"句:意本杜甫《曲江二首》:"一
片花飞减却春,风飘万点正愁人。"

⑤ 惨冽:凄惨凛冽。老物:衰老凋朽之物。语本《周礼·春
官·籥章》:"国祭蜡,则龡《豳颂》,击土鼓,以息老物。"

⑥ 李、杜:李白、杜甫。无检束:没有拘束。烂漫长醉:烂漫,
形容醉酒颓唐的样子。李白《将进酒》:"钟鼓馔玉不足贵,
但愿长醉不愿醒。"杜甫《杜位宅守岁》:"谁能更拘束,烂醉
是生涯。"

⑦《汉书·艺文志》:"屈原赋二十五篇。"一般合《离骚》一、
《九歌》十一、《九章》九、《天问》、《远游》、《卜居》、《渔父》
各一为二十五篇(后三篇是否为屈原所作多有疑问)。铺
啜(bū chuò):吃和饮。糟:酒滓。醨:薄酒。此处意本
《渔父》:"圣人不凝滞于物,而能与世推移。……众人皆
醉,何不铺其糟而啜其醨?"

⑧ 不到圣处:古称清酒为圣人,酒醉为"中圣人","不到圣
处"即未至酒醉。

⑨ 尧舜:喻当朝皇帝,即宪宗。明四目:意本《尚书·舜典》:

"明四目，达四聪。"孔传："广视听于四方，使天下无壅塞。"

条理品汇：谓治理有法度。条理，层次，脉络；品汇，类别。

⑩ "平明"二句：意本《晋书·山简传》："简优游卒岁，唯酒是耽。……时有童儿歌曰：'山公出何许，往至高阳池。日夕倒载归，酩酊无所知……'"

这篇是韩愈量移到江陵后所作《感春四首》的第二首。他期盼得到昭雪、北归朝廷的希望再度破灭，内心充满激愤不平。诗的开头就大胆推翻宋玉《九辩》以来众多诗文的悲秋常调，而高唱"春气漫诞最可悲"，表白自己悲情之深重；再引申至"岂如秋霜虽惨冽，摧落老物谁惜之"，出奇的发想显然来自对于现实的极度激愤，希望"摧落老物"的激烈变化。接着"径须沽酒"、"自外天地"，直接抒写悲情，故作解脱之语，也即是所谓"以旷为愤"（方东树《昭昧詹言》卷一二）。忽然又联想到李、杜、屈原三人，这是三位伟大的文学前辈，这几句诗像是"史论"，简短的笔触极其生动地揭示了三个人的命运悲剧和斗争精神，表面是议论古人，实则在表白与古人心心相通,流露出对于自己文章成就的自信,兀傲、愤懑之情溢于言表。最后表面是颂扬朝政清明、自己只好酩酊大醉,讽刺和愤激的意味自然流露于言外。这样,这篇作品构想新奇,出语惊人,短篇中层层转折,愈转愈深,笔力也愈加雄健,深得杜诗沉郁顿挫的风神。

这篇作品写法上的一个重要特点是频繁的使典用事:几乎句句有出处。这也是杜甫以来的传统。方式多种多样:有的是翻古人成案,有的是另有新的发挥。而利用古典,能够发挥原有的丰厚意蕴,又不见痕迹,如同己出,这是善于融摄消化的高超手段。后来宋人"以学问为诗",就是有意借鉴韩愈的这一方面。但成败得失,对于具体人则当另作别论。

醉 赠 张 秘 书①

人皆劝我酒,我若耳不闻。今日到君家,呼酒持劝君。为此座上客,及余各能文。君诗多态度,蔼蔼春空云②。东野动惊俗,天葩吐奇

纷③。张籍学古淡,轩鹤避鸡群④。阿买不识
字,颇知书八分⑤。诗成使之写,亦足张吾
军⑥。所以欲得酒,为文俟其醵⑦。酒味既泠
冽,酒气又氛氲⑧。性情渐浩浩,谐笑方云
云⑨。此诚得酒意,余外徒缤纷。长安众富儿,
盘馔罗膻荤⑩。不解文字饮,惟能醉红裙⑪。
虽得一饷乐,有如聚飞蚊。今我及数子,固无
蕕与薰⑫。险语破鬼胆,高词媲皇坟⑬。至宝
不雕琢,神功谢锄耘⑭。方今向泰平,元凯承华
勋⑮。吾徒幸无事,庶以穷朝曛⑯。

① 张秘书即张署,他于贞元初曾任秘书省校书郎;诗作于韩
   愈和他同官江陵时,张时为功曹参军。唐俗往往以旧京衔
   相称。

② 多态度:多有风姿。态度,姿态。蔼蔼:盛多的样子。此
   两句称赞对方的诗作风姿优美,舒卷无方。

③ 动惊俗:动辄惊动世俗。天葩(pā):天花。此两句是形容
   孟郊的诗奇崛惊俗,如天花缤纷。

④ "轩鹤"句："轩鹤"语本《左传》闵公二年："魏懿公好鹤,鹤
有乘轩者。"轩是有帷篷的车;又《世说新语·容止》："有人
语王戎曰:'嵇延祖卓卓如野鹤之在鸡群。'"此处合用两
典,称赞张籍诗风古淡,如鹤立鸡群。

⑤ 阿买:韩愈子侄辈里一人小名,不知确指。八分:八分书。
书体的一种,或以为二分似隶八分似篆故曰八分;近人以
为八分非定名,小篆为大篆之八分,汉隶为小篆之八分,今
隶为汉隶之八分,等等。

⑥ 张吾军:指张大我们的声势。意本《管子·七法》："是故
张军而不能战……则可破毁也。"

⑦ 醺(xūn):酒醉。

⑧ 泠冽(líng liè):清凉。氛氲(fēn yūn):浓密的样子。

⑨ 浩浩:开朗、舒展的样子。谐笑:调笑。云云:同"芸芸",
众多的样子。语本《老子》："夫物芸芸,各复归其根。"

⑩ 盘馔:盘中饭菜。此指饭食。罗膻荤:罗列各种肉食。
膻,牛羊的腥气。

⑪ 不解:不明,不会。醉红裙:指酒醉于妓乐边。

⑫ 莸与薰:莸,臭草;薰,香草。此两句是说自己与张署、孟
郊、张籍等气味相投。

⑬ 险语：奇险的文词。媲(pì)皇坟：与传为三皇所作的《三坟》相匹配。媲，比配。《尚书序》："伏羲、神农、黄帝之书谓之《三坟》。"

⑭ 至宝：最好的宝石。神功：得自神助的技能。谢锄耘：指不必耗费人工。锄耘，松土除草。

⑮ 泰平：同"太平"。元凯：同"元恺"，此指贤臣。《左传》文公十八年记载高辛氏有才子八人为八元，高阳氏有才子八人为八恺。华勋：即尧舜，此指明君。《尚书·尧典》："曰若稽古帝尧曰放勋。"《尚书·舜典》："曰若稽古帝舜曰重华。"此两句是说方今天下太平，有贤臣辅佐明君。

⑯ 穷朝曛(xūn)：穷尽一整天。曛，黄昏。

这篇酬赠友人的诗，实际是一篇诗论。杜甫作《戏为六绝句》等，以诗论诗，扩大了诗歌创作的题材。中晚唐这一类作品渐多，也是出于总结创作成绩的需要。当时不同流派的作者，往往通过这种形式来说明和宣扬各自的主张。

在这首诗里，韩愈通过评论几位友人的作品，简洁明确地表达了自己的创作观念。他主张或险语惊俗，或古朴淡雅,都是反对雕饰藻丽的华靡诗风,要求创造不见耘锄之迹的"神功"、如浮云一样舒卷自如的境界。这也正是他个人创作的艺术追求,也是他诗歌艺术上独到的成功之处。他和友人孟郊等人艺术趣味类似,相互提携,形成一个流派,即影响深远的"韩、孟诗派"。诗里表扬的三位友人,就是这一诗派的代表人物。其中孟郊年长他十七岁,张署长十岁,张籍与之年龄相仿,但他当之无愧地成为这一派的领袖。除了他的成就确实超越群伦之外,还由于他乐善爱才,有着团结同志和后学的气度、人品。这首诗就清楚地表现出他对友人才能、成就的真诚的赞赏和钦佩之情,这也是他能够团结一批人共同从事儒学"复古"和诗文革新的重要条件。

诗以劝酒开头,照应题目里的"醉"字。接下来就逐一评论友人的诗,这是以诗论诗的主旨,而在内容和写法上都有所开拓。其中使用比拟手法描写诗的风格,在当时已成风气,后来更成为诗文评论的常用手法。韩愈对几个人的评论,确实是体味有得,表达更富于情趣,特别是比喻很新颖,寓意深刻而贴切。在描写与友人欢宴之后,插入"长安众富儿"的对比,表达对于权贵纨绔子弟腐败、空虚生活的极端轻蔑,在结构上更造一层波澜,进一步表现自己一伙人安贫乐道的风格和对人生的乐观自信。这首诗的句法同样多用散(如五言句多用 2、1、2 的节奏,而基本不用 2、2、1 节奏),用语则多求奇巧而意境归于平实,与韩愈的另一些作品力求"横空盘硬语"的格调不同。

韩愈流落南方,远离了宦途纷争,有机会沉潜心神,深入总结、考虑一些重大理论课题,从而写出一系列具有重要价值和深远影响的理论文章。如著名的《五原》就是在这一时期写成的。特别是其中的《原道》、《原毁》,不仅辞严义密,更文采灿然,千古传诵,被看作是散文名篇。

原　　道①

博爱之谓仁,行而宜之之谓义,由是而之焉之谓道,足乎己无待于外之谓德②。仁与义为定名,道与德为虚位③。故道有君子小人,而德有凶有吉④。老子之小仁义,非毁之也,其见者小也⑤。坐井而观天,曰天小者,非天小也⑥。彼以煦煦为仁,孑孑为义,其小之也则宜⑦。其所谓道,道其所道,非吾所谓道也⑧;其所谓德,德其所德,非吾所谓德也。凡吾所谓道德云者,合仁与义言之也,天下之公言也;老子之所谓道德云者,去仁与义言之也,一人之私言也。周道衰,孔子没,火于秦,黄、老于汉,佛于晋、魏、梁、隋之间⑨。其言道德仁义者,不入于杨,则入于墨⑩;不入于老,则入于佛。入于彼,必出于此⑪。入者主之,出者奴之⑫;入者附之,出者污之⑬。噫,后之人其欲闻仁义道德之说,孰从而听之? 老者曰⑭:"孔子,吾师之弟子也。"佛者曰⑮:"孔子,吾师之弟子也。"为孔子者习闻其说,乐其诞而自小也,亦曰:"吾师亦尝师之云尔。"⑯不惟举之于

其口,而又笔之于其书。噫,后之人虽欲闻仁
义道德之说,其孰从而求之? 甚矣,人之好怪
也。不求其端,不讯其末,惟怪之欲闻[17]。

① 《淮南子》里有《原道训》,《文心雕龙》里有《原道》篇,为本
篇命题所本;"原"是穷根溯源即本中所说"求端"、"讯末"
的意思。后来"原"成为一种论说文体。

② 博爱之谓仁: 意本《论语·颜渊》:"樊迟问仁。子曰:'仁
者爱人。'"又"博爱"语出《孝经》:"是故先之以博爱,而人
莫遗其亲。"行而宜之之谓义: 宜,合宜。意本《礼记·中
庸》:"义者,宜也。"由是而之焉之谓道: 意本《礼记·中
庸》:"率性之谓道。"郑注:"循性行之之谓道。"足乎己无
待于外之谓德: 意本《礼记·乡饮酒义》:"德者,得于
身也。"

③ 定名: 指有固定含义的概念。名,概念。虚位: 指没有固
定内涵的范畴。因为各家赋予道与德的内涵不同,所以有
此"虚位"之说。

④ 道有君子小人: 意本《易·泰》彖传:"君子道长,小人道消
也。"德有凶有吉: 意本《左传》文公十八年:"孝敬忠信为

吉德,盗贼藏奸为凶德。"

⑤ 老子之小仁义：小,轻贱;如《老子》曰:"大道废,有仁义。"
"失道而后德,失德而后仁,失仁而后义,失义而后礼。"非
毁之也：不是诋毁它。

⑥ 坐井而观天：旧注以为意本《尸子·广泽》:"因井中视星,
所视不过数星。"

⑦ 煦煦(xù xù)为仁：以小恩小惠为仁。煦煦,温暖的样子。
孑孑(jié jié)为义：以特立独行为义。孑孑,通"桀桀",不
合时俗的样子。

⑧ 道其所道：以自己奉行的道为道。下"德其所德"句法同。

⑨ 火：焚烧。指秦王朝焚书坑儒。黄、老于汉：此处"黄、老"
亦作动词用,指西汉前期文、景时代黄、老之学盛行。黄指
黄帝,与老子一起被道家推崇为学派创始人。佛于晋、魏、
梁、隋：佛亦作动词用,指佛教特别盛行于这四个朝代。

⑩ 杨：杨朱。墨：墨翟。此处意本《孟子·滕文公下》:"杨
朱、墨翟之言盈天下,天下之言不归杨,则归墨。"本句的
杨、墨是陪衬,重点说下面的佛、老。

⑪ 彼：指杨、墨、佛、老。此：指儒道。

⑫ 入者主之：流入杨、墨、佛、老,则把它们当成宗主。出者奴

之：出离儒道则待之为奴仆。

⑬ 入者附之：流入杨、墨、佛、老，则归附于它们。出者污之：出离儒道则加以玷污。

⑭ 老者：奉行老子之道的人，指道家。《庄子·天运》："孔子行年五十有一而不闻道，乃南之沛见老聃。"《史记》的《孔子世家》、《老子韩非列传》等，也都说到孔子师事老子。

⑮ 佛者：佛教徒。后周释道安《二教论·服法非老》篇引伪《清净法行经》："佛遣三弟子震旦教化：儒童菩萨，彼称孔丘；光净菩萨，彼称颜回；摩诃迦叶，彼称老子。"

⑯ 为孔子者：修习孔子学说即奉行儒道的人。乐其诞：赞赏其怪诞不经。此处力辟孔子曾师老子的说法，其实韩愈本人在《师说》里亦曾用其说。

⑰ 求其端：追求其根源。端，端绪。讯其末：考察其流变。末，后果。

古之为民者四，今之为民者六⑱。古之教者处其一，今之教者处其三⑲。农之家一而食粟之家六，工之家一而用器之家六，贾之家一而资焉之家六，奈之何民不穷且盗也⑳？古之时,人之害多矣。有圣人者立,然后教之以相生养之道。为之君,为之师,驱其虫蛇禽兽而处之中土㉑。寒,然后为之衣㉒;饥,然后为之食㉓;木处而颠、土处而病者,然后为之宫室㉔。为之工,以赡其器用;为之贾,以通其有无;为之医药,以济其夭死;为之葬埋祭祀,以长其恩爱;为之礼,以次其先后㉕;为之乐,以宣其壹郁㉖;为之政,以率其怠倦㉗;为之刑,以除其强梗㉘。相欺也,为之符玺、斗斛、权衡以信之㉙;相夺也,为之城郭、甲兵以守之。害至而为之备,患生而为之防。今之言曰:"圣人不死,大盗不止。剖斗折衡,而民不争。"㉚呜呼,其亦不思而已矣! 如古之无圣人,人之类灭久矣。何也? 无羽毛、鳞介以居寒热也,无爪牙以争食也㉛。是故君者,出令者也;臣者,行君之令而致之民者也㉜;民者,出粟米麻丝、作器皿、通货财以事其上者也。君不出令,则失其所以为君；臣不行君之令而致之民，民不出粟米麻丝、作器皿、通货财以事其上，则诛㉝。今其法曰：必弃而君臣，去而父子，禁而相生养之道，以求其所谓清净寂灭者㉞。呜呼！其亦幸而出于三代之后，不见黜于禹、汤、文、武、周公、孔子也㉟；其亦不幸而不出于三代之前，不见正于禹、汤、文、武、周公、孔子也㊱。

⑱ "古之"二句：意本《穀梁传》成公元年："古者有四民：有士民，有商民，有农民，有工民。"另加僧、道为六。

⑲ 古之教者：古代行教化者。处其一：谓处在独尊地位。下"处其三"谓行教化者有三。

⑳ 资焉：由之取给。奈之何：奈何，怎么。穷且盗：没有出路而为盗贼。

㉑ "为之君"三句：意本《孟子·梁惠王下》孟子对齐宣王引《书》曰："天降下民，作之君，作之师。"又《孟子·滕文公上》："舜使益掌火，益烈山泽而焚之，禽兽逃匿。"中土，中国。

㉒ 此句意本《易·系辞下》:"黄帝、尧、舜垂衣裳而天下治。"

㉓ 此句意本《孟子·滕文公下》:"后稷教民稼穑,树艺五谷,五谷熟而民人育。"

㉔ 木处而颠:居住在树上有坠落之虞。土处而病:居住在洞穴会得病。三句意本《易·系辞下》:"上古穴居而野处,后世圣人易之以宫室。"

㉕ 次其先后:规定长幼尊卑的次序。

㉖ 壹(yì)郁:感情抑郁。壹,同"湮"、"堙",窒塞。

㉗ 率其怠倦:督促其懒惰疲沓。

㉘ 强梗:强横不法。

㉙ 符玺:符以金、玉、竹、木等制成,用为传达命令、征调军队的凭证。玺即印章。权衡:秤;权指秤砣,衡指秤杆。

㉚ 语出《庄子·胠箧》。

㉛ 居寒热:抵御寒暑。居,停。

㉜ 致之民:使达到民众中。

㉝ 诛:惩罚。

㉞ 清净寂灭者:指佛教。清净寂灭是"涅槃"的早期意译,是佛教修证追求的超越生死轮回的绝对境界。袁宏《后汉纪》卷十:"浮屠者,佛也……其教以修善慈心为主,不杀

生,专务清净。"

㉟ 见黜：被排斥、废弃。这里"幸而"是假设从佛、老立场立论，说佛教侥幸出现于三代以后，没有被先儒在世时驳斥。

㊱ 见正：被纠正。这一句与上句相照应，意思相同，"不幸"则是从维护儒道的立场立论。

　　帝之与王，其号名殊，其所以为圣一也㊲。夏葛而冬裘，渴饮而饥食，其事虽殊，其所以为智一也㊳。今之言曰：曷不为太古之无事㊷？是亦责冬之裘者曰："曷不为葛之之易也㊵？"责饥之食者曰："曷不为饮之之易也?"《传》曰㊶："古之欲明明德于天下者，先治其国㊸；欲治其国者，先齐其家㊹；欲齐其家者，先修其身㊺；欲修其身者，先正其心㊻；欲正其心者，先诚其意㊼。"然则古之所谓正心而诚意者，将以有为也㊽。今也欲治其心，而外天下国家，灭其天常，子焉而不父其父，臣焉而不君其君，民焉而不事其事㊾。孔子之作《春秋》也，诸侯用夷

礼则夷之,进于中国则中国之[49]。《经》曰[50]:
"夷狄之有君,不如诸夏之亡[51]"。《诗》曰:"戎
狄是膺,荆舒是惩[52]。"今也举夷狄之法而加之
先王之教之上,几何其不胥而为夷也[53]!

[37] 帝:指五帝(说法不一,据《易·系辞下》,指伏羲、神农、黄
帝、尧、舜)。王:指三王(说法亦不一,一般指夏禹、商汤、
周文王)。其号名殊:他们的尊号称呼不一。此处意本
《白虎通义·号》:"帝、王者何?号也。号者,功之表也。
所以表功明德、号令臣下者也。德合天地者称帝,仁义合
者称王。"韩愈这里是针对道家说的,道家主张反朴复古,
特别推崇五帝。

[38] 夏葛:夏天穿葛衣。冬裘:冬天穿皮衣。所以为智一也:
作为聪明智慧是一个道理。

[39] 曷:何故。太古之无事:指道家讲的上古无为而治。

[40] 葛之之易:谓换穿葛衣。易,换。下"饮之之易"句法结
构同。

[41] 《传》曰:"传"指《礼记》。下文出《礼记·大学》篇(在原完

整的一句话里,韩愈引文略去"欲诚其意者,先致其知;致知在格物"十四字)。

㊷ 明明德:显扬高明的道德。

㊸ 齐其家:整治好他的家庭。

㊹ 修其身:修养好其自身。

㊺ 正其心:端正其心志。

㊻ 诚其意:使意念反朴归诚。

㊼ 将以有为:将要有所作为;指"治其国"、"明明德"的大事业。

㊽ 外天下国家:把天下国家置之度外。天常:伦常;以为伦常得自天命。不父其父:不把父亲当作父亲对待。下面"不君其君"、"不事其事"句法同。

㊾ 夷礼:外夷的礼法;夷是对少数民族的贬称。夷之:作为夷狄对待。中国之:作为中国对待。中国指奉行先王之道的礼义之邦。这里是指孔子修《春秋》,贯彻"华夷之辨"以行褒贬。

㊿ 此处《经》指《论语》,文出《八佾》篇。

○51 夷狄:古称少数民族东夷北狄,这里是统称。诸夏:指中原华夏各诸侯国。亡:无,指君。

(52) 文出《诗经·鲁颂·閟宫》。戎狄是膺：抵挡戎狄。戎，对西方少数民族的称呼，戎狄也是统称；膺，抵挡。荆舒是惩：惩治荆、舒两国。荆，楚国；舒，楚的盟国。

(53) 几何：多少，这里是反诘之词，指不要多少时间。胥而为夷：全都变成狄夷了。胥，全，皆。

夫所谓先王之教者何也(54)？博爱之谓仁，行而宜之之谓义，由是而之焉之谓道，足乎己无待于外之谓德。其文《诗》、《书》、《易》、《春秋》(55)；其法礼、乐、刑、政(56)；其民士、农、工、贾；其位君臣、父子、师友、宾主、昆弟、夫妇(57)；其服丝麻；其居宫室；其食粟米、果蔬、鱼肉。其为道易明，而其为教易行也。是故以之为己，则顺而祥(58)；以之为人，则爱而公；以之为心，则和而平；以之为天下国家，无所处而不当(59)。是故生则得其情，死则尽其常(60)；郊焉而天神假，庙焉而人鬼飨(61)。曰：斯道也，何道也？曰：斯吾所谓道也，非向所谓佛与老之道也(62)。尧以是传之舜，舜以是传之禹，禹以是传之汤，汤以是传之文、武、周公，文、武、周公传之孔子，孔子传之孟轲⑥。轲之死，不得其传焉。荀与扬也，择焉而不精，语焉而不详⑭。由周公而上，上而为君，故其事行⑤；由周公而下，下而为臣，故其说长⑥。然则如之何而可也？曰：不塞不流，不止不行⑰。人其人，火其书，庐其居，明先王之道以道之，鳏寡、孤独、废疾者有养也，其亦庶乎其可也⑱。

⑭ 先王之教：指儒家理想的圣王的教化。

⑮ 其文：指记载于文献。以下列举经典名称。

⑯ 其法：指教化手段。

⑰ 昆弟：兄弟。

⑱ 以之为己：谓用来规范自己。下文"为人"、"为心"、"为天下国家"句法同。顺而祥：和顺而吉祥。

⑲ 无所处而不当：所处理没有不妥当的。

⑳ 得其情：得人情之正。尽其常：尽其天命，谓得到善终。

(61) 郊焉而天神假(gé):祭祀则天神感通。郊,祭天;假,感通。庙焉而人鬼飨:庙祭时则亡灵接受馨享。庙,指在祖庙祭祀;飨,通“享”。

(62) 向:前面。

(63) “尧以是”六句:意本《孟子·尽心下》:“孟子曰:由尧、舜至于汤,五百有余岁。若禹、皋陶,则见而知之;若汤,则闻而知之。由汤至于文王,五百有余岁。若伊尹、莱朱,则见而知之;若文王,则闻而知之。由文王至于孔子,五百有余岁。若太公望、散宜生,则见而知之;若孔子,则闻而知之。由孔子而来,至于今百有余岁,去圣人之世若此其未远也,近圣人之居若此其甚也。然而无有乎尔,则亦无有乎尔。”

(64) 择焉而不精:谓(对是否合于圣人之道)区分不精密。择,区分。

(65) 周公而上:指三皇五帝。其事行:事业得以成功。

(66) 周公而下:指孔、孟。其说长:其学说流传久远。

(67) 意本《孟子·滕文公下》:“杨、墨之道不熄,孔子之道不著。”

(68) 人其人:谓迫使僧侣还俗为平人。火其书:谓烧掉佛教典籍。庐其居:谓把寺庙改为民居。明先王之道以道(dǎo)

之：下"道"通"导"，教导。庶乎其可：差不多可以了。

《原道》是作者阐述其基本思想观念、也是中唐"儒学复古运动"和"古文运动"的纲领性文章。贞元二十一年夏秋之际韩愈离开阳山，在郴州三月，沉潜诸书，《原道》等应即著于其时，其内容则显然是经过长期酝酿的成果。

历史上有不少人批评说，韩愈《原道》一文无论是阐释儒道，还是攻击佛教，意思大都不出前人的陈言而缺乏新意；更有人批评他学理不纯，凭空"乱道"。这些说法都有一定的根据。但陈寅恪结合时代背景，从思想史、学术史角度精辟地肯定了这篇文章的意义，他说："唐太宗崇尚儒学，以统治华夏，然其所谓儒学，亦不过承继南北朝以来正义义疏繁琐之章句学耳。又高宗、武则天以后，偏重进士词科之选，明经一目仅为中才以下进取之途径，盖其所谓明经者，止限于记诵章句，绝无意义之发明，故明经之科在退之时代，已全失去政治社会上之地位矣（详见拙著《唐代政治史述论稿》上篇）。南北朝后期及隋唐之僧徒亦渐染儒生之习,诠释内典,袭用儒家正义义疏之体裁,与天竺诂解佛经之方法殊异(见拙著《杨树达论语义证序》),如禅学及禅宗最有关之三论宗大师吉藏天台宗大师智颛等之著述与贾公彦、孔颖达诸儒之书其体制适相冥会,新禅宗特提出直指人心见性成佛之旨,一扫僧徒繁琐章句之学,摧陷廓清,发聋振聩,故吾国佛教史上一大事也。退之生值其时,又居其地,睹儒家之积弊,效禅侣之先河,直指华夏之特性,扫除孔、贾之繁文,《原道》一篇中心旨意,实在于此。"(《论韩愈》,《历史研究》1954 年第 2 期,收入《金明馆丛稿初编》)陈氏此论,着眼于唐代思想、学术发展的大局,涉及问题颇多,论说亦颇深入,应细加揣摩、理解。他特别强调韩愈提倡儒学的针对性和现实性,以及他对于新兴禅学的融摄借鉴,从而论证韩愈提倡儒学的突出意义和巨大价值。这里补充一点,即韩愈强调其所提倡的圣人之道是所谓"相生养之道",即社会各个阶层相互支持、共同生存之道;而这作为学理的"道"又具体实现为"教",即指导社会生活的教化政令,也是治国平天下的方针。这充分体现了韩愈思想关注民生的性格，也是他政治观点的积极方面。这也证明，从主导倾向看，他的"儒学复古"是继承和发扬了儒家思想的精华的。这样，虽然韩愈这篇文字倡儒道、反佛老的议论殊少新义，但却当得起陈寅恪所说的"摧陷廓清，振聋发聩"八个大字，千古以来被当作明道辟佛的武器和旗帜。

《原道》千古传诵，受人推重，影响巨大而深远，很大程度上还由于文章写得好；而文章写作当然也和作者思路的精辟、细密，态度的热诚、坚定有直接关系。分析具体写作方法，其突出特点，也是难得的优点很多。其中荦荦大者，如议论正大，理论坚实，做到所谓气盛言宜，体现出一种高屋建瓴的气势。开篇斩钉截铁，立下"仁、义、道、德"四柱，作为全文论述的基点；再区分为"定名"、"虚位"两大范畴。接下来议论滔滔，求端以讯末，不容他人置喙。立论皆以圣人和经典为据，不容辩驳；驳论则兼辟佛、道，实则以佛教为重点。论、驳两者相互交织、映衬，文思出没变化，而一根主线贯穿到底。

从结构看,据说"山谷(黄庭坚)言文章必谨布置,每见后学,多告以《原道》命意曲折"。范温具体分析说:"《原道》以仁义立意,而道德从之,故老子舍仁义,则非所谓道德;继叙异端之汇正;继叙古之圣人不得不用仁义也如此;继叙佛、老之舍仁义则不足以治天下也如彼,反复皆数叠,而复结之以'先王之教',终之以'人其人,火其书',必以是禁止而后可以行仁义,于是乎成篇。"(《潜溪诗眼》)行文风格则显然和重抒情的《祭十二郎文》或重叙事的碑传文不同:更讲究用语的精确、凝炼而又平易顺适;句法则多用设问、反诘、复叠、感叹句,多用对偶和排比的长句等等,造成一气直泻的强大气势;同样多用虚词来突显语气文情的顺适、顿挫、转折,而丝毫没有散缓之感。

原　　毁^①

　　古之君子,其责己也重以周,其待人也轻以约^②。重以周,故不怠;轻以约,故人乐为善。

闻古之人有舜者，其为人也，仁义人也③。求其所以为舜者，责于己曰："彼，人也；予，人也。彼能是，而我乃不能是。"④早夜以思，去其不如舜者，就其如舜者⑤。闻古之人有周公者，其为人也，多才与艺人也。求其所以为周公者，责于己曰："彼，人也；予，人也。彼能是，而我乃不能是。"早夜以思，去其不如周公者，就其如周公者。舜，大圣人也，后世无及焉；周公，大圣人也，后世无及焉⑥。是人也，乃曰⑦："不如舜，不如周公，吾之病也⑧。"是不亦责于身者重以周乎？其于人也，曰："彼，人也，能有是，是足为良人矣⑨；能善是，是足为艺人矣⑩。"取其一，不责其二；即其新，不究其旧，恐恐然惟惧其人之不得为善之利⑪。一善易修也，一艺易能也，其于人也，乃曰⑫："能有是，是以足矣。"曰："能善是，是以足矣。"不亦待于人者轻以约乎？

① 毁：诋毁，诽谤。

② 君子：指有德者。重以周：严格而全面。轻以约：宽大而简约。

③ 仁义人：意本《孟子·离娄下》："（舜）由仁义行，非行仁义也。"

④ 能是：能这样。此句意本《孟子·滕文公上》引颜渊曰："舜，何人也？予，何人也？有为者亦若是。"

⑤ "就其"句：做到如舜的一切。意本《孟子·离娄下》："舜，人也；我，亦人也。舜为法于天下，可传于后世，我由未免为乡人也，是则可忧也。忧之如何？如舜而已矣。"

⑥ 以上举出舜为君的典范，周公为臣的典范。

⑦ 是人：这个人，指有上面想法的人。

⑧ 病：忧患。

⑨ 良人：照应前文，指多才之人。

⑩ 艺人：指有技艺的人。

⑪ 取其一，不责其二：谓肯定他一个方面，不苛求他另一方面。即其新，不究其旧：谓根据其当前，而不追究其既往表现。恐恐然：戒惧的样子。

⑫ 易修：容易达成。易能：容易做到。

今之君子则不然,其责人也详,其待己也廉⑬。详,故人难于为善;廉,故自取也少⑭。己未有善,曰:"我善是,是亦足矣⑮。"己未有能,曰:"我能是,是亦足矣。"外以欺于人,内以欺于心,未少有得而止矣⑯。不亦待其身者已廉乎?其于人也,曰:"彼虽能是,其人不足称也;彼虽善是,其用不足称也。"举其一,不计其十;究其旧,不图其新。恐恐然惟惧其人之有闻也⑰。是不亦责于人者已详乎?夫是之谓不以众人待其身,而以圣人望于人,吾未见其尊己也⑱。

⑬ 今之君子:与上"古之君子"对比,指所谓的"君子"。详:周详,即上"重以周"。廉:简约,即上"轻以约"。

⑭ 自取:自己收获。

⑮ 是:前者指具体的事项;后者指示代词,这样。

⑯ 少:通"稍"。

⑰ 有闻(wèn):有名声。闻,名誉、名声。

⑱ 不以众人待其身：谓不用对待别人的标准要求自己。

虽然，为是者有本有原，怠与忌之谓也⑲。怠者不能修，而忌者畏人修。吾尝试之矣，尝试语于众曰："某良士，某良士。"其应者，必其人之与也⑳；不然，则其所疏远不与同其利者也；不然，则其畏也。不若是，强者必怒于言，懦者必怒于色矣。又尝语于众曰："某非良士，某非良士。"其不应者，必其人之与也；不然，则其所疏远不与同其利者也；不然，则其畏也。不若是，强者必说于言，懦者必说于色矣㉑。是故事修而谤兴，德高而毁来㉒。呜呼！士之处此世而望名誉之光、道德之行，难已㉓。将有作于上者，得吾说而存之，其国家可几而理欤㉔！

⑲ 怠：懒惰。忌：嫉妒。

⑳ 与：党与，友好。

㉑ 说(yuè)：同"悦"。

㉒ 事修而谤兴：事情办成功随之招来毁谤。

㉓ 名誉之光：名声发扬光大。道德之行：道德得以兴行。

㉔ 有作于上：自上位有所作为。作，起；《易·乾·文言》："圣人作而万物睹。"存：念。几而理：接近治理好。几，庶几，希冀之词。

　　本篇也是"五原"（《原道》、《原性》、《原毁》、《原人》、《原鬼》）之一。五篇论文当非一时所作，姑系于此。

　　这里批评士大夫间那种宽于待己、严于责人因而相互诋毁的风气。以韩愈的个人经历，以他特立独行的性格，对这种恶劣风气的感受必然十分痛切，对其危害也有相当深刻的认识。因而韩愈的这番议论显然具有强烈的针对性。就小处言，他不满于自身受到轻蔑、非议，频遭排挤、打击，有才有能而不能得到承认和重用；就大处言，张扬儒道，革新文风，士大夫间必须虚心向善，相互尊重，具有良好的士风。"文人相轻，自古而然。"韩愈的这番议论，到今天也有巨大的现实意义。

　　明代推崇"八大家"的茅坤说："此篇八大比,秦汉来故无此调,昌黎公创之。然感慨古今之间,因而摹写人情,曲尽骨里,文之至者。"(《唐宋八大家文钞·韩文》卷九)这篇文章写作明显的特点是结构上的整齐排比,对比中使议论一步步深入。前幅两大段以"古之君子"和"今之君子"加以对照,就"重、周(详)"、"轻、约(廉)"立论;后幅揭出"本""原":"详"与"廉","怠"与"忌"。如此行文,提纲挈领,条分缕析,穷本以溯源,简洁清通。而八个关键词实际以"忌"为要害,落实在最后,是结构的技巧。选词极其准确,造句极其简练。对比鲜明,议论详密。表述上更曲尽人情世态。"吾尝试之矣"一下,实际是化用《战国策·齐策·邹忌讽齐王纳谏》一段文法,而简括精要如己出,愤世伤时之情见于言外。

伯　夷　颂[①]

　　士之特立独行、适于义而已,不顾人之是

非,皆豪杰之士、信道笃而自知明者也②。一家非之,力行而不惑者,寡矣③;至于一国一州非之,力行而不惑者,盖天下一人而已矣;若至于举世非之,力行而不惑者,则千百年乃一人而已耳;若伯夷者,穷天地、亘万世而不顾者也④。昭乎日月不足为明,崒乎泰山不足为高,巍乎天地不足为容也⑤。

① 伯夷:商孤竹君之子。相传孤竹君死后,他不愿继承弟叔齐所让王位,两人先后逃到周国。周武王伐纣,两人叩马谏阻。武王灭商后,他们耻食周粟,逃到首阳山采薇而食,饿死在那里。

② 特立独行:桀然独立,自主而行。此句意本《礼记·儒行》:"儒有澡身而浴德,陈言而伏,静而正之,上弗知也;粗而翘之,又不急为也;不临深而为高,不加少而为多;世治不轻,世乱不沮,同弗与,异弗非也,其特立独行有如此者。"适于义:满足于道义。适,满足。信道笃:对儒道信仰坚定。自知明:指有自信。

③ 力行：勉力而为。《礼记·中庸》："力行近乎仁。"

④ 穷天地：尽天地之间。亘万世：贯穿万代之中。亘，连续。
不顾：不见。

⑤ 昭乎日月不足为明：谓比起伯夷的光耀来日月都不算光
明。昭，光明的样子；为，通"谓"。下两句结构同。崒
（zú）：高峻。巍：高大。容：包容广大。

　　当殷之亡，周之兴，微子贤也，抱祭器而去
之⑥；武王、周公，圣也，从天下之贤士、与天下
之诸侯而往攻之，未尝闻有非之者也⑦。彼伯
夷、叔齐者，乃独以为不可。殷既灭矣，天下宗
周，彼二子乃独耻食其粟，饿死而不顾⑧。繇是
而言，夫岂有求而为哉⑨？信道笃而自知明也。

⑥ 微子：名启，殷帝乙长子，纣王之庶兄，因数谏纣王不听，抱
祭器去国。祭器：祭祀用的礼器。典出《史记·宋微子世
家》："周武王伐纣克殷，微子乃持其祭器造于军门，肉袒面
缚，左牵羊，右把茅，膝行而前以告。于是武王乃释微子，

复其位如故。"

⑦ 从（zòng）天下之贤士：率领天下的贤德之士。与天下之
诸侯：会同天下诸侯。据《史记·周本纪》，武王伐纣前，
会八百诸侯于盟津，皆曰可伐；居二年，率师东伐，诸侯咸
会，战于牧野。

⑧ 宗周：以周为宗主，谓归顺周王朝。《史记·伯夷列传》：
"及至，西伯卒，武王载木主，号为文王，东伐纣。伯夷、叔
齐叩马而谏曰：'父死不葬，爰及干戈，可谓孝乎？以臣弑
君，可谓仁乎？'左右欲兵之。太公曰：'此义人也。'扶而
去之。武王已平殷乱，天下宗周，而伯夷、叔齐耻之，义不
食周粟，隐于首阳山，采薇而食之……遂饿死于首阳山。"

⑨ 繇：同"由"。

　　今世之所谓士者，一凡人誉之，则自以为
有余⑩；一凡人沮之，则自以为不足⑪。彼独非
圣人而自是如此⑫。夫圣人，乃万世之标准也。
余故曰：若伯夷者，特立独行、穷天地、亘万世
而不顾者也。虽然，微二子，乱臣贼子接迹于

后世矣^⑬。

⑩ 一凡：大率，大抵。自以为有余：谓自负有才能。

⑪ 沮(jǔ)：诋毁，败坏。

⑫ 独：唯。谓他们并不是圣人而这样自以为是。

⑬ 微二子：没有这两个人。微，无。乱臣贼子：逆乱的臣子。
接迹：接连出现。语本《论语·宪问》：“微管仲，吾其被发
左衽矣。”又《孟子·滕文公下》：“孔子成《春秋》而乱臣贼
子惧。”

　　本篇颂伯夷，是借颂古人以寓意。文章以论为颂，
但不是就伯夷的行为发议论，而仅就伯夷性格的“特立
独行……信道笃而自知明”这一点来加以生发，极力夸
赞一种誓死坚持道义、不顾人之是非的大无畏精神。因
为伯夷行为本身的是非本来难以论定，而其精神境界则
是值得赞扬的。从事一切正义事业正需要伯夷的这种
精神；韩愈一生奋斗也是在努力实践这种精神。清人刘
开说韩愈“其论古，于伯夷有深契”(《书韩退之〈伯夷

颂〉后》,《孟涂文集》卷一),可谓的论。

文题为"颂",并不像一般赞颂使用韵语,而是全篇作散体议论。韩愈往往根据表现主题的需要,自由灵活地打通各种文体。这一点也显示了他的创造力。文章虽短,但结构极具匠心。议论的中心本是伯夷和叔齐两个人,但集中到伯夷;评论伯夷,又提出周公作为衬托。在韩愈的另一些文章如《原道》里,周公本是圣人之道的承传者。本篇则是根据表达主题需要随宜立议,周公成了伯夷的对立面,但读起来并不让人感到矛盾隔碍。

文章简洁精练,惜墨如金。特别是开端一个长句,破空而出,拗折顿挫,一气直下。"一家"、"一国一州"、"举世非之"、"穷天地、亘万古而不顾",层层递进,有千钧之力,突出了"特立独行"四个字,逼出"信道笃而自知明"的评价,振聋发聩。接着提出武王、周公与微子、天下之贤士,从两个方面与伯夷做对比。这些都是公认的圣贤,对照之下更有力地突显出伯夷的崇高可贵。结尾慨叹当世,举出"今世所谓士者",两个"一凡"做提顿,造成排比,把当今士风的堕落揭示无余。然后照应开端,重复对伯夷的评价,归结到"微二子,乱臣贼子接迹于后世",强调指出他与叔齐的人格的伟大意义。如此首尾紧密照应,更突显出文章主旨。如此简短的篇幅,由于结构、句式的转换变化,造成摇曳多姿的语气文情,表达出无限的感慨。

三、坎坷宦途(806年6月—819年1月)

韩愈满怀希望回到朝廷,但并没有得到重用。在以后的十几年间,他在宦海波涛中浮沉。

阅读韩愈这一时期的作品会发现,其中一个主要内容是"穷":写自己的"穷",还有至亲好友的"穷";不只是生计的穷困潦倒,更重要的是仕途上的穷无出路。但他却也不只是嗟卑叹苦,也很少表现悲观气馁,主要是通过具体人的"穷",揭露社会的不平,抒写争取上进的顽强的抗争。而他在给友人柳宗元写的墓志里又曾指出:

> 然子厚斥不久,穷不极,虽有出于人,其文学辞章必不能自力以致必传于后如今,无疑也。虽使子

> 厚得所愿，为将相于一时，以彼易此，孰得孰失，必有能辨之者。(《柳子厚墓志铭》)

这就是后来被欧阳修发挥的所谓"文穷而后工"的意思。韩愈这里表达了一个重要观点：正是处境的"穷"，造就了柳宗元创作的巨大业绩；而这种文学业绩，比起宦途得意、出将入相的荣耀来更有价值。这是他对"穷"的又一种认识，也体现出他对于人生价值的一种相当深刻的判断。

韩愈度过两年半的流贬生涯，于元和元年（806）六月被召授权知国子博士，回到长安。在以后的几年里，一直伴随他的就是那个"穷"字，以至他有激而言，写了《送穷文》。国子博士仍是学官，而且还是"权知"，即暂行署理。韩愈所等待的洗雪沉冤、得到重用的希望就这样破灭了。造成他仕途上如此坎坷，与当时朝政形势、仕途狭窄有关，更与他勇于任事、刚正不阿的个性有直接关系。元和三年，他真授博士，分司洛阳学官，这更是个冷曹闲职。到次年六月，改都官员外郎分司东都并判祠部，这是掌管祠祀享祭、天文刻漏、国忌庙讳、卜筮医药、佛道之事的职务。当时僧尼、道士隶属左、右街功德使管辖,而功德使则由宦官充任,他们气焰熏天。韩愈本来反对佛、道,又不满于宦官专横,他依据朝廷典章,将东都寺观管理权收归祠部,又诛杀不良僧尼、道士。这就既打击了受到朝廷崇重的僧、道,又"日与宦者为敌"。元和五年冬,韩愈改河南县令。他又取禁假冒军人,而这些军人则挂名宦官统辖的骄横跋扈的神策军。他如此行事,不陷入"穷途"也就奇怪了。元和六年夏,他被调入长安为职方员外郎,再次因为论事与宰相不合,于元和七年二月复为国子博士。他就这样又回到学官的冷板凳上。这一年他已经四十五岁。他当时的境况,他的思想、情绪,从下面所选的《送穷文》、《进学解》这两篇名文里可以看得很清楚。

至元和八年,韩愈的命运终于有了转机。这一年三月,他改官比部郎中、史馆修撰。这是因为宰相可怜他长期遭受冷遇而又赞赏其史才的任命。当时白居易所书除官制云:

> 太学博士韩愈，学术精博，文力雄健，立词措意，有班、马之风，求之一时，甚不易得。加以性方道直，介然有守，不交势力，自致名望，可使执简，列为史官，记事书法，必无所苟，仍迁郎位，用示褒升。
>
> （洪兴祖《韩愈年谱》）

这是一篇朝廷的官文书，可见当时韩愈已经有相当大的名望。韩愈在史官任上预修《顺宗实录》，留下了中唐时期的一份重要史料。次年末，韩愈就任考功郎中、知制诰，终于得以参与朝廷机要，也算进入生平中短暂的官运通显时期。

宪宗一朝在一些开明、进取的大臣主政之下，颇有振兴气象。特别是在削平藩镇方面取得重大进展。但地处中原的淮西镇（治蔡州，今河南汝南县）却一直负固不服，成为朝廷心腹之患。元和九年节度使吴少阳死，其子吴元济自立，十年正月纵兵四出侵掠，及于东畿。朝廷命十六道兵进讨，诸军久而无功。用兵失利的一个重要原因，是朝廷内部有主张系縻妥协的一派，和主张武力镇压的一派相矛盾；出讨诸军更各怀心腹，顾望不前。结果逆乱的藩镇猖狂反扑,甚至派遣刺客刺杀当朝宰相。时有御史中丞裴度坚主用兵,韩愈也上疏论淮西事宜,批评主罢兵的妥协一派,并曾上表章论谏缉捕刺杀宰相盗贼事。元和十一年正月,韩愈进位中书舍人。但月余之后,又以不为当政者所喜,罢为太子右庶子。到十二年,诸军已出讨淮蔡四年不克,师老财竭。七月,裴度得到唐宪宗支持,出任淮西宣尉招讨处置等使亲自督战,韩愈被任命为行军司马。他率先出关赴汴州,说服在那里的都统韩弘给予协力。八月,裴度赴淮西,韩愈随军出征。十月,蔡州平。征行路上,韩愈精神振奋,写下了许多慷慨激昂的诗篇。回朝后,以功授刑部侍郎,并受命撰《平淮西碑》。这是韩愈一生最为荣耀的时期,也算是他的抱负得以部分实现的时期。

但是,短暂的如意之后,又迎来了另一次灾难——为谏迎佛骨而被贬潮州,又一次走上艰难的"穷"途。

这是基本处在困境中的十几年,也正是韩愈创作成果最为丰盛的时期。

石 鼓 歌①

张生手持石鼓文,劝我试作石鼓歌②。少陵无人谪仙死,才薄将奈石鼓何③。周纲陵迟四海沸,宣王愤起挥天戈④。大开明堂受朝贺,诸侯剑珮鸣相磨⑤。蒐于岐阳骋雄俊,百里禽兽皆遮罗⑥。镌功勒成告万世,凿石作鼓隳嵯峨⑦。从臣才艺咸第一,拣选撰刻留山阿⑧。雨淋日炙野火燎,鬼物守护烦㧪呵⑨。公从何处得纸本,毫发尽备无差讹⑩。辞严义密读难晓,字体不类隶与科⑪。年深岂免有缺画,快剑斫断生蛟鼍⑫。鸾翔凤翥众仙下,珊瑚碧树交枝柯⑬。金绳铁索锁纽壮,古鼎跃水龙腾梭⑭。陋儒编《诗》不收入,二《雅》褊迫无委蛇⑮。孔子西行不到秦,掎摭星宿遗羲娥⑯。嗟余好古生苦晚,对此涕泪双滂沱。忆昔初蒙博士征,其年始改称元和。故人从军在右辅,为我量度

掘臼科[17]。濯冠沐浴告祭酒,如此至宝存岂
多[18]。毡苞席裹可立致,十鼓祇载数骆驼。荐
诸太庙比郜鼎,光价岂止百倍过[19]。圣恩若许
留太学,诸生讲解得切磋[20]。观经鸿都尚填咽,
坐见举国来奔波[21]。剜苔剔藓露节角,安置妥
帖平不颇[22]。大厦深檐与盖覆,经历久远期无
佗[23]。中朝大官老于事,讵肯感激徒媕婀[24]。
牧童敲火牛砺角,谁复著手为摩挲[25]。日销月
铄就埋没,六年西顾空吟哦[26]。羲之俗书趁媚
姿,数纸尚可博白鹅[27]。继周八代争战罢,无人
收拾理则那[28]。方今太平日无事,柄任儒术崇
丘、轲[29]。安能以此上论列,愿借辩口如悬
河[30]。石鼓之歌止于此,呜呼吾意其蹉跎[31]。

① 石鼓是古代留传下来的一组鼓形石刻,计十枚,其上各刻
有四言诗一首,近人一般判定为春秋时期秦国遗物。直至
唐初,被委弃于陈仓(今陕西宝鸡市)郊野。郑余庆于元和
九年(814)出任山南西道、凤翔节度使(韩愈在洛阳曾为其

属吏),始移置凤翔(今陕西凤翔县)孔庙。现存北京故宫博物院,鼓上文字大半漫漶。诗作于元和六年夏入朝为职方员外郎离洛阳之前。

② 张生:张彻(？—821),清河(今河北清河县)人,从韩愈学,愈妻以族子。其所持石鼓文"纸本"应为拓本或摹本。

③ 少陵:杜甫自称"少陵野老"。谪仙:李白被贺知章呼为"谪仙人"。这里是说现已没有杜甫、李白那样有诗才的人,怎么来处置(歌颂)石鼓呢。

④ 周纲陵迟:周王朝纲纪败坏。陵迟,衰败。指周厉王政治残暴,国人怨愤起而反抗,厉王逃亡。宣王愤起:周宣王姬静,厉王子,厉王死于彘(今山西霍县),周、召二公共立之,在位时北伐玁狁,南征荆蛮、淮夷、徐戎,史称"中兴"。挥天戈:指朝廷用武力征讨。

⑤ 明堂:殿堂,古代帝王宣明政教之所。剑珮(pèi):指大臣所佩带的剑和玉佩。

⑥ 蒐(sōu)于岐阳:在岐山(今陕西岐山县北)之南一带打猎,所谓狩猎,实际是陈兵以示威。蒐,春猎。《诗经·小雅·吉日》曾写到周宣王田猎于西都,《车攻》写到他在东都与诸侯会猎,而"蒐于岐阳"史无明文;但《左传》昭公四

年记载"成(王)有岐阳之蒐",《车攻》的起句是"我车既攻,我马既同"。韩愈同意《石鼓文》是宣王时遗物,因此这里活用典故。骋雄俊:显示势力雄伟。遮罗:阻拦网罗。

⑦ 镌(juān)功勒成:刻石纪功。镌、勒,刻;功、成,同义。隳嵯峨:指破取山石。隳,毁坏;嵯峨,山高耸的样子,此处指代山石。

⑧ 咸第一:全都是第一流的。拣选撰刻:选拔人来撰文刻石。山阿:山脚。

⑨ 鬼物:指神灵。烦㧑(huī)呵:烦神灵守护。㧑,同"挥"、"麾";呵,呵斥。

⑩ 公:称张彻。开端称"张生",是客观陈述语气,这里转为唱和语气。纸本:指纸质拓本或摹本。差讹:差错。

⑪ 隶与科:隶书和科斗文。科斗文又作"蝌蚪文",上古的一种字体,以头粗尾细形类蝌蚪得名。石鼓所刻文字,在古文和秦篆之间,俗称"大篆",亦称"籀文"(以传为周宣王史官籀所书)。

⑫ "快剑"句:这里形容笔划如锋利的宝剑截断活的蛟龙。蛟鼍(tuó),蛟龙,传说中的一种水兽;鼍,鼍龙,本是一种鳄鱼。以下数句均是模画石鼓文字形态。

⑬ 鸾翔凤翥(zhù)：鸾鸟和凤凰飞舞；翥，高飞。交枝柯：枝干相交叉。

⑭ "古鼎"句：这里用秦始皇求鼎典故来比拟石鼓出现的神奇。《史记·封禅书》："其后百二十岁而秦灭周，周之九鼎入于秦。或曰宋太丘社亡，而鼎没于泗水彭城下。"又《秦始皇本纪》："二十八年，始皇东行郡县……还，过彭城，斋戒祷祠，欲出周鼎泗水。使千人没水求之，弗得。"龙腾梭，龙身如织梭跃出。形容古鼎跃出水面的样子。

⑮ 陋儒：指孔子以前编撰《诗》的儒生。二《雅》：《诗经》的《大雅》、《小雅》。褊(biǎn)迫：狭小迫隘。委蛇：同"逶迤"，委曲自得的样子。这里"无委蛇"是说缺少雍容大度之态。

⑯ 掎(jǐ)摭(zhí)星宿：摘取星星。遗羲娥：遗漏了太阳和月亮。羲，日御羲和；娥，月神嫦娥。此两句谓孔子删《诗》，《秦风》里遗漏了石鼓文。

⑰ 故人：老朋友，未详所指。右辅：指凤翔，汉代京兆、左冯翊、右扶风称畿内三辅，右扶风为右辅，唐时关内道凤翔府与之相当。其时"故人"为凤翔节度使府的僚属，因称"从军"。掘臼科：发掘石鼓。臼科，坑坎，石鼓所在。

⑱ 濯冠沐浴：指清洗头发和身体，这是行大事的斋戒之礼。祭酒：指国子祭酒，国学国子监长官，即韩愈的上司，时为郑余庆。

⑲ 荐诸太庙：进献于太庙。太庙，天子的祖庙。郜（gào）鼎：郜国的鼎。《春秋》桓公二年："三月，公（鲁桓公）会齐侯、陈侯、郑伯于稷，以成宋乱。夏四月，取郜大鼎于宋：戊申，纳于大庙。"古郜国在济阴城武县（今山东城武县）东南。光价：重大价值。

⑳ 太学：此泛指国子监。唐国子监下辖国子、太学、四门、律、书、算六学（后增广文为七学）。切磋：研习讨论。语出《诗经·卫风·淇奥》："如切如磋，如琢如磨。"

㉑ 观经鸿都：东汉洛阳鸿都门内置学与书库，据《汉书·儒林传》，"熹平四年，灵帝乃诏诸儒正定五经，刊于石碑，为古文、篆、隶三体书法，以相参检，树之学门"，碑始立，观见及模写者车乘日千辆，填塞巷陌。填咽：堵塞。坐见：旋见。坐，立即。

㉒ 剜苔剔藓：去掉石鼓上的苔藓。露节角：露出字划清晰方正。不颇：平正。

㉓ 期无佗（tuō）：期望没有差池。佗，同"他"。

㉔ 中朝大官：摘朝廷主事大臣。汉代朝官有中朝、外朝之分。老于事：处事老练，此有讽意。讵肯感激：怎能够被感动。感激，感动。徒媕娿（ān ē）：只是俯仰随人，无所作为。此谓对于移置石鼓的建议，朝廷大臣不为所动，徒然应付。

㉕ 敲火：敲石取火。砺角：磨角。摩挲（suō）：抚摸，引申谓赏玩。

㉖ 日销月铄（shuò）：随着时光流逝而消磨。铄，消损。六年西顾：谓六年间西望凤翔，这是从见到张撤的石鼓文纸本算起。空吟哦：徒然嗟叹。

㉗ 羲之俗书：王羲之，字逸少，晋代著名书法家，世称"书圣"。韩愈指为"俗书"，或以为对"古书"而言，或以为指合于"时俗"，或以为多作俗体（如不讲究偏旁）。趁媚姿：追求运笔娇媚。博白鹅：《晋书·王羲之传》："性爱鹅……山阴有一道士，养好鹅。羲之往观焉，意甚悦，固求市之。道士云：'为写《道德经》，当举群相赠耳。'羲之欣然写毕，笼鹅而归，甚以为乐。"博，换取。

㉘ 继周八代：指石鼓所在地的朝代更替，即秦、汉、魏、晋、北魏、北齐、北周、隋八代（有他说）；语本《论语·为政》："其或继周者，虽百世可知也。"理则那（nuó）：道理在哪里。

那,何。

㉙ 柄任儒术:尊崇儒术。柄任,任用,引申为尊崇。丘、轲:孔丘、孟轲。

㉚ 上论列:指向朝廷论奏。辩口:善辩的口才。

㉛ 蹉跎:失足,困顿,此处是说想法难以实现。

　　唐人诗歌题材扩大,出现许多题咏字、画的作品。韩愈这篇《石鼓歌》写金石考古,是他所开拓出的又一个新题材。历来多认为此诗学杜甫的《李潮八分小篆歌》,具体评论两者高下则意见不一。不妨抄录杜诗如下:

　　　　苍颉鸟迹既茫昧,字体变化如浮云。陈仓石鼓又已讹,大、小二篆生八分。秦有李斯汉蔡邕,中间作者绝不闻。峄山之碑野火焚,枣木传刻肥失真。苦县光和尚骨立,书贵瘦硬方通神。惜哉李、蔡不复得,吾甥李潮下笔亲。尚书韩择木,骑曹蔡有邻。开元已来数八分,潮也奄有二子成三人。况潮小篆逼秦相,快剑长戟森相向。八分一字直百金,蛟龙盘挐肉屈强。吴郡张颠夸草书,草书非古空雄壮。
岂如吾甥不流宕,丞相中郎丈人行。巴东逢李潮,
逾月求我歌。我今衰老才力薄,潮乎潮乎奈汝何!

如仅就两首诗而论,同样使用七言长歌的歌行体,这是
一种可以广泛地用于叙事、述情、包容量巨大的诗体。
杜诗表扬李潮,简练地写出一篇见解独创的书法史,也
表明他个人的书法主张,但他是就书论书;韩愈同样描
写石鼓文的书法之妙,写法上显然借鉴了杜甫,如杜诗
的"快剑长戟"、"蛟龙盘挐"等意象,即直接被韩愈所袭
用,但韩愈却不是就书法论书法。他把石鼓文放在宣王
中兴的背景上,即是说石鼓文之可贵,主要在于它们记
录了历史上的中兴大业,这样就强调出石鼓文的重大象
征意义,因而他特别指出它们具有比拟经典的价值。这
样,他对石鼓的关注、爱惜就突出体现了"好古"的热
忱;而终篇所流露的对于石鼓被埋没的不满和遗憾,就
具有针砭现实的意味。因此,这篇作品也就表现出更丰
富的文化内涵和更鲜明的现实意义。

　　这首诗表现方法上最主要的特点和优点可用诗里

的"辞严义密"一语来概括。这是一篇七言长歌，前幅
主要是叙事，后幅主要是议论。用的是韩愈习惯使用的
散体，但给读者的整体印象却十分严谨、紧凑。这一方
面固然由于其内容和言辞正大，气魄壮伟；更重要的是
表达上十分精练。由张生的一纸石鼓文生发开来，从作
歌缘由写到当初石鼓的制作、镌刻文字的奇妙，再写自
己建议收藏、保护石鼓的长期努力，归结到石鼓仍被弃
置的遗憾。由今及古，自古而今，曲折反复，诗人充满感
情地歌唱这复杂的内容。而为了容纳下这些内容，就要
把语言高度浓缩，即古人说的多用"叠语"。吴沆说：
"惟其叠多，故事实而语健。又诸诗《石鼓歌》最工，而
叠语亦多。如'雨淋日炙野火燎'，'鸾翔凤翥众仙下'，
'金绳铁索锁纽壮，古鼎跃水龙腾梭'，韵韵皆叠。每句
之中，少者两物，多者三物乃至四物，几乎是一律。惟其
叠语，故句健，是以为好诗也"（吴沆《环溪诗话》卷中）。
当然，使用"叠语"必须是诗语，即表达生动意象，具有
诗的情趣。这样，这篇多用散体的长歌就不显得散漫，
反而特别的高古厚重，用王士禛的说法，就是"雄奇怪

伟"(《带经堂诗话》卷二)。

诗的中间批评"陋儒编诗"、不满孔子"掎摭星宿"一段,历来有人认为是"矜夸过实",对孔夫子不敬。实际上这种挥斥自如的表现,正显示了作者气魄的宏大,也是诗的夸饰所允许的,不可拘泥而加以否定。

调　张　籍①

李杜文章在,光焰万丈长。不知群儿愚,那用故谤伤②。蚍蜉撼大树,可笑不自量③。伊我生其后,举颈遥相望④。夜梦多见之,昼思反微茫⑤。徒观斧凿痕,不瞩治水航⑥。想当施手时,巨刃磨天扬⑦。垠崖划崩豁,乾坤摆雷硠⑧。惟此两夫子,家居率荒凉⑨。帝欲常吟哦,故遣起且僵⑩。剪翎送笼中,使看百鸟翔。平生千万篇,金薤垂琳琅⑪。仙官敕六丁,雷电下取将⑫。流落人间者,太山一豪芒。我愿生两翅,捕逐入八荒⑬。精神忽交通,百怪入我肠⑭。刺手拔鲸牙,举瓢酌天浆⑮。腾身跨汗漫,不著织女襄⑯。顾语地上友,经营无太忙。乞君飞霞珮,与我高颉颃⑰。

① 调:调笑。此诗写作年代难以确定。元和六年韩愈自洛阳回到长安,与张籍重新聚首,频频有诗唱和,姑系于此。

② 那用:怎么使用。故谤:陈旧的诋毁之辞。

③ 蚍蜉(pí fú):大蚂蚁。

④ 伊:语词,无义。

⑤ 微茫:模糊不清的样子。

⑥ 治水航:治水的航船。自此以下六句,用大禹治水典故比拟李、杜的诗法和诗风。

⑦ 施手:下手。磨天:摩天。磨,通"摩"。

⑧ 垠崖:山崖。垠,边际。划崩豁:忽然崩塌。划,忽然。乾坤:天地。摆雷磹:摇摆震动。左思《吴都赋》:"菈擸雷磹。"李善注:"崩弛之声。"这里是形容李、杜诗给人山崖崩塌、宇宙振动的印象。

211

⑨ 率荒凉：大体都冷落困顿。率，大抵。

⑩ 帝：天帝。吟哦：指作诗。起且僵：起来又扑倒。谓让他们崛起诗坛，却又贫困潦倒。

⑪ 金薤垂琳琅：用金薤书雕刻在玉版上，极言其美好珍贵。金薤：金错书和倒薤书，都是古代篆书体。垂：留传。琳琅：美玉。

⑫ 六丁：火神。取将：取来。这里是说李、杜诗被六丁所取即烧掉，指散佚不传。

⑬ 捕逐：谓追踪。八荒：八方荒远之地。

⑭ 这里是说自己的精诚忽然得到感通，心中产生各种神奇的灵感。

⑮ 自此以下四句，具体描写"百怪入我肠"的境界。刺手：或以为"刺"当作"剌"，剌手即掫手、扭手。酌天浆，斟天上的美酒。

⑯ 汗漫：不着边际的样子，指天空。织女襄：《诗经·小雅·大东》："跂彼织女，终日七襄。"谓织女终日劳苦，七更其次。谓腾起身来跨越高空，不像织女那样辛苦织布。

⑰ 乞：期望。霞珮：彩霞的大带。珮，通"佩"。颉颃（xié háng）：鸟上下翻飞。语出《诗经·邶风·燕燕》："燕燕于

飞,颉之颃之。"期望你以彩练做翅膀,和我一起高高地
飞翔。

李白、杜甫在诗坛上的成就得以推重与发扬,主要
得力于中唐时期的韩、柳、元、白和宋代的欧、苏等人。
一方面他们以自己的创作实践继承和发展了李、杜的传
统,另一方面则在言论上大肆呼吁,广为宣传。这对于
后代诗歌发展的方向是起了重大作用的;韩愈在这方面
的贡献即十分显著。特别是当时有所谓"李、杜优劣
论",而他对于创作风格截然不同的两位先辈,却能不
加轩轾地同样加以表扬,充分显示了他艺术上开阔的眼
光,体现在创作实践上则是一种闳中肆外、广取博收的
态度。这不但有力地肯定了两人的价值和地位,对继承
和发扬两人的传统起了很好的作用,也成为他本人创作
上取得成功的重要原因。

在这篇作品里,韩愈极其真切地抒写了自己对于
李、杜的热烈赞叹和神往之情,痛斥攻击两人的言论,对
两人生平的坎坷不幸表示同情;诗中关于两人家居荒凉

却成就了诗歌创作的议论,看法和后面选录的《柳子厚墓志铭》相一致;最后表达自己的志愿,希望友人不要徒劳经营,和自己一起追逐李、杜的踪迹前行。这首诗取题曰"调",表面上做调笑之辞。诗中梦境("夜梦多见之……")、神话("帝欲常吟哦……")、想象("我愿生两翅")相交织,又极尽夸饰之能事,使得意境变幻莫测,实则内涵十分正大。正因为出之调笑笔调,所以讥刺毫无遮拦,放言没有拘束,而造语奇诡,譬喻更求新异,又以挥洒之笔出之,就造成了惊心动魄的不凡效果,而不见丝毫锤炼的痕迹。

韩愈特别赞赏李、杜创作奇崛新异的一面,这体现了他个人"尚奇"的艺术趣味。他更善于对于李、杜传统的这一方面加以发挥,表现出他个人艺术上的独创性。这篇作品就是一个例子。

盆　池①(五首选二)

莫道盆池作不成,藕梢初种已齐生。从今

有雨君须记,来听萧萧打叶声。

池光天影共青青,拍岸才添水数瓶。且待夜深明月去,试看涵泳几多星②。

① 盆池:埋盆为池。
② 涵泳:沉浸其中。

《盆池五首》写作年月不详。诗中有"恰如方口钓鱼时"句,方口在济源(今河南济源县)。韩愈元和七年有《卢郎中云夫寄示送盘谷子诗两章歌以和之》诗,其中写到"平沙绿浪榜方口",所述为同一事,可大体推知为同时所作。

韩愈较少作近体诗。这是他刻意追求高古奇崛的艺术风格所决定的。但到创作后期,他的诗风显著转变而渐趋简净。这和他阅历渐深、境遇渐趋平顺有关系,也与元和后期整个诗坛风气的转变相一致。这里选的两首七绝,描写盆池,语言明丽,情趣盎然。中国古代诗论讲"诗中有画";而西方古典诗论则强调诗表现动态,与绘画描绘静态不同。这是分别从不同角度说明诗的化境。但如韩愈的这两首诗,描摹明净如画,又突显出景物的动态;画面生意盎然,更生动地显现出欣赏景物的人的心境,从而使得短短的小诗意蕴特别丰厚。前一首看到藕梢出生,联想到雨打荷叶,有声萧萧,想象极其新奇,声情并茂,对于蓬勃生机的那种赞美之情更意在言外;后一首把盆池小景写得境界宏大,气象万千,小池映照青天,瓶水激荡拍岸,同样描绘出一派生机盎然的景象,流露出诗人高昂的情致。这两首诗遣词用语更极其清新淡雅,和他那些高古奇险之作形成鲜明对照。

桃　源　图^①

神仙有无何眇芒,桃源之说诚荒唐^②。流水盘回山百转,生绡数幅垂中堂^③。武陵太守好事者,题封远寄南宫下^④。南宫先生忻得之,波涛入笔驱文辞^⑤。文工画妙各臻极,异境恍

惚移于斯⑥。架岩凿谷开宫室,接屋连墙千万
日⑦。嬴颠刘蹶了不闻,地坼天分非所恤⑧。
种桃处处惟开花,川原近远蒸红霞。初来犹自
念乡邑,岁久此地还成家。渔舟之子来何所,
物色相猜更问语⑨。大蛇中断丧前王,群马南
渡开新主⑩。听终辞绝共凄然,自说经今六百
年⑪。当时万事皆眼见,不知几许犹流传。争
持酒食来相馈,礼数不问樽俎异⑫。明月伴宿
玉堂空,骨冷魂清无梦寐⑬。夜半金鸡啁哳鸣,
火轮飞出客心惊⑭。人间有累不可住,依然离
别难为情⑮。船开棹进一回顾,万里苍苍烟水
暮⑯。世俗宁知伪与真,至今传者武陵人。

① 桃源图:描绘陶渊明《桃花源记》所述桃花源风景的图画。
传说中的桃花源在武陵,唐属朗州,今湖南常德市。

② 眇芒:同“渺茫”,恍惚不清。

③ 生绡数幅:指画在丝绢上的桃源图。生绡,生丝,这里指生
丝织的绢帛。中堂:正中堂屋。

④ 武陵太守：指朗州刺史。这里是指窦常，元和七年至十年
　　为朗州刺史。题封：题写包裹。南宫：唐朝廷尚书省各官
　　署在大明宫之南，称"南省"或"南宫"。

⑤ 南宫先生：不知名，任职于尚书省官署的人，或以为指友人
　　卢汀。驱文辞：指创作题写图画的文字。

⑥ 各臻极：指文和画技艺都达到极致。异境：指桃花源的境
　　界。移于斯：指移写到图画上。

⑦ 架岩二句：写当初居民开凿山洞、建筑房屋的艰难。

⑧ 嬴颠刘蹶：指秦朝和汉朝相继灭亡。秦皇室嬴姓，汉皇室
　　刘姓；颠、蹶都是跌倒、覆灭之意。了不闻：全都没有听到。
　　地坼天分：犹言天崩地裂，指秦、汉以后世事翻天覆地的巨
　　变。非所恤：不是所忧虑的。

⑨ 物色：形貌。相猜：猜疑。

⑩ 大蛇中断：典出《汉书·高帝纪》，谓汉高祖刘邦早年为亭
　　长，夜经泽中，遇大蛇，斩之，后有人至其所，遇老妪，说是
　　赤帝子斩白帝子，这被看作是秦灭汉兴的朕兆。丧前王：
　　指秦朝灭亡。群马南渡：典出《晋书·元帝纪》，西晋末年
　　有民谣曰："五马浮渡江，一马化为龙。"后来西晋灭亡，司
　　马睿等五王渡江。开新主：指晋元帝司马睿称帝。

⑪ 辞绝：指话说完。

⑫ 相馈：赠送，复义偏指。礼数不问：不管礼节如何。因为
时事变迁，礼节不同了。樽俎异：酒杯和器皿都不一样了。
俎，本指放祭品的器物。

⑬ 骨冷魂清：形容渔人夜宿的清冷感受。

⑭ 啁哳(zhāo zhā)：象声词，鸡鸣声，形容声音烦杂细碎。火
轮：指太阳。

⑮ 有累：负担，牵挂。依然：依恋的样子。难为情：难以为
情，情意难舍。

⑯ 棹进：指船行。

　　这是一首题画诗。杜甫曾创作了一批十分精美的
题画诗，不仅各有寓意，而且大都通过对画面、画艺的生
动描写抒发感慨。韩愈这一篇承袭这一题材，但却是借
题咏绘画来表明自己的理论主张。在唐代，陶渊明在
《桃花源记》里作为传说描写的桃源成了胜地，多有绘
画和题咏。王维曾写有长篇的《桃源行》。他把桃源描
绘成仙境，诗中说到"初因避地去人间，及至成仙遂不

还"，"春来遍是桃花水，不辨仙源何处寻"云云。而"永贞革新"失败之后，刘禹锡贬到朗州，曾往游桃源，写出了长诗《游桃源一百韵》。他在纪行中感叹身世，同样也宣扬神仙幻想。韩愈这一篇则借题咏图画鲜明地批判神仙荒唐之说，主旨在表明他辟佛、道的一贯立场。

由于桃源一题已多有人创作，后出作者必须以变化争胜。韩愈本来没有到过桃花源，又反对有关的荒唐之说，取材、立意就更要有独特的角度。如果直接否定已经传说化、神仙化的故事，揭穿美丽的幻想，会大煞风景；又假如就事实进行议论，则无诗意可言。这篇作品避实就虚，使用了巧妙构思：前后一起一结点明主题，中间主要篇幅隐括《桃花源记》的内容，像是在纪行或书事，实际全是凭空叙写，出于想象，在虚处运笔。这种写法和杜甫某些题画诗主要描写绘画或画家截然不同。利用这样的布局章法，夹叙夹议，又多用韩愈写作七古很少使用的对句，加上平仄声韵频频转换，使得语调流利酣畅，意境也不显得偏枯，有一种奇伟不凡的艺术效果，从而把揭露和批评神仙之说的主题更显豁地表现出来。

听颖师弹琴①

昵昵儿女语,恩怨相尔汝②。划然变轩昂,勇上赴敌场③。浮云柳絮无根蒂,天地阔远随飞扬。喧啾百鸟群,忽见孤凤凰④。跻攀分寸不可上,失势一落千丈强⑤。嗟余有两耳,未省听丝篁⑥。自闻颖师弹,起坐在一旁。推手遽止之,湿衣泪滂滂⑦。颖乎尔诚能,无以冰炭置我肠⑧。

① 颖师:艺僧。李贺有《听颖师弹琴歌》云:"竺僧前立当吾门,梵宫真相眉棱尊。古琴大轸长八尺,峄阳老树非桐孙。凉馆闻弦惊病客,药囊暂别龙须席。请歌直请卿相歌,奉礼卑官复何益。"可知颖师是"竺僧",即天竺或西域人。

② 昵昵:亲切的样子。儿女:青年男女。相尔汝:形容亲昵不拘行迹,以尔汝相称。杜甫《醉时歌》:"忘形到尔汝,痛饮真吾师。"

③ 划然:忽然。轩昂:高昂。

④ 喧啾：群鸟齐鸣的样子。

⑤ 跻(jī)攀：攀登。分寸不可上：谓达到极高点。

⑥ 未省：不解。丝篁：丝弦乐器和竹管乐器，这里指音乐。

⑦ 遽：急切。滂滂：泪流满面的样子。

⑧ 尔诚能：你确实有本领。无：勿。冰炭置我肠：指使我感情激荡不平。语本《庄子·人间世》郭象注："喜惧战于胸中，固已结冰炭于五藏矣。"

　　这首诗应是与李贺《听颖师琴歌》大体同时所作。李贺诗作于元和十一年去世前病中。诗中表达失意的悲哀，应作于韩愈自中书舍人左降太子右庶子之后。唐代诗人创作许多写音乐的诗，包括韩愈在内的许多诗人都有高度的音乐素养，这对于发挥他们的诗歌艺术是起了一定作用的。

　　而摹写乐曲之声，以声传情，众多诗人都显示了高度的技巧。例如白居易的《琵琶行》，其中描写琵琶曲那一段十分有名："……大弦嘈嘈如急雨，小弦切切如私语。嘈嘈切切错杂弹，大珠小珠落玉盘。间关莺语花底滑,幽咽泉流水下难。……"这就把琵琶曲描写得声情并茂,惟妙惟肖。韩愈这首诗描写琴曲,同样善用比喻和形容。开端即直接使用简练的笔触描写乐曲的变化:开始时轻柔细屑,犹如小儿女低声絮语;忽然间情绪激昂,如勇士上战场杀敌;然后起伏抑扬,悠远飘忽,终于戛然而止。这样,把一首抒写轻柔、奋进而终于失落的悲情的琴曲表现得真切生动,如闻其声。这样写音乐,是以虚为实。然后转出演奏的场面,则是由虚转实。写自己泪流滂沱的感受,又直接对琴师抒发感慨,这就使诗的内涵愈转愈深。为什么乐曲与诗人如此心心相印,以致诗人激动得泪流滂沱,诗里并没有直接说明。这样,这首诗就像一首无题的乐曲,表达的是一种情绪,是心灵的感受,意在言外,人们只能体味、涵泳,从而具有更强烈的艺术效果。

华 山 女[①]

街东街西讲佛经,撞钟吹螺闹宫庭[②]。广张罪福资诱胁,听众狎恰排浮萍③。黄衣道士亦讲说,座下寥落如明星④。华山女儿家奉道,欲驱异教归仙灵⑤。洗妆拭面著冠帔,白咽红颊长眉青⑥。遂来升座演真诀,观门不许人开扃⑦。不知谁人暗相报,訇然震动如雷霆⑧。扫除众寺人迹绝,骅骝塞路连辎軿⑨。观中人满坐观外,后至无地无由听。抽钗脱钏解环佩,堆金叠玉光青荧⑩。天门贵人传诏召,六宫愿识师颜形⑪。玉皇颔首许归去,乘龙驾鹤来青冥⑫。豪家少年岂知道,来绕百匝脚不停⑬。云窗雾阁事慌惚,重重翠幔深金屏⑭。仙梯难攀俗缘重,浪凭青鸟通丁宁⑮。

① 华山女:华山(在今陕西华阴县)女道士。唐代的华山是道教圣地。

② 街东街西:长安城贯穿南北的大街名朱雀门大街,全城依此划分为两部分。讲佛经:指佛教俗讲,唐时兴起的一种通俗的讲说佛经的宣教形式,敦煌写卷里存有俗讲文本,

也被视为文艺体裁。吹螺:吹起螺号。螺,以海螺制成,寺
院开讲用于演奏佛曲。闹宫庭:佛寺里一片喧嚣。宫庭,
指佛寺。

③ 广张罪福:大肆宣扬善恶报应。资诱胁:用来威胁、利诱。
狎恰:密集的样子。排浮萍:比喻人群聚集。

④ 黄衣道士:唐时服制惟五品以上官员服黄。道士服黄,应
是御用高级道士。讲说:指"道讲",与佛教俗讲类似的宣
教方式。寥落:稀少的样子。

⑤ 异教:指佛教。归仙灵:指皈依仙道。这里是说女道士与
佛教争夺信徒。

⑥ 著冠帔:戴道冠,披肩帔。这是女道士的装束。

⑦ 演真诀:讲说道经。真诀,仙道口诀。开扃:开门;扃,
门栓。

⑧ 訇(hōng)然:拟声词,大声。

⑨ 骅骝:骏马,本指赤色骏马。辎軿(zī píng):妇人所乘有
衣蔽的车子。这里是说男人骑马、女人乘车群集奔赴
而来。

⑩ 抽钗:抽取发钗。脱钏:脱下臂钏。钏,珠玉穿成的镯子。
解环佩:解下佩戴的环和佩玉。佩,通"珮"。光青荧:光

彩闪烁。

⑪ 天门贵人：指宦官。六宫：指后妃。

⑫ 玉皇：玉皇大帝，道教的主神之一，这里指皇帝。颔首：点头，表许诺。来青冥：上青天，归仙界。实指回归道观。

⑬ 岂知道：哪里懂得仙道。来绕百匝：围绕一百圈，形容追随不舍。

⑭ 云窗雾阁：形容道观门户高深。事慌惚：事情不清楚。翠幔：翠绿的幔帐。深金屏：幽深的镶金屏风。这是形容华山女的居处隐秘。

⑮ 仙梯：成仙的阶梯。俗缘：尘世因缘。浪凭：随意凭借。青鸟通丁宁：典出《汉武故事》："七月七日，上于承华殿斋。日正中，忽见有青鸟从西方来，集殿前。上问东方朔，朔对曰：'西王母暮必见尊像……。'……有顷，王母至，乘紫车，玉女夹驭，戴七胜，履玄琼凤文之舄，青气如云，有二青鸟如鸾，夹侍母旁。"后来以青鸟为交通仙、凡的使者。通丁宁，通消息。丁宁，通"叮咛"，嘱咐。这里指女道士和豪家少年暗相交通。

韩愈攘斥佛、道不遗余力，这一篇是揭露、批判道教的,以华山女道士开"道讲"这一典型事例为题材,揭露道门的腐败,更特别把批判的矛头指向朝廷崇道的愚妄和危害。

诗以描写开端,生动地展现长安两街僧、道开俗讲的热闹场面。描写女道士浓妆艳抹,与俗讲僧争夺群众,创造出中唐时期长安市井的一幅鲜明的风俗画,反映了当时佛、道极端兴盛和相互斗争的实态。唐时的一些女道士已形同艺伎,以姿色娱人,乃是道教堕落的典型表现。诗里刻意描绘这一现象,从开端就造成强烈的批判效果,有力地揭穿了道教虚伪的神圣和超越。然后再进一步,描写华山女道士得到宦官、后宫直到天子的尊崇,从而把矛头直接指向最高统治者,暗示群众的痴迷得到宫廷的支持。最后更以隐喻的方式揭露豪家少年与女道士有秘密淫秽之事,指出道观实为藏污纳垢之所。全篇基本是用写实手法,讽刺的意味流露在字里行间。在具体写法上,善于以简单的笔墨点染细节,渲染气氛,描绘场面。如"撞钟吹螺""骈骝塞路"的热烈、繁闹;女道士"洗妆拭面"的妖冶,豪家少年"来绕百匝"的荒唐,都绘形绘影,情态毕现。结尾处以隐晦笔法表现道观内部的诡秘,更取得隐而实显的效果。

韩愈还写过揭露神仙飞升虚妄的《谢自然》诗。考虑到当时佛、道迷信弥漫社会,特别是以唐宪宗为代表的最高统治集团极端尊崇佛、道,而韩愈如此激烈地加以揭露、抨击,讽刺、讥嘲不遗余力,所表现出的极高的胆识和极大的勇气是值得赞佩的。

张中丞传后叙①

元和二年四月十三日夜,愈与吴郡张籍阅家中旧书,得李翰所为《张巡传》②。翰以文章自名,为此传颇详密,然尚恨有阙者:不为许远立传,又不载雷万春事首尾③。

---

① 张中丞:张巡(709—757),"安史之乱"中抗敌将领,生前朝廷曾授以御史中丞的京衔。他是邓州南阳(今河南邓县)人,进士出身,曾出任县令,安、史叛兵进占中原,他坚

守雍丘(今河南杞县)十一个月,后以睢阳(今河南商丘市)太守许远告急,于至德二载(757)一月率三千人来援,与许远一起坚守孤城,大小四百战,斩将三百,破敌十万,阻遏叛军不得南进江、淮,支援官军收复两京,至十月城陷,遗民仅存四百,许远被俘,张巡与将士三十六人就义。十二月,朝廷施赦,褒奖功臣,张巡、许远依例赠官。事后有人反而责难张巡等人,其友人李翰乃叙其守城事迹,撰《张巡姚闿等传》两卷,上之肃宗,为其申辩。至大历年间,张巡、许远两家子弟为先人争功,再起攻讦。韩愈针对这一情况,借补李翰文的名义写作此文。文章以议论为主,不得题为"传"、"逸事"等,因名为《后叙》。

② 吴郡张籍:这是依例以籍贯称人;吴郡,今江苏苏州市。《张巡传》:指李翰《张巡姚闿等传》两卷,著录于《新唐书·艺文志》史部杂传类,已佚,今存所作《进张巡中丞传表》)。

③ 许远(709—757):字令威,明吏治,曾从军河西。"安史之乱"起,以素练戎事,拜睢阳太守、本州防御使,与张巡等坚守孤城,城破被俘,叛军持送洛阳,途中被杀。雷万春(?—757):张巡偏将,曾助巡守雍丘和睢阳。首尾:始末。雷万春事迹之"首"在守睢阳前,李翰记述中忽略本情

有可原;睢阳守城中有南霁云者颇有事功,本文又有所记述,而对雷万春事并未作补充,因而或以为此处"雷万春"为"南霁云"之讹。

　　远虽才若不及巡者,开门纳巡,位本在巡上,授之柄而处其下,无所疑忌,竟与巡俱守死,成功名④。城陷而虏,与巡死先后异耳。两家子弟才智下,不能通知二父志,以为巡死而远就虏,疑畏死而辞服于贼⑤。远诚畏死,何苦守尺寸之地,食其所爱之肉,以与贼抗而不降乎⑥?当其围守时,外无蚍蜉蚁子之援,所欲忠者,国与主耳⑦。而贼语以国亡主灭⑧。远见救援不至,而贼来益众,必以其言为信⑨。外无待而犹死守,人相食且尽,虽愚人亦能数日而知死处矣⑩。远之不畏死亦明矣。乌有城坏其徒俱死⑪,独蒙愧耻求活?虽至愚者不忍为。呜呼!而谓远之贤而为之邪⑫!

④ 授之柄：指授予指挥权。成功名：取得事功和名誉。张巡
　　入睢阳时的官职是真源县令，许远是睢阳太守兼本州防御
　　史，地位高于巡，但把统军权柄授予张巡。

⑤ 两家子弟：指张巡子去疾、许远子岘。通知：透彻了解。
　　巡死而远就虏：指张巡被俘立即被处死，许远被俘后递送
　　洛阳(途中被杀)。辞服于贼：向敌人请降。

⑥ 《新唐书·忠义传》："巡士多饿死，存者皆痍伤气乏。巡出
　　爱妾……杀以大飨，坐者皆泣。巡强令食之。远亦杀奴僮
　　以哺卒。"

⑦ 蚍蜉蚁子之援：比喻极其微小的援助。

⑧ "而贼语"句：至德元载(756)六月，唐玄宗逃亡四川；七
　　月，肃宗李亨即位于灵武(今宁夏灵武县)。是年初，张巡
　　守雍丘，降敌将领令狐潮与巡善，曾语以"本朝危蹙，兵不
　　能出关，天下事去矣"；则困守睢阳时，王命不通，必有欺诈
　　诱降之事。

⑨ 救援不至：睢阳围城时，河南节度使贺兰进明在临淮(今安
　　徽灵璧县)、灵昌太守许叔冀在谯郡(今安徽亳州市)、唐将
　　尚衡在彭城(今江苏徐州市)，皆拥兵自重，坐视不救。

⑩ "虽愚人"句：谓明知死期不远。数日，计算日期。

⑪ 乌有：何有。

⑫ 此处文势取《孟子·万章上》："乡党自好者不为,而谓贤者为之乎!"

　　说者又谓远与巡分城而守,城之陷,自远所分始,以此诟远⑬。此又与儿童之见无异。人之将死,其藏腑必有先受其病者⑭;引绳而绝之,其绝必有处⑮。观者见其然,从而尤之,其亦不达于理矣⑯。小人之好议论,不乐成人之美,如是哉⑰! 如巡、远之所成就,如此卓卓,犹不得免,其他则又何说?

⑬ 说者：发议论的人,指张去疾等非议许远的人。诟:辱骂。守睢阳城时张巡分守东北面,许远分守西南面,叛军首先攻破许远防地。

⑭ 藏腑：五脏(心、肝、肺、脾、肾)、六腑(胆、胃、大肠、小肠、膀胱、三焦)。藏,通"脏"。

⑮ 引绳而绝之：拉绳子断开。绝,断。

⑯ 观者：旁观(上面两种情况)的人。尤之：责怪它们(指受病的器官和绳子断裂处)。

⑰ 成人之美：成全别人的好事。意本《论语·颜渊》："子曰：'君子成人之美，不成人之恶；小人反是。'"

当二公之初守也，宁能知人之卒不救，弃城而逆遁⑱？苟此不能守，虽避之它处何益？及其无救而且穷也，将其创残饿羸之余，虽欲去，必不达⑲。二公之贤，其讲之精矣⑳。守一城，捍天下，以千百就尽之卒，战百万日滋之师，蔽遮江淮，沮遏其势，天下之不亡，其谁之功也㉑？当是时，弃城而图存者，不可一二数㉒；擅强兵坐而观者，相环也㉓。不追议此，而责二公以死守，亦见其自比于逆乱，设淫辞而助之攻也㉔。

⑱ 初守：守城初期。宁能知：怎么知道。卒：终于。逆遁：事先逃避。

⑲ 无救而且穷：没有救援又没有出路。创残饿羸：受创伤残

破,受饥饿疲弱。余:残余。

㉑ 讲:谋划。

㉑ 就尽:将尽。日滋:一天天增多。蔽遮江淮:指阻挡敌军
侵犯江淮以南。沮遏其势:遏制叛军的攻势。

㉒ "当是时"三句:是年五月山南东道节度使鲁炅弃南阳(今
河南南阳市)奔襄阳(今湖北襄樊市),灵昌(滑州,今河南
滑县)太守许叔冀奔彭城等。

㉓ 擅强兵:拥有强大兵力。擅,专有。相环:指在睢阳四周。

㉔ 追议:追究评论。自比(bì)于逆乱:把自己等同于叛逆
者。比,并列。淫辞:不实之词。

　　愈尝从事于汴、徐二府,屡道于两府间,亲
祭于其所谓双庙者㉕。其老人往往说巡、远时
事,云:南霁云之乞救于贺兰也,贺兰嫉巡、远
之声威功绩出己上,不肯出师救㉖。爱霁云之
勇且壮,不听其语,强留之,具食与乐,延霁云
坐。霁云慷慨语曰:"云来时,睢阳之人不食月
余日矣。云虽欲独食,义不忍㉗;虽食,且不下

咽。"因拔所佩刀,断一指,血淋漓,以示贺兰。一座大惊,皆感激,为云泣下㉘。云知贺兰终无为云出师意,即驰去。将出城,抽矢射佛寺浮图,矢著其上砖半箭㉙,曰:"吾归破贼,必灭贺兰,此矢所以志也㉚。"愈贞元中过泗州,船上人犹指以相语㉛。城陷,贼以刀胁降巡㉜。巡不屈,即牵去,将斩之;又降霁云,云未应。巡呼云曰:"南八,男儿死耳,不可为不义屈㉝。"云笑曰:"欲将以有为也。公有言,云敢不死㉞!"即不屈。

㉕ 从事:供职。指其早年在汴州和徐州幕府任职。屡道:屡次经行。双庙:肃宗收复两京,褒奖死难功臣,下诏赠张巡扬州大都督,许远荆州大都督,立庙睢阳,岁时致祭。

㉖ 南霁云之乞救于贺兰:南霁云本为尚衡偏将,被遣至睢阳议事,值围城,遂留不去。其时贺兰进明在临淮,张巡乃令南霁云将三十骑突围而出,请求救援。以进明终无出师意,遂去。

㉗ 义不忍：道义上不忍心。

㉘ 感激：感动。

㉙ 浮图：此指佛塔，即临淮香积寺塔。半箭：指箭杆入砖
一半。

㉚ 此矢所以志也：用这支箭做标记。志，通"识"，做标记，立
誓之语。

㉛ 泗州：指临淮，故城在古淮河北，与盱眙（今江苏盱眙县）
隔岸相对，清康熙时没入洪泽湖。

㉜ 胁降：威胁降服。

㉝ 南八：以排行称呼，表亲切。

㉞ 将以有为：谓保全性命以图有所作为。敢不死：不敢
不死。

张籍曰：有于嵩者，少依于巡。及巡起
事，嵩常在围中㉟。籍大历中于和州乌江县见
嵩，嵩时年六十余矣㊱。以巡，初尝得临涣县
尉，好学，无所不读㊲。籍时尚小，粗问巡、远
事，不能细也。云：巡长七尺余，须髯若神㊳。

尝见嵩读《汉书》,谓嵩曰:"何为久读此?"嵩曰:"未熟也。"巡曰:"吾于书读不过三遍,终身不忘也。"因诵嵩所读书,尽卷不错一字[39]。嵩惊,以为巡偶熟此卷,因乱抽它帙以试,无不尽然[40]。嵩又取架上诸书试以问巡,巡应口诵无疑[41]。嵩从巡久,亦不见巡常读书也。为文章,操纸笔立书,未尝起草。初守睢阳时,士卒仅万人,城中居人户亦且数万,巡因一见问姓名,其后无不识者[42]。巡怒,须髯辄张。及城陷,贼缚巡等数十人坐,且将戮。巡起旋[43]。其众见巡起,或起或泣。巡曰:"汝勿怖。死,命也。"众泣,不能仰视。巡就戮时,颜色不乱,阳阳如平常[44]。远宽厚长者,貌如其心。与巡同年生,日月后于巡,呼巡为兄。死时年四十九。嵩贞元初死于亳、宋间[45]。或传嵩有田在亳、宋间,武人夺而有之。嵩将诣州讼理[46],为所杀。嵩无子。张籍云。

㉟ 起事：指守睢阳。常：同"尝"。

㊱ 乌江：今安徽和县，张籍早年居此。

㊲ "以巡"二句：当初因为从巡有功，得授临涣县(今亳州市东)尉。

㊳ 须髯若神：形容胡须俊美。在颐为须，在颊为髯。

㊴ 诵：背诵。尽卷：一卷完了。

㊵ 帙(zhì)：书套，此指书套里的书。

㊶ 应：随声应和。无疑：不迟疑。

㊷ 仅万人：达到万人。仅，言其多。

㊸ 起旋：起身四顾。或谓指小便。

㊹ 就戮：就死。阳阳：镇定自如的样子。

㊺ 亳：亳州治谯县，在宋州南，今安徽亳州市。

㊻ 诣州讼理：到州府去诉讼。

　　在下面选录的《进学解》里，韩愈叙说自己创作对传统的继承时说到："……《春秋》谨严，《左氏》浮夸……下逮《庄》、《骚》，太史所录，子云、相如，同工异曲。"在他所追模的"古文"中，《左》、《国》、《史》、《汉》等古代史家著述是十分重要的部分。唐代主张文体复古的人,大都热衷于史学。这也与古史提供了足资借鉴的创作摹本有关系。韩愈本人做过史官,曾预修《顺宗实录》,而最能体现他史笔的超绝不凡的则是他的史传体文章。柳宗元曾说:"退之所敬者,司马迁、扬雄。迁于退之固相上下……。"(《答韦珩示韩愈相推以文墨事书》,《柳河东集》卷三四)这也是着眼于他的史传文章立论的。曾巩则更称赞韩愈和子夏、左氏、史迁同为古今"能叙事使可行远者"之中的"拔出之才"(《王容季文集序》,《元丰类稿》卷一二)。

韩愈散文里属于广义的史传范畴的,又有许多类别。他写作正体史传文有限,除《顺宗实录》(今传本问题较多,不赘)外,仅《赠太傅董公(晋)行状》等有数的几篇。最多的是碑志,严格说乃是史传的变体。还有如《圬者王承福传》和下面的《毛颖传》那样的"游戏之传"、"寓言之传",也勉强可包括在内。而其中最能体现其史笔水平的,当数这篇《张中丞传后叙》。

这篇实际也是史传的变体。名为《后叙》,表明是叙李翰《传》的。但韩愈这篇《叙》,却不是就李翰文章立意,也不是评论其文章,而是长篇大幅地补李文之不足。一方面就事议论,集中批驳对张巡、许远的攻讦,另一方面补叙能够反映人物精神风采的琐碎事件。文章就是以上述内容构成两大部分。又因为有李文在前,叙事要避免重复,因此行文多避实就虚,采取映带笔法,对史事只稍作点染;而文章重点,则针对当时关于张、许功过的争论,辩明大是大非,表白自己的主张。这样,文章结构以驳议为线索,叙事则作为议论的证明,针对几个辱没张巡、许远功绩的错误观点一一加以辩驳,夹叙夹议,以叙为议。由于是以驳议为重点,段落则根据具体论点提起,旁接错出,变化莫测。述事则以张巡为中心,许远、南霁云作为陪衬。对每个人的描写都有概括,有细节,有大的场面渲染,有典型的言谈行事,传神写照,情态宛然。钱基博评论说:"语已毕而异峰突起,势欲连而横风吹断,随事曲注,不用钩连,而神气毕贯,章法浑成,直起直落,言尽则意止,而生气奋动,笔有余势,跌宕俊迈,盖学太史公而神行气化,不为字模句拟之貌似者也。"(《韩愈志·韩集籀读录》)

这篇文章的主旨是辩驳攻击张巡、许远的谬说，赞扬他们的功绩，从而表达维护国家统一安定、反对藩镇割据逆乱的政治主张。这在当时和对后世都是有重大积极意义的。字里行间表露出的那种豪情和气势，那种坚持道义、力辩是非的斗争精神，也正来自作者的高远的眼光和坚定的信念。这也使得文章热情激扬，豪迈动人。

国子助教河东薛君墓志铭[①]

君讳公达，字大顺，薛姓。曾祖曰希庄，抚州刺史，赠大理卿[②]；祖曰元晖，果州流溪县丞，赠左散骑常侍[③]；父曰播，尚书礼部侍郎[④]。侍郎命君后兄据，据为尚书水部郎中，赠给事中[⑤]。

---

① 国子助教：国子监所属国子学的学官，国子学招收贵族子弟。从本文看，墓主是东都分司官。

② 抚州：治临川，今江西抚州市。大理卿：司法机关大理寺的主官。

③ 果州流溪县：果州，今四川南充市，唐时的流溪县在其西南。左散骑常侍：门下省属官，掌规谏顾问。

④ 尚书礼部侍郎：尚书省礼部的副长官。

⑤ 命君后兄据：让薛公达过继给兄长薛据为后。尚书水部郎中：尚书省水部的属官。

　　君少气高，为文有气力，务出于奇，以不同俗为主⑥。始举进士，不与先辈揖，作《胡马》及《圆丘》诗，京师人未见其书，皆口相传以熟⑦。及擢第，补家令主簿，佐凤翔军⑧。军帅武人，君为作书奏，读不识句，传一幕以为笑，不为变⑨。后九月九日大会射，设标的，高出百数十尺，令曰⑩："中，酬锦与金若干。"一军尽射，莫能中。君执弓，腰二矢，指一矢以兴，揖其帅曰⑪："请以为公欢⑫。"遂适射所⑬。一座皆起，随之。射三发，连三中，的坏不可复射。

中辄一军大呼以笑，连三大呼笑。帅益不喜，即自免去。后佐河阳军，任事去害兴利，功为多⑭。拜协律郎，益弃奇，与人为同⑮。今天子修太学官，有公卿言，诏拜国子助教，分教东都生⑯。元和四年年四十七，二月十四日疾，暴卒。

⑥ 气高：意气高昂。务出于奇：极力追求奇异。

⑦ 始举进士：薛公达贞元九年进士及第，与柳宗元、刘禹锡等同年。不与先辈揖：不与先辈打躬为礼。进士互相推敬称"先辈"；揖，拱手礼。

⑧ 家令主簿：太子家令寺的属官。佐凤翔军：指为凤翔节度使幕僚。

⑨ 军帅武人：自贞元三年至元和二年有邢君牙和张敬则分别担任凤翔节度使，两人都是"武人"出身，此不能确指。读不识句：诵读不能断句。传一幕：传遍整个幕府。

⑩ 大会射：举行射箭比武大会。设标的：设置靶子。

⑪ 腰二矢：腰上插两只箭。指一矢以兴：手指掐着一支箭起立。兴，起。

⑫ 请以为公欢：请来为您助兴。

⑬ 适：去到。

⑭ 佐河阳军：任河阳节度使幕僚。河阳军镇怀州，今河南沁
阳县。自贞元十五年至元和五年，河阳三城节度使、怀州
刺史先后是衡济、元韶、孟元扬。

⑮ 协律郎：朝廷礼乐、郊庙机关太常寺属官。与人为同：指
同于一般人，随顺流俗。

⑯ 分教东都生：教育国子学东都生员。因为是分司官，称"分
教"。

　　君再娶，初娶琅邪王氏，后娶京兆韦氏⑰。
凡产四男五女。男生辄即死。自给事至君，后
再绝，皆有名⑱。遗言曰："以公仪之子已已后
我⑲。"其年闰二月廿一日，弟试太子通事舍人
公仪、京兆府司录公干，以君之丧归⑳；以五月
十五日葬于京兆府万年县少陵原，合祔王夫人
茔㉑。铭曰：

　　宦不遂，归讥于时㉒。身不得年，又将尤

谁㉓? 世再绝而绍,祭以不隳㉔。

⑰ 琅邪、京兆: 分别是王氏和韦氏的郡望。

⑱ 后再绝: 指两代没有后嗣。

⑲ 后我: 承继我,过继给我。

⑳ 试太子通事舍人: 太子通事舍人是东宫属官;"试"是试用
　　的意思。京兆府司录: 京兆府的属官,京兆府管辖京城长
　　安附近二十三县。归: 因为是暴卒于东都,归葬长安。

㉑ 合袝(fù): 合葬;袝,合葬。

㉒ 宦不遂: 仕途不顺。归讥于时: 归罪于生不逢时。

㉓ 尤谁: 责怪谁。

㉔ 世再绝而绍: 两次断绝后嗣而有人承续。绍,接续。祭以
　　不隳: 指永久得到祭祀。不隳,不毁坏。

　　墓志作为文体,出现于东汉,南北朝时期兴盛起来,
遂成为文学史上传记文学的一体。墓主主要是达官贵
人,为之树碑立传,不免隐恶扬善;又作为应用文体,更
形成一定的格式。韩愈四十卷文集正集里墓志占十二

卷之多,可见在其创作中的地位。韩愈生前已受"谀墓"之讥,在当时的条件下,写作墓志虚夸失实在所难免。但从总体看,他的墓志作为其创作的重要部分,体现了他的散文的思想和艺术成就,大多富于现实内容,写法更有创造性,因而古人有评论说他的各体文章中以碑传为第一,也有人说"(墓志)古今作者,惟昌黎最高,行文叙事,面目首尾,不再蹈袭"(吴讷《文章辨体序说》)。他的许多墓志,确是古代传记文学的优秀成果。

这是一篇表扬仕途不遂、业绩不彰的普通士大夫的墓志。在简单交待姓名、族出之后,主要篇幅是对人物风采进行刻画。行文并不遵从写作墓志的定例,而是随事曲注,不避琐细,选择典型事件和细节,着力突出描绘人物的个性,并通过人物表达作者对现实的看法。这也是韩愈墓志的常用写法,从而他的墓志成为"一人一样"的生动的传记文,艺术上也往往各具特色。

这篇作品主要描写墓主佐凤翔军时的两个细节,生动、风趣地展现其尚奇好异、兀傲不凡、不随流俗的性格。而这种个性正与他的落拓生涯形成对照。这样也

就清楚地表达出作者对他的赞赏和同情。文章运笔极
其简妙。如写"军帅武人,读不识句,传一幕以为笑",
一个简单的细节,写出了主人公的傲岸自是和武夫的颟
顸无知;写会射场面,"一座皆起,随之。射三发,连三
中,的坏不可复射。中辄一军大呼以笑,连三大呼笑",
惜墨如金,绘声绘影,把群众场面的高潮迭起渲染得如
闻似见,淋漓尽致。文章前幅突显墓主"少气高"、"务
出于奇",后来变得"益弃奇,与人为同",在"奇"字上斡
旋,不着一字评论,而以强烈的对比,表现出一个落拓士
人在现实压抑之下意志被消磨、终于赍志以殁的悲剧。
这也是本篇立意之所在。

送温处士赴河阳军序[①]

伯乐一过冀北之野,而马群遂空[②]。夫冀
北马多天下,伯乐虽善知马,安能空其群邪?
解之者曰:吾所谓空,非无马也,无良马也。
伯乐知马,遇其良辄取之,群无留良焉[③]。苟无

良,虽谓无马,不为虚语矣。

① 本篇是友人温造应河阳军节度使乌重胤之召前往赴任的送序。造字简舆,河内(属怀州,今河南沁阳县)人,少隐王屋山,为张建封所重,妻以兄女。曾任建封徐州幕节度参谋,历内外官,为山南西道节度等使,终礼部尚书。河阳军镇怀州,元和五年四月乌重胤任怀州刺史兼河阳三城节度使。

② 冀北:冀州为古九州之一,大体包括今山西、河北北部、辽宁西部地。马群遂空:典出《左传》昭公四年:"冀之北土,马之所生,无兴国焉。恃险与马,不可以为固也。"

③ 群无留良:马群里没留下良马。此段语势取王充《论衡·艺增》:"《易》曰:丰其屋,蔀其家,窥其户,阒其无人也。非其无人也,无贤人也。"

东都固士大夫之冀北也。恃才能、深藏而不市者,洛之北涯曰石生,其南涯曰温生④。大夫乌公以铁钺镇河阳之三月,以石生为才,以礼为罗,罗而致之幕下⑤。未数月也,以温生为才,于是以石生为媒,以礼为罗,又罗而致之幕下⑥。东都虽信多才士,朝取一人焉,拔其尤⑦;暮取一人焉,拔其尤。自居守、河南尹以及百司之执事,与吾辈二县之大夫,政有所不通,事有所可疑,奚所咨而处焉⑧?士大夫之去位而巷处者,谁与嬉游⑨?小子后生于何考德而问业焉⑩?搢绅之东西行、过是都者,无所礼于其庐⑪。若是而称曰:大夫乌公一镇河阳,而东都处士之庐无人焉,岂不可也?

④ 恃才能:自负有才能。不市:谓不出仕。意本《论语·子罕》:"我待贾者也。"洛之北涯:洛水北岸。唐时洛水自西而东穿过洛阳。石生:名洪,字濬川,举明经,为黄州(治黄冈,今武汉市新州区)录事参军,罢归东都十余年,隐居不仕,先已被乌重胤征辟。

⑤ 大夫乌公:乌重胤,中唐节度使例带御史大夫衔。铁钺(fū yuè):铁与钺,刑戮之具。《礼记·王制》:"诸侯赐弓矢,

然后征;赐铁钺,然后杀。"罗:网罗。幕下:幕府里。

⑥ 媒:养雉用以招引野雉,称为媒。此指媒介。

⑦ 拔其尤:选拔其优异者。

⑧ 居守:指东都留守,东都最高长官,时为郑余庆。河南尹:
河南府长官,时为房式。百司之执事:指东都台省分司及
河南府的官员。二县之大夫:洛阳城内洛阳县(治郭内毓
德坊)和河南县(治郭内宽政坊)的官员。时韩愈为河南县
令,故称"吾辈"。奚所咨而处焉:向谁去咨询而居住这里
呢。奚:何。意本《国语·晋语》:叔向曰:"吾闻国家有大
事,必……访咨于耇老而后行之。"

⑨ 去位而巷处者:离开官职而居于里巷的人。

⑩ 考德而问业:考询道德,请问学业。

⑪ 搢绅:搢笏垂绅,指官僚士大夫。搢,插;笏,官员上朝持的
手板;绅,大带。

　　夫南面而听天下,其所托重而恃力者惟相
与将耳⑫。相为天子得人于朝廷,将为天子得
文武士于幕下,求内外无治,不可得也⑬。
　　愈縻于兹不能自引去,资二生以待老⑭。

今皆为有力者夺之,其何能无介然于怀邪[15]?生既至,拜公于军门,其为吾以前所称为天下贺,以后所称为吾致私怨于尽取也[16]。留守相公首为四韵诗歌其事,愈因推其意而序之[17]。

⑫ 南面而听天下:指皇帝治理天下。南面,南向而坐;听,治理。语本《易经·说卦》:"圣人南面而听天下,向明而治。"所托重而恃力者:所倚重和依靠出力的人。

⑬ 内外无治:朝廷内外不得治理。

⑭ 縻(mí)于兹:羁束在这里。縻,牛鼻绳,引申为羁束。韩愈自元和三年来到洛阳,至此已三年。资二生以待老:依靠两位而准备终老于此。

⑮ 介然于怀:心里不释然。介然,有心事。

⑯ 以前所称:依据前面所称道的,指为朝廷得人。以后所称:指二生为有力者夺去。

⑰ 留守相公:指郑余庆,他于贞元十四年至十六年和永贞元年两度为相,故称"相公"。郑余庆所作诗已佚。推其意:广其意。

这是一篇送别友人应征辟的作品,称颂征辟者的得贤、赞扬被征辟者的才能乃是题中应有之义。但这并不是平常的应酬文字。开头辩析伯乐相马的典故,就马群空与不空、有马无马展开议论,凭空斡旋,云烟缭绕,落实到东都就是士大夫的冀北,从而把乌重胤与温造等人的关系等同于伯乐和马群的关系,揄扬之意自然表露于其中;接着写温造离去,则一一列举居守、河南尹以至两县士大夫、去位而巷处者、考德而问业者、缙绅之东西行过是都者等等,这些人自上而下全都一无依靠,则温造之为人所重,其德行、名誉之远高于以上人等,亦在不言之中。这样,不用一字赞誉,把褒扬之意清楚地烘托出来。最后照应为天子得人和贤人被得两个方面,加以收束,总结上文,点明主题。

但这种从虚处斡旋的写法又不只是行文的技巧。不直接叙述事实,不直接使用赞语,更是为了观念上留有地步。因为事情发生在藩镇问题日趋严重的形势下,友人所去的地方又是虺虺不安的河阳三城,当时士人流向藩镇早已是一个复杂的社会问题,韩愈在许多作品里都有所反映。实际上,无论是赞扬征辟者的得贤,还是肯定被征辟者的得主,都非作者的本意。所以就要略过对于事实的描写,使用空灵的曲笔,寓深意于不言之中。直到最后一段,直接表达失去友人的惋惜,流露出对于朝廷失掉人才的忧虑,从而立意陡转,使主题深化一步。这最后所指出的,也正是关系朝政得失、人才动向的大问题。

韩愈的种类文章,历来被评论为奇肆超群,但立意、构思之奇突不凡,正有内含正大的义理在。

唐朝散大夫赠司勋员外郎
孔君墓志铭①

昭义节度卢从史有贤佐曰孔君,讳戡,字君胜②。从史为不法,君阴争,不从,则于会肆言以折之③。从史羞,面颈发赤,抑首伏气,不敢出一语以对,立为君更令改章辞者前后累数十④。坐则与从史说古今君臣父子道,顺则受成福，逆辄危辱诛死，曰："公当为彼，不得为此。"从史常耸听喘汗⑤。居五六岁，益骄，有悖语⑥。君争，无改悔色，则悉引从事，空一府往争之⑦。从史虽羞，退益甚⑧。君泣语其徒曰："无所为，止于是，不能以有加矣。"遂以疾辞去，卧东都之城东，酒食伎乐之燕不与⑨。当是时，天下以为贤；论士之宜在天子左右者，皆曰"孔君、孔君"云⑩。

① 孔君：即孔戣，事详本志。他于元和五年（810）故去，韩愈和他同为东都分司官。朝散大夫为文散官，司勋员外郎是死后赠官。

② 卢从史：曾为昭义节度使李长荣的兵马使，贞元二十年（804）八月，长荣卒，从史以得军情，并善逢迎中使，得检校工部尚书兼潞州长史、昭义节度使。昭义军驻节潞州上党（今山西长治市）。贤佐：贤良的辅佐。戣为节度使掌书记。

③ 阴争：私下争论。于会肆言以折之：在集会上公开发言反

驳他。肆言,随意发言。

④ 抑首伏气:低头屏息,理屈词穷的样子。更令改章辞:更
改命令和修改文书词句。

⑤ 耸听:惊听。

⑥ 悖语:叛逆的语言。

⑦ 空一府往争之:让整个节度使府的人都去与之辩论。

⑧ 退益甚:指众人退下后悖语更甚。

⑨ 卧:卧病,托疾隐居。燕:通"宴"。

⑩ 宜在天子左右,指宜被皇帝所重用。

　　会宰相李公镇扬州,首奏起君,君犹卧不应⑪。从史读诏,曰:"是故舍我而从人耶⑫?"即诬奏君前在军有某事⑬。上曰:"吾知之矣。"奏三上,乃除君卫尉丞,分司东都⑭。诏始下,门下给事中吕元膺封还诏书⑮。上使谓吕君曰:"吾岂不知戡也?行用之矣⑯。"

⑪ 宰相李公:李吉甫,字弘宪,赵郡(今河北赵县)人,元和年

间两度为相;元和三年九月出任扬州大都督府长史、淮南节度使。首奏起君:首先奏请启用孔戡。

⑫ 是故舍我而从人:这是故意舍弃我而去侍奉别人。

⑬ 某事:指某不法之事。

⑭ 奏三上:三次向朝廷上奏章。卫尉丞:掌管兵器的机关卫尉寺的属官。分司东都:东都分司官,中唐时期基本是安置闲员的职位。

⑮ 门下给事中吕元膺:给事中是门下省属官,有驳正朝命违失之权。吕元膺,字景夫,据《旧唐书》本传,元和初迁谏议大夫、给事中,规谏驳议,大举其职。封还诏书:把起草好的诏书驳回。这是因为任命职位太低而行使门下省封驳职权。

⑯ 行用之:将要任用他。行,将。

　　明年,元和五年正月,将浴临汝之汤泉⑰;壬子,至其县食,遂卒,年五十七⑱。公卿大夫士相吊于朝,处士相吊于家⑲。君卒之九十六日,诏缚从史送阙下,数以违命,流于日南⑳。

遂诏赠君尚书司勋员外郎,盖用尝欲以命君者
信其志㉑。其年八月甲申,从葬河南河阴之广
武原㉒。

⑰ 临汝:属河南道,今河南汝阳县。汤泉:温泉。

⑱ 壬子:正月十一日。

⑲ 相吊于朝:相互吊问于朝堂,言其名声之高。处士:在野
无官职者。

⑳ 缚从史送阙下:元和四年,成德节度使王承宗(镇恒州,今
河北正定县)叛乱,诏诸道兵进讨,卢从史阴与通谋,阻挠
军事,且讽朝廷求宰相,护军中尉吐突承璀设计缚之,纳车
中,驰以赴阙。数以违命:指朝廷下诏书历数他违背朝命
的罪行。流于日南:流放到日南。从史被贬为骦州(治九
德,今越南荣市)司马,其地汉、隋时为日南郡。

㉑ 尝欲以命君者:指这是曾拟任命的职位。信其志:伸张其
志愿。信,通"伸"。

㉒ 甲申:八月十六日。河阴:属河南道,今河南荥阳县东北。
广武原:地名,高平曰原。

君于为义若嗜欲，勇不顾前后㉓；于利与禄，则畏避退处如怯夫然㉔。始举进士第，自金吾卫录事为大理评事，佐昭义军㉕。军帅死，从史自其军诸将代为帅㉖，请君曰："从史起此军行伍中，凡在幕府，唯公无分寸私㉗。公苟留，唯公之所欲为。"君不得已，留一岁，再奏自监察御史至殿中侍御史㉘。从史初听用其言，得不败；后不听信，恶益闻㉙。君弃去，遂败。

㉓ 若嗜欲：像是有偏好。不顾前后：不顾及后果。前后，复义偏指。

㉔ 畏避退处：畏惧避祸，退身居后。怯夫：胆小的人。

㉕ 金吾卫录事：左、右金吾卫属下有录事参军事。大理评事：职掌刑狱的大理寺的属官。

㉖ "军帅"二句：指卢从史本为昭义节度使李长荣的兵马使，长荣死，从史自荐掌管此军。

㉗ 起此军行伍中：指由一般将士出身。古军队编制五人为伍，五伍为行，行伍指步卒或军队。无分寸私：没有丝毫私

人纠葛。

㉘ 再奏:指两次上奏朝廷。监察御史和殿中侍御史都是朝廷司法机关御史台的属官,这里是加给幕府僚佐的虚衔(又称宪衔)。

㉙ 闻:传布。

　　祖某,某官,赠某官;父某,某官,赠某官㉚。君始娶弘农杨氏女,卒㉛;又娶其舅宋州刺史京兆韦伾女,皆有妇道㉜。凡生一男四女,皆幼。前夫人从葬舅姑兆次㉝。卜人曰㉞:"今兹岁末可以祔㉟。"从卜人言,不祔。君母兄彀,尚书兵部员外郎㊱;母弟戢,殿中侍御史,以文行称朝廷㊲。将葬,以韦夫人之弟、前进士楚才之状授愈曰㊳:"请为铭。"铭曰:

　　允义孔君,兹惟其藏㊴;更千万年,无敢坏伤。

㉚ 某:原有具体名字。别本或作"祖如圭,皇海州司户,赠工

部员外郎;父矜父,皇著作郎,赠驾部员外郎",或以为是
"后人续增","多误"。

㉛ 弘农杨氏:弘农为杨氏郡望,今河南灵宝市。

㉜ 妇道:为妇之道。语出《诗经·周南·葛覃序》:"化天下
以妇道也。"

㉝ 舅姑:公婆。兆次:墓旁。兆,通"垗",界域。

㉞ 卜人:指占卜茔地的人。

㉟ 祔(fù):合葬。

㊱ 戣:孔戣,字君严,登进士第,为侍御史,累转谏议大夫,以
方严敢谏称。后为岭南节度使,以礼部尚书致仕。

㊲ 戡:孔戡,以明经及第,官至湖南观察使、京兆尹。文行:
文章德行。

㊳ 前进士:唐时称已进士及第者为前进士。韦楚才:元和二
年进士。

㊴ 允义:确有道义。《尚书·尧典》:"允恭克让。"孔传:"允,
信。"兹惟其藏:谓这里是他的墓葬。藏,墓葬。

　　韩愈分别写了孔戡、孔戣兄弟两人的墓志,立意和
写法大致相同,都成为倍受赞誉的名篇。

　　这篇作品的碑主孔戡,其主要行事在卢从史幕府;
而卢本是骄横跋扈、终于被朝廷处置的强藩。这样写作
依例以揄扬为主的墓志,立意、选材以至运笔都颇有难
处。作者在这篇文字里匠心独运,开头以"昭义节度卢
从使有贤佐曰孔君"戛然而起,接着先是集中描写主人
公在幕府中与卢的矛盾,这就不但把人物放在了尖锐的
冲突之中,使文情显得紧凑,更确定了对碑主人格的基
本定位,把他和所服务的镇帅划清了界线。接着用具体
事实凸显出他的为人和声望:写李吉甫奏请不起,为卢
从史所诬,以至猝然而死,壮志未酬。最后再来补叙墓
志的一般内容:一方面是仕途经历,自进士出身至佐昭
义军,以照应卢的失败;另一方面自族出至卒藏,最后著
铭,有始有终。这样就多层面地颂扬了孔戡的才智和预
见,又对他落拓不遇的命运表露不平,从而文章以叙写
与卢从史的纠葛为中心,鲜明地刻画出一个坚持道义、
智勇双全的士大夫的形象。而作者如此颂扬勇于与强
藩抗争的人品节义,正鲜明地表现了自己的立场,也突
显出作品的现实意义。

文章采用了倒叙、衬托、照应等手法,使得行文结构多变化,不呆滞;叙事不是如《张中丞传后叙》那样慷慨激昂,而是语气平实,看似自由散漫,娓娓道来,但词不连而意连,同样取得了笔墨惊矫如游龙的艺术效果。

毛 颖 传①

毛颖者,中山人也②。其先明眎,佐禹治东方土,养万物有功,因封于卯地,死为十二神③。尝曰:"吾子孙神明之后,不可与物同,当吐而生④。"已而果然。明眎八世孙𪏯,世传当殷时居中山,得神仙之术⑤。能匿光使物,窃姮娥,骑蟾蜍入月,其后代遂隐不仕云⑥。居东郭者曰㕙,狡而善走,与韩卢争能,卢不及⑦。卢怒,与宋鹊谋而杀之,醢其家⑧。

---

① 毛颖:"颖"的本义是禾稍,毛颖意为笔尖,指代毛笔。为笔作传,是拟人写法。

② 中山人：中山是东周国名，相当于今河北正定县东北一带。
这里是依例以郡国称籍贯。又唐宣州溧水县（今江苏溧水
县）中山，在县东南一十五里，出兔毫，为笔精妙。下文蒙
恬南征次中山，即指其地。又下文有毛颖与韩卢、宋鹊相
争事，古韩、宋两国与中山国近邻。韩愈捏合两事用典。

③ 明眎：眎，“视”古字；典出《礼记·曲礼下》：“兔曰明视。”
佐禹治东方土：以十二神配四方，东方房宿在卯宫，属兔，
东方又属春，主生成，因此有“佐禹”、“养万物”的设想。十
二神：即子鼠、丑牛、寅虎、卯兔、辰龙、巳蛇、午马、未羊、申
猴、酉鸡、戌狗、亥猪。

④ 吐而生：典出张华《博物志》卷二：“兔舐毫望月而孕，口中
吐子，旧有此说，余目所见也。”

⑤ 𪏛（wán）：《广韵·释兽》：“𪏛，兔子也。”

⑥ 匿光使物：隐匿其形，驱使物怪。据《本草纲目集解》引
《天玄主物簿》：“孕环之兔……能隐形也。”窃姮娥，骑蟾蜍
入月：典出《淮南子·天文训》：“羿请不死之药于西王母，
姮娥窃以奔月。”姮娥即“嫦娥”。传说嫦娥窃药，非兔窃嫦
娥。又《初学记》引《淮南子》有“托身于月，是为蟾蜍，而
为月精”十二字，当有嫦娥成蟾蜍为月精的传说，也未言兔

骑蟾蜍,此处是作者"想当然"用典。入月:典出傅玄《拟
天问》佚文:"月中何有? 白兔捣药。"

⑦ 居东郭者曰㕙(jùn):典出刘向《新序·杂事》:"昔者齐有
良兔曰东郭㕙,盖一旦而走五百里。"韩卢:语本《玉篇·
犬部》:"獹,韩獹,天下骏犬。"卢,通"獹"。

⑧ 宋鹊:《初学记》卷二九引吕忱《字林》:"宋良犬也。"鹊,同
"雀"。醢(hài)其家:屠杀全家。醢,剁成肉酱。此处本
《战国策·齐策》:"淳于髡谓齐王曰:韩子卢者,天下之疾
犬也;东郭逡者,海内之狡兔也。韩子卢逐东郭逡,环山者
三,腾山者五,兔极于前,犬废于后……"

秦始皇时,蒙将军恬南伐楚,次中山,将大
猎以惧楚⑨。召左右庶长与军尉,以《连山》筮
之,得"天与人文"之兆⑩。筮者贺曰:"今日之
获,不角不牙,衣褐之徒,缺口而长须,八窍而
趺居⑪。独取其髦,简牍是资,天下其同书,秦
其遂兼诸侯乎⑫!"遂猎,围毛氏之族,拔其豪,
载颖而归⑬。献俘于章台宫,聚其族而加束缚

焉^⑭。秦皇帝使恬赐之汤沐,而封诸管城,号曰
管城子,日见亲宠任事^⑮。

⑨ 蒙将军恬:秦名将。大猎:指陈兵示威。史载秦始皇二十
　　四年(前223)南击楚,但未言蒙恬领军。张华《博物志》有
　　"蒙恬造笔"之说,以下据以生发(然笔并不创始于秦代)。

⑩ 庶长、军尉:秦制,武爵有庶长以赏有功,十级为左庶长,十
　　一级为右庶长;军尉为武官,将军下有都尉、国尉。以《连
　　山》筮之:《连山》传为夏代古《易》名,为占卜之书。据《周
　　礼·春官·大卜》:"大卜……掌三《易》之法:一曰《连
　　山》,二曰《归藏》,三曰《周易》。"筮,以著草占卜,引申为
　　卜卦。得"天与人文"之兆:得到"天与人文"的卦象。兆,
　　占兆,卦象;"天与人文"语本《孟子·万章上》"天与贤则
　　与贤",暗示"毛颖"可用以书写文字。

⑪ 衣褐:本意是穿粗布短衣。褐,通"鹖",黄黑色即兔的毛
　　色。八窍:陆佃《埤雅》:"兔只八窍。"古传咀嚼者九窍而
　　胎,兔八窍。趺(fū)居:盘腿坐。趺,足背。此处描绘兔的
　　形貌。

⑫ 取其髦:取它的长毫。髦,毛中长毫。又据《尔雅·释

言》:"髦,俊也。"邢昺疏:"毛中之长毫曰髦,士之俊选者借譬为名焉。"此处语义双关。简牍是资:用来书写简牍。简牍,古代书写用的竹简和木牍(木板)。天下同其书:指天下都用笔来书写。语本秦"书同文字"(《史记·秦始皇本纪》),而取义不同。

⑬ 拔其豪:这里说取其豪族,实指拔其毫毛。豪,通"毫"。

⑭ 献俘:战胜后贡献俘虏于宗庙社稷的仪式。章台宫:秦离宫之一。《史记·秦始皇本纪》:"诸庙及章台、上林,皆在渭南。"聚其族而加束缚:表面是说聚其宗族加以管束,实则说把毫毛捆束成笔。

⑮ 赐之汤沐:赐给他汤沐邑,汤沐邑指封地,这里实指墨池。管城:本是周初管叔封地,在今河南郑州市,这里说套上笔管。亲宠任事:得到宠爱重用。

  颖为人强记而便敏,自结绳之代以及秦事,无不纂录⑯。阴阳、卜筮、占相、医方、族氏、山经、地志、字书、图画,九流、百家、天人之书,及至浮图、老子、外国之说,皆所详悉⑰。又通于当代之务,官府簿书,市井钱货注记,惟上所使[18]。自秦皇帝及太子扶苏、胡亥、丞相斯、中车府令高,下及国人,无不爱重[19]。又善随人意,正直、邪曲、巧拙,一随其人[20]。虽见废弃,终默不泄[21]。惟不喜武士,然见请亦时往。累拜中书令,与上益狎[22]。上尝呼为"中书君"。上亲决事,以衡石自程,虽宫人不得立左右,独颖与执烛者常侍,上休方罢[23]。颖与绛人陈玄,弘农陶泓及会稽褚先生友善,相推致,其出处必偕[24]。上召颖,三人者不待诏辄俱往,上未尝怪焉。

⑯ 便敏:轻巧敏捷。结绳之代:语本《易经·系辞下》:"上古结绳而治。"纂录:编纂记录。

⑰ 这里列举各种文书。阴阳:阴阳五行学说。卜筮:以火灼龟版占吉凶为卜,以蓍草占吉凶为筮。占相:相面。医方:医疗方剂之学。族氏:宗族谱系之学。山经:记录山脉的舆地书。地志:地志书。九流:《汉书·艺文志》著录儒

家、道家、阴阳家、法家、名家、墨家、纵横家、杂家、农家书，统称九家；或以"九"为虚数，"流"为学派。百家：统称诸子之学。天人之书：关于天人之际的著作。浮图：此指佛教。老子：此与浮图并列，指道家和道教的书。实际秦时佛教未入中土，道教没有形成，韩愈随意列举，以文滑稽耳。

⑱ 惟上所使：听凭秦始皇驱使。上，指秦始皇。

⑲ 扶苏：秦始皇长子。始皇死，赵高、李斯矫命赐死。胡亥：秦始皇十八子，继承帝位为二世，国灭身亡。丞相斯：李斯，秦并六国后任丞相，后被胡亥处死。中车府令高：赵高，秦宦官，任中车府令。

⑳ 一随其人：全随各人之意。

㉑ 见废弃：被弃置不用。

㉒ 中书令：官名，魏、晋始置。此取适于书写之意。下称"中书君"，义同。益狎：越发亲昵。

㉓ 以衡石自程：衡石为衡器，谓每天批阅一定重量的文书。典出《史记·秦始皇本纪》："天下之事无大小，皆决于上。上至以衡石量书，日夜有呈，不中呈不得休息。"呈，通"程"，定限。

㉔ 绛人陈玄：指墨。唐时河东道绛州绛县(今山西绛县)土
贡有墨，又墨以年陈色黑为佳，故拟名陈玄。用古邑名
(绛，春秋时晋地，在今山西翼城县东)称郡望，故曰绛人。
弘农陶泓：指砚。唐虢州弘农县(今河南灵宝市)土贡有
瓦砚。瓦砚为陶制，泓为水下深的样子，故拟名陶泓。会
稽褚先生：指纸。唐江南道越州会稽县(今浙江绍兴市)
土贡有纸，而桑皮纸以楮树皮制成，又汉时续《史记》的褚
少孙称褚先生，借以拟名。必偕：必定在一起。

后因进见，上将有任使，拂拭之，因免冠
谢㉕。上见其发秃，又所摹画不能称上意㉖。
上嘻笑曰："中书君老而秃，不任吾用㉗。吾尝
谓君中书，君今不中书邪？"对曰："臣所谓尽心
者㉘。"因不复召，归封邑，终于管城。其子孙
甚多，散处中国、夷狄，皆冒管城㉙。惟居中山
者，能继父祖业㉚。

㉕ 拂拭：轻轻摸搓。免冠：本义是脱帽，此指摘下笔冒。冠，

与"管"谐音。

㉖ 发秃：指笔毛秃。

㉗ 任吾用：听凭我使用。

㉘ 尽心：竭尽心力，此处指耗尽笔心。语本《孟子·梁惠王上》："梁惠王曰：'寡人之于国也，尽心焉耳矣。'"

㉙ 冒管城：冒管城为郡望，指毛笔皆有笔管。

㉚ "惟居"二句：这里是说中山兔毫宜制笔。

　　太史公曰㉛：毛氏有两族：其一姬姓，文王之子，封于毛，所谓鲁、卫、毛、聃者也㉜；战国时有毛公、毛遂㉝。独中山之族不知其本所出，子孙最为蕃昌。《春秋》之成，见绝于孔子，而非其罪㉞。及蒙将军拔中山之豪，始皇封诸管城，世遂有名。而姬姓之毛无闻。颖始以俘见，卒见任使，秦之灭诸侯，颖与有功㉟。赏不酬劳，以老见疏，秦真少恩哉㊱！

㉛ 太史公：司马迁修《史记》以"太史公"名义著论，此处是戏

仿其笔法。

㉜ 古时姓、氏有别,姓表宗族,氏为姓的分支,秦汉以后姓、氏始不分;此处戏辨毛氏的由来。周文王子毛伯明食采于毛(今河南益阳县),世为周世卿,子孙以邑为氏,此即毛国。又姬姓为周部族的姓,《左传》僖公二十四年:"昔周公吊二叔(管叔、蔡叔)之不咸,故封建亲戚以蕃屏周。管、蔡、郕、霍、鲁、卫、毛、聃、郜、雍、曹、滕、毕、原、酆、郇,文之昭也。""所谓鲁、卫、毛、聃者也"本此。

㉝ 毛公:战国赵国隐士,以规劝信陵君归国、救魏闻名。毛遂:战国赵平原君客,以自荐随平原君使楚闻名。

㉞ 见绝:被遗弃。此戏释孔子修《春秋》,绝笔于"西狩获麟",谓毛笔被弃绝不用,所以有"非其罪"之说。

㉟ 颖与有功:毛颖参与其事有功劳。

㊱ 秦真少恩:秦王朝对人少恩情。意本《战国策·秦策一》:"兵革强大,诸侯畏惧,然深刻寡恩,特以强服之耳。"

张籍曾批评韩愈"多尚驳杂无实之说",认为这"有以累于令德",会影响"使圣人之道复见于唐"(《上韩昌黎书》)的大事业。这就是人们经常指出的韩愈好"以文为戏"。《毛颖传》这类讥戏不拘的文字,正反映了韩愈性格和文章的这一方面。柳宗元贬永州,作《读韩愈所著〈毛颖传〉后题》一文,说自己来到永州后,"不与中州人通书。有来南者,时言韩愈为《毛颖传》,不能举其辞,而独大笑以为怪";元和五年(810)冬,他的内弟杨诲之路过永州,带来《毛颖传》,他一读之后的感受是:"若捕龙蛇、搏虎豹,急与之角而力不敢暇,信韩子之怪于文也。世之模拟窜窃、取青媲白、肥皮厚肉、柔筋脆骨而以为辞者之读之也,其大笑固宜。"(《柳河东集》卷二一)他更拿出"圣人"的名义为韩愈辩护,说"俳又非圣人之所弃",又引用儒家经典《诗经》上的"善戏谑兮,不为虐兮"之说,再举出《史记·滑稽列传》作例子,批驳那种"贪常嗜琐者"的鄙陋之见。柳宗元更进一步指出韩愈《毛颖传》的意义说:"韩子之辞,若壅大川焉,其必绝而放诸陆,不可以不陈也。且凡古今是非、六艺百家、大细穿穴、用而不遗者,毛颖之功也。韩子穷古书,好其文,嘉颖之能尽其意,故奋而为之传,以发其郁积,而学者得以励。"这就明确指出《毛颖传》是抒写"郁积"、有为而作的。柳宗元是韩愈倡导"古文"的同道,身经流放之祸,就更能体会韩愈作品的讽刺意味。稍后的李肇更称赞"其文尤高,不下史迁"(《唐国史补》卷下)。

以咏物为戏的文章前代多有。如南朝宋袁淑的《鸡九锡文》、《驴山公九锡文》,梁沈约的《修竹弹甘蔗文》等。历来有人指出这些即是《毛颖传》所本。但无论从思想意义说,还是从表现艺术说,韩愈的文章都达到了新的高度。讥刺手法、幽默情趣、嬉笑不拘的风格是韩愈部分诗文表现上的特征。这当然出于他放达开朗的个性,同时也反映了他身处困顿而不惧不馁的乐观精神。值得注意的是,连同以下选录的《送穷文》、《进学解》,韩愈北归后在两京坐学官冷板凳这几年,特别喜欢写作这种"游戏文章"。这也是因为身处逆境,更能体会到社会的是非不公、贤愚倒置,自己又无可奈何,只好用嬉笑怒骂的方式来发抒心头的"郁积"。柳宗元曾说:"嬉笑之怒,甚乎裂眦;长歌之哀,过乎恸哭。"(《对贺者》)韩愈的这种嬉笑讥嘲的讽刺文字,确是具有严肃的思想内容和深沉的感情内涵的,同时又把散文

讽刺艺术发挥到新的水平。实际上,除了这种明显是
"以文为戏"的文章之外,韩愈的许多诗文都不同程度
地带有幽默以至嬉戏的色彩。

这篇文章构思极其巧妙。为"毛颖"立传,主要是
采用隐喻和拟人手法。文中隐喻关合极其贴切,拟人描
写极其生动,特别是奇思异想,巧妙地利用文献上的有
关典故,但又不拘泥原意,随意生发,取义灵动而深刻。
这样就更突出了似庄似谐、"以文滑稽"的效果。结果
见解愚腐者读了自然会"大笑以为怪",而柳宗元却看
出了它的思想深度和艺术上的创新,后人更有"千古奇
文"(林纾《韩柳文研究法》)等赞誉。

送　穷　文①

元和六年正月乙丑晦,主人使奴星结柳作
车,缚草为船,载糗舆粮,牛系轭下,引帆上樯,
三揖穷鬼而告之曰②:"闻子行有日矣③。鄙人
不敢问所途,窃具船与车,备载糗粮,日吉时

良,利行四方④。子饭一盂,子啜一觞,携朋挈
俦,去故就新,驾尘彍风,与电争先⑤。子无底
滞之尤,我有资送之恩,子等有意于行乎⑥?"

① 送穷:宗懔《荆楚岁时记》:"正月晦日,送穷鬼。"相传颛顼
高辛时,宫中生一子,不着完衣,号为穷子,于正月晦日死,
宫中葬之,遂形成送穷的风俗。

② 正月乙丑晦:相当于阳历二月二十六日,晦为夏历月末一
天。奴星:名星的仆人。载糗(qiǔ)舆粻(chāng):用车装
载干粮。糗,干粮;粻,食米。引帆上樯:把帆拉上桅杆。
樯,桅杆。这里的车船等都是祭祀的道具。

③ 有日:多日。

④ 问所途:问去到哪里。日吉时良:语本《九歌·东皇太
一》:"吉日兮辰良。"利行四方:去东西南北四方都吉利。

⑤ 子饭一盂:你吃一钵饭。子啜(chuò)一觞:你喝一觞酒。
啜,饮;觞,酒具。携朋挈(qiè)俦:携带朋友伙伴。挈,带
领。驾尘彍(kuò)风:形容牛车扬起尘土,风吹船帆如满
弓。彍,拉满弓。

⑥ 底滞之尤:逗留不去的过失。底滞,滞留。

屏息潜听,如闻音声,若啸若啼,恶欻嘤嘤⑦。毛发尽竖,竦肩缩颈,疑有而无,久乃可明。若有言者曰:"吾与子居,四十年余,子在孩提,吾不子愚⑧;子学子耕,求官与名,惟子是从,不变于初⑨。门神户灵,我叱我呵,包羞诡随,志不在他⑩。子迁南荒,热烁湿蒸,我非其乡,百鬼欺陵⑪。太学四年,朝齑暮盐,惟我保汝,人皆汝嫌⑫。自初及终,未始背汝,心无异谋,口绝行语。于何听闻,云我当去,是必夫子信谗,有间于予也⑬。我鬼非人,安用车船,鼻齅臭香,糗粻可捐⑭。单独一身,谁为朋俦,子苟备知,可数已不⑮? 子能尽言,可谓圣智,情状既露,敢不回避?"

⑦ 恶欻(xū xū)嘤嘤:微细琐碎的声音。

⑧ 吾不子愚:我不愚弄你。

⑨ 不变于初:没有改变初心。

⑩ 门神户灵:守护门户的神灵。我叱我呵:叱骂我,呵斥我。

包羞诡随:忍受羞辱,曲随人意。

⑪ 子迁南荒:指流放阳山。我非其乡:不是我的家乡。

⑫ 太学四年:指元和元年六月授国子博士,二年夏分司东都,四年改都官员外郎分司,前后四年。朝齑(jī)暮盐:早晚只有咸菜、盐水下饭。齑,细切的酱菜。

⑬ 信谗:相信别人的坏话。有间:有离间。

⑭ 齅(xiù):闻味。捐:放弃。

⑮ 子苟备知:你如果都知道。苟,假如。可数已不:可以数吗? 已不,同"以否"。

　　主人应之曰:"子以吾为真不知也邪? 子之朋侪,非六非四,在十去五,满七除二。各有主张,私立名字,掞手覆羹,转喉触讳,凡所以使吾面目可憎、语言无味者,皆子之志也⑯。其名曰智穷:矫矫亢亢,恶圆喜方,羞为奸欺,不忍害伤⑰;其次名曰学穷:傲数与名,摘抉杳微,高挹群言,执神之机⑱;又其次曰文穷:不专一能,怪怪奇奇,不可时施,秖以自嬉⑲;又其次日命穷：影与形殊，面丑心妍，利居众后，责在人先[20]；又其次曰交穷：磨肌戛骨，吐出心肝，企足以待，置我仇冤[21]。凡此五鬼，为吾五患，饥我寒我，兴讹造讪[22]。能使我迷，人莫能间，朝悔其行，暮已复然[23]。蝇营狗苟，驱去复还[24]。"

⑯ 捩(liè)手覆羹：扭手打翻了羹汤。捩，扭转。转喉触讳：开口讲话就犯忌讳。

⑰ 矫矫亢亢：孤高的样子。

⑱ 傲数与名：数谓技艺，名谓概念，轻视玩弄技艺、概念的学问。摘抉杳微：择取发掘深微的道理。高挹群言：居高临下地酌取百家之言。挹，舀，取。执神之机：把握神妙的关键。

⑲ 不专一能：不是专精一方面能力。不可时施：不可施用于时下。

⑳ 面丑心妍：面目丑陋，心灵美好。利居众后：获利在众人之后。责在人先：受责难在他人之前。

㉑ 磨肌戛(jiā)骨:磨掉肌肉,刮出骨头。戛,打击;形容无私地袒露自己。企足以待:踮起脚等待,形容对人热忱。

㉒ 兴讹造讪:造成错误,引来诽谤。讹,过错;讪,诽谤。

㉓ 人莫能间:没有人能够离间。

㉔ 蝇营狗苟:像苍蝇飞来飞去,像狗一样苟且偷生。《诗经·小雅·青蝇》:"营营青蝇,止于棘。"

　　言未毕,五鬼相与张眼吐舌,跳踉偃仆,抵掌顿脚,失笑相顾㉕。徐谓主人曰:"子知我名,凡我所为,驱我令去,小黠大痴㉖。人生一世,其久几何?吾立子名,百世不磨㉗。小人君子,其心不同,惟乖于时,乃与天通㉘。携持琬琰,易一羊皮,饫于肥甘,慕彼糠糜㉙。天下知子,谁过于予?虽遭斥逐,不忍子疏㉚。谓予不信,请质《诗》、《书》㉛。"

　　主人于是垂头丧气,上手称谢,烧车与船,延之上座㉜。

㉕ 跳踉(liáng)偃仆：跳跃、扑倒。抵(zhǐ)掌：击掌。语本《战国策·秦策一》："抵掌而谈。"

㉖ 小黠(xiá)大痴：小处聪明而大处愚蠢。意本《抱朴子·道意》："凡人多以小黠而大愚。"

㉗ 吾立子名：我确立你的名望。不磨：不灭。

㉘ 惟乖于时：虽然不合于时。惟，通"虽"。乃与天通：乃和天道相通。

㉙ 琬琰(wǎn yǎn)：美玉。饫(yù)于肥甘：吃饱了丰肥甜美的食物。饫，饱。糠糜：糠粥。

㉚ 不忍子疏：不忍心疏远你。

㉛ 请质《诗》、《书》：请用《诗》、《书》来印证。

㉜ 上手：举手。

　　这是一篇借送穷鬼的习俗来发抒牢骚的游戏文章。文似嘲戏，其实立意十分正大。黄庭坚指出："《送穷文》盖出于扬子云《逐贫赋》，制度始终极相似。而《逐贫赋》文类俳。至退之亦谐戏，而语稍庄，文采过《逐贫》矣。"（《山谷题跋》卷八）实际这篇文章不只文采超过扬雄《逐贫赋》，无论是思想内容还是表现艺术，也都达到了新的高度。

扬雄的《逐贫赋》采取正言若反的笔法,表达求富与安贫的矛盾,抒写处身困顿的无奈。这也是古代文人落魄时用以自解、常常表达的主题。同类的作品还有班固的《答宾戏》等。但比较起来,韩愈这篇文章境界更为开阔,牢骚更为显露,讽刺也更为尖刻,同时更具有强烈的愤世疾俗的社会批判意味。文章同样归结到"君子固穷"的古老命题,但概括为"五鬼"的所谓"穷",却已体现在社会、文坛、人际关系的各个方面。这样就通过以讥嘲笔法刻画出的种种"穷"态,生动地展现出一个道德高尚、才智出众的文人刚正不阿、不合流俗的风貌,表现了在当时社会弊陋时风之下正直文人坎坷困顿的遭遇。而文章构思从"送穷"发展到"留穷",则正突显出以"穷"为傲的品格、"贫贱不能移"的风范。这就不是消极的无奈、退避,而强烈地表现出积极的自恃、抗争意味。

文章设为和"穷鬼"的问答,本是模仿古人辞赋的对问体;又假借"送穷"的风习,构思即显现出幽默情趣。这种情趣的背后则是"安贫乐道"的自信和乐观。文章里模写"五穷"状态的几段,文字精雕细刻,不仅十分精粹、生动、鲜明,细节更高度典型化,表达上则庄谐杂出,似反实正。行文多用四字句,少用虚词(可以和《祭十二郎文》等篇对比),使行文既显得凝重,又很好地传达出那种讥嘲、游戏语气;同时多用排比、铺叙的写法,整齐的韵语,显然都是受到汉魏以来的辞赋、骈文和翻译佛典的影响而有所发挥和创新。这也正体现了韩愈对待前人遗产的弘通、开阔态度。扬雄的《逐贫赋》一问一答,本篇是再问再答,不但增加了层次转折,而且表达的内含也更为深厚;下面的《进学解》也取对问体,但是由学生发问;而本篇则托之想象中的穷鬼之口,立意更为诡异。

吴闿生评论说:"此篇恢诡之趣,较前篇(指《进学解》)尤胜。曾文正公(国藩)尝谓恢诡之文,为古今最难到之诣,从来不可多得者也。公以游戏出之,而浑穆庄重,俨然高文典册,尤为大难。"(《古文范》卷三)文章的情趣是其美学价值的重要方面,也是中国古代散文艺术的重要因素。有情趣就不会如韩愈所谓"语言无味，面目可憎"，就不是教训口吻或玩弄词藻，而能以趣引人，以情动人。

进 学 解①

国子先生晨入太学，招诸生立馆下，诲之曰②："业精于勤荒于嬉，行成于思毁于随③。方今圣贤相逢，治具毕张，拔去凶邪，登崇畯良④。占小善者率以录，名一艺者无不庸⑤。爬罗剔抉，刮垢磨光，盖有幸而获选，孰云多而不扬⑥？诸生业患不能精，无患有司之不明；行患不能成，无患有司之不公。"

① 进学：学有长进。解：文体名。

② 国子先生：时韩愈为国子博士。太学本是国学的一部分，这里用作统称。馆下：学馆里。

③ 嬉：游戏。行(xìng)：行为，德行。随：率意而为。这里是

说学业由于勤奋而专精,由于玩乐而荒废;德行由于精思而成就,由于苟且而败坏。

④ 治具毕张:法令得以贯彻。治具,语本《史记·酷吏传》:"法令者,治之具。"拔去凶邪:除掉凶狠邪恶的人。登崇畯良:重用才智出众的人。畯,通"俊",才智出众。

⑤ 占小善:指德行,具有微小善行的。名一艺:指技能,以某一种技艺知名。庸,同"用"。

⑥ 爬罗剔抉:仔细搜寻拣选。爬,"杷"的假借字,本义是收麦工具,转意为引取;抉,挖掘。刮垢磨光:刮磨掉金属表面的污垢,比喻对人才的磨练教育。孰云多而不扬:谁说多有才智而不能发露。

　　言未既,有笑于列者曰⑦:"先生欺余哉!弟子事先生于兹有年矣。先生口不绝吟于六艺之文,手不停披于百家之编⑧;记事者必提其要,纂言者必钩其玄⑨;贪多务得,细大不捐;焚膏油以继晷,恒兀兀以穷年⑩:先生之业,可谓勤矣。觚排异端,攘斥佛、老,补苴罅漏,张皇幽眇，寻坠绪之茫茫，独旁搜而远绍，障百川而东之，回狂澜于既倒⑪：先生之于儒，可谓有劳矣⑫。沉浸醲郁，含英咀华，作为文章，其书满家⑬；上规姚、姒，浑浑无涯，周《诰》殷《盘》，佶屈聱牙⑭；《春秋》谨严，《左氏》浮夸，《易》奇而法，《诗》正而葩⑮；下逮《庄》、《骚》，太史所录，子云、相如，同工异曲⑯：先生之于文，可谓闳其中而肆其外矣⑰。少始知学，勇于敢为；长通于方，左右具宜⑱：先生之于为人，可谓成矣⑲。然而公不见信于人，私不见助于友，跋前踬后，动辄得咎⑳。暂为御史，遂窜南夷㉑；三年博士，冗不见治㉒。命与仇谋，取败几时㉓？冬暖而儿号寒，年丰而妻啼饥；头童齿豁，竟死何裨㉔？不知虑此，而反教人为㉕？"

⑦ 未既：未了。

⑧ 事先生：指从学于先生。此处用夏侯湛《抵疑》"志不辍著

述之业，口不释《雅》、《颂》之音"句法。

⑨ 记事：指写叙事文章。纂言：编纂言论，指写议论文章，与前"记事"相对。钩其玄：探取其玄微之处。

⑩ 焚膏油：指点油灯。继晷（guǐ）：谓夜以继日。晷，日影。兀兀：勤奋不止的样子。穷年：穷尽整年。

⑪ 觝（dǐ）排：排斥。觝，通"抵"。异端：不符合儒家义理的思想学说，这里指佛、老。语出《论语·为政》："子曰：'攻乎异端，斯害也已。'"补苴（jū）罅（xià）漏：修补漏洞，指修补儒道传承的缺失。苴，包围；罅，裂缝。张皇幽眇：发扬光大深微的义理。幽眇，深微。坠绪：指坠落的儒学统绪。远绍：承继古代久远的传统。障百川：围截百川。回狂澜：挽回狂涛巨浪。此处用《晋书·简文帝孝武帝纪赞》"静河海于既泄，补穹圆于已紊"句法。

⑫ 有劳：有功。

⑬ 沉浸醲郁：浸没在浓烈的香气里。含英咀华：咀嚼芳香的鲜花。这都是比喻汲取、消化古人的优美文词。

⑭ 上规姚、姒（sì）：向上古规仿虞舜和大禹时代的文章。相传舜生于姚墟，以姚为姓；禹，姒姓；舜、禹时代的文章指《尚书》里的《虞书》（包括《尧典》、《皋陶谟》，伪《古文尚

书》又增加《舜典》、《大禹谟》、《益稷》)和《夏书》(包括《禹贡》、《甘誓》,伪《古文尚书》又增加《五子之歌》、《胤征》)。浑浑无涯:文势浩渺没有边际。意本扬雄《法言·问神》:"虞、夏之书浑浑尔。"周《诰》殷《盘》:指《尚书》里《周书》中的《大诰》、《康诰》、《洛诰》、《酒诰》等篇,相传是周初周公、成王的文告。诰,上告下的文书。又《尚书》里有《盘庚》三篇,相传是殷王盘庚的文告。佶屈聱牙:形容艰涩拗口。佶屈,屈曲。

⑮ 《春秋》谨严:意本杜预《春秋左氏传序》:"《春秋》虽以一字为褒贬,然皆须数句以成言。"《左氏》浮夸:意本范宁《春秋穀梁传集解序》:"《左氏》艳而富,其失也巫。"《易》奇而法:《易经》文字多奇变但有法则。《诗》正而葩(pā):《诗经》内容正大而言辞华美。

⑯ 太史所录:指《史记》,司马迁在其中自称"太史公"。子云、相如:扬雄和司马相如。

⑰ 闳(hóng)其中而肆其外:使内涵宏大而外表纵恣。

⑱ 长通于方:年长后通于大道。方,道。左右具宜:谓行动总是相宜。

⑲ 成:成人,谓成为完人。《论语·宪问》:"子路问成人。子

曰：'若臧武仲之知，公绰之不欲，卞庄子之勇，冉求之艺，文之以礼乐，亦可以为成人矣。'"

⑳ 跋前踬后：谓进退失据。语本《诗经·豳风·狼跋》："狼跋其胡，载疐其尾。"毛传："跋，躐；疐，跲也。老狼有胡，进则躐其胡，退则跲其尾，进退有难。"动辄得咎：每有动作就招来过失。

㉑ 暂为御史：指贞元十九年冬为监察御史。遂窜南夷：立即被流放到南夷地区。南夷，对南方少数民族的轻蔑称呼。

㉒ 三年博士：指自元和元年六月被召为国子博士，至四年六月改都官员外郎整三年。冗不见治：冗碌无为，没有治绩。

㉓ 命与仇谋：命运与仇敌相伴随。取败几时：遭受失败不用多少时间。

㉔ 头童齿豁：头顶秃了，牙齿掉了。童，山无草木。竟死何裨：直到老死有什么用处。竟，终。

㉕ 反教人为：怎么反而教训人呢？为，语词。

先生曰："吁，子前来。夫大木为杗，细木为桷，欂栌侏儒，椳闑扂楔，各得其宜，施以成室者，匠氏之工也㉖。玉札丹砂，赤箭青芝，牛溲马勃,败骨之皮,俱收并蓄、待用无遗者,医师之良也[27]。登明选公,杂进巧拙,纡余为妍,卓荦为杰,校短量长、惟器是适者,宰相之方也[28]。昔者孟轲好辩,孔道以明,辙环天下,卒老于行[29];荀卿守正,大论是弘,逃谗于楚,废死兰陵[30]。是二儒者,吐辞为经,举足为法,绝类离伦,优入圣域,其遇于世何如也[31]?""今先生学虽勤而不繇其统,言虽多而不要其中,文虽奇而不济于用,行虽修而不显于众[32]。犹且月费俸钱,岁靡廪粟,子不知耕,妇不知织,乘马从徒,安坐而食,踵常途之促促,窥陈编以盗窃[33]。然而圣主不加诛,宰相不见斥,兹非其幸欤?动而得谤,名亦随之;投闲置散,乃分之宜[34]。若夫商财贿之有亡,计班资之崇庳,忘己量之所称,指前人之瑕疵,是所谓诘匠氏之不以杙为楹、而訾医师以昌阳引年、欲进其豨苓也[35]。"

㉖ 宋(máng)：房屋正梁。桷(jué)：方形的椽子。欂栌(bó lú)：柱上承梁的方形短木，即斗拱。侏儒：同"椳入"，梁上短木。椳(wēi)：承门枢的门臼。阒(niè)：门橛，竖在门前地上挡门的短木。扂(diàn)：门闩。楔：门两旁木柱。施以成室：施工建成房屋。匠氏之工：木匠的工作。

㉗ 玉札：地榆，药用植物。丹砂：朱砂。赤箭：天麻，药用植物。青芝：灵芝。牛溲：牛尿。马勃：菌类植物。此处意本《淮南子·主术训》："是故贤主之用人也，犹巧工之制木也，大者以为舟航柱梁，小者以为楫楔，修者以为榱橑，短者以为侏儒枅栌。无小大修短，各得其所宜，规矩方圆，各有所施。天下之物，莫凶于鸡毒，然而良医橐而藏之，有所用也。是故林莽之材，犹无可弃者，而况人乎！"

㉘ 登明选公：进用、选拔人才光明正大。杂进巧拙：进用机灵、拙笨各色人等。纡余为妍：含蓄不露的人是好的。纡余，曲折蜿蜒，引申为含蓄韬晦。卓荦为杰：特立独行的人也是杰出的。卓荦，显露超绝。校短量长：比较、估量其优、缺点。惟器是适：只求合于每个人的才具。器，指人的器识。宰相之方：宰相用人之道。

㉙ 孟轲好辩：意本《孟子·滕文公下》："孟子曰：'予岂好辩

哉？予不得已也。'"孔道以明：孔子之道得以发扬光大。辙环天下：乘车周游天下。孟子曾游历齐、赵、滕、魏等国。卒老于行：终于老死于途中。

㉚ 荀卿守正：荀子坚守正道。荀子名况，时人尊而号为"卿"。大论是弘：弘扬正大的议论。逃谗于楚：荀子为齐稷下学宫祭酒，被谗，逃亡到楚国。废死兰陵：楚春申君任荀子为兰陵(今山东苍山县)令，春申君死，被废去官，在当地讲学而死。

㉛ 吐辞为经：说出话来就是不易之论。经，常道，经典。举足为法：做任何事情都树立法则。举足，指每一行动。绝类离伦：超越同时流辈。伦，同辈。优入圣域：优异可归于圣明行列。语本《汉书·贾捐之传》："禹入圣域而不优。"臣瓒："禹之功德，裁入圣人区域，但不能优泰耳。"

㉜ 不繇其统：不出于正统。繇，同"由"。不要其中：不能达到中肯。要，通"约"。

㉝ 岁靡廪粟：每年耗费官粮。廪，仓库，此指官仓。唐朝廷颁给官员俸、料，国子博士正六品，"米一百石，钱二千四百"(《通典》卷十九《职官一》)。踵常途之促促：小心地循行世俗旧路。促促，同"娖娖"，小心谨慎的样子。窥陈编以

盗窃：谓从古书里盗取文句写成文章。

㉞ 投闲置散：被安置在闲散位置上。乃分之宜：乃是自己分
有所得。

㉟ 商财贿之有亡：计较有没有财物，即俸禄的多少。计班资
之崇庳：计较官品高低。班资：官位资历。庳，同"卑"。
忘己量之所称（chèn）：忘掉自己的才具是否相应。訾医
师以昌阳引年：责备医师用昌阳来延年益寿。昌阳，这里
等同于菖蒲（或以为是两物）。欲进其豨苓：打算推荐用
豨苓。豨苓，药用植物，用以解毒，主治疟疾。这里是比喻
无自知之明，不识时务。

韩、柳古文的后继者孙樵说："韩吏部《进学
解》……，莫不拔地倚天，句句欲活，读之如赤手捕长
蛇，不施鞿骑生马，急不得暇，莫可捉搦。"（《孙樵集》卷
二《与王霖秀才书》）

这篇文章立意与《送穷文》类似，实际是其"学穷"、
"文穷"两方面的发挥。同样使用亦庄亦谐的讽刺手
法，同样使用正言若反的表达方式，同样表现出自负自

恃、不恢不馁的个性。不过这里对话的对象不是虚拟的
穷鬼,而是自己的学生。连学生都对自己平日的教导,
实际是治学、做人的规范不以为然,以至质问、讥嘲,可
见其所处困境之艰窘。文章两大段。前一段是学生的
质问,实际是借用学生口吻,来表白自己的才能、品格、
志向,同时把自己处境的困顿、艰难展现出来;后一段是
辩解,首先用匠人、医师做例证,如注解表明是隐括《淮
南子》的话,又提出孟子、荀子做例子,这样虚虚实实、
交错反复,驳正对方的嘲讽,表达了自己的自负和自信,
兀傲自恃、不随流俗的姿态溢于言表。

这篇文章更明确阐述了治学、作文的态度和方法:
即态度上穷年累月地精进努力,毫不懈怠;方法上则闳
中肆外、广取博收。这后一方面也表明了韩愈和唐代
"古文"家们对待前人遗产的观点和做法。因此这篇文
章也是文学理论批评史上的重要作品,其中包含着作者
自身创作实践的理论总结。

值得注意的是文章里肯定"子云、相如"即辞赋家
的创作。汉代辞赋一般被看作六朝空洞华靡文风的肇

端,骈俪文的滥觞。但韩愈却把它当作创作中所借鉴的源泉之一。而这篇文章本身正显示了辞赋和六朝骈体的影响。历来即有人评论说《进学解》(实际还有其他文章如《送穷文》)"类赋体,逐段布置,各有韵"(黄震《黄氏日钞》卷五九)。文章里娴熟的铺叙排比的手法,极其夸张藻饰的语言,都可以看出辞赋的影子。所以钱基博评论这篇文章曾说:"圆亮出于俪体,骨力仍是散文,浓郁而不伤缛雕,沉浸而能为流转,参汉赋之句法,而运以当日之唐格。"(《韩愈志·韩集籀读录》)扩展一步说,这篇文章同样体现了对六朝骈俪文体的继承关系。早已有人明确指出过,韩愈号称起八代之衰,实则取六朝之髓,这也是他的"古文"写作得以成功的重要因素。不仅这篇《进学解》和前面的《送穷文》清楚表明了这一点,实际如《原毁》、《张中丞传后叙》等议论、叙事文字,同样体现了这种继承关系。具有化腐朽为神奇的能力和魄力,这也是韩愈之所以为大家的体现。

四、动荡暮年(819 年 1 月—824 年 12 月)

韩愈于元和八年为史馆修撰离开学馆,九年出任考功郎中知制诰,算是接触到朝廷机要。又经过几度波折,到元和十二年从裴度出讨淮西,度过一段轰轰烈烈的从军生活,班师回朝,叙功受赏。但只过了一年多,就陷入又一次巨大的灾难——被流贬到潮州(今广东潮州市)。

致贬的缘由是谏迎佛骨。这实际是韩愈的儒学复古主张与朝廷崇佛方针相矛盾的结果。而从历史的长远发展看,这一次他是成了唐代思想文化领域儒、释之间长期斗争激化的牺牲品。

唐王朝立国以来,遵循以前南北各朝兼容佛、道两教的国策,造成儒、佛、道"三教"并兴、其间又矛盾交错的局面。这种"三教"并用促进了三者的交流与融合,对于造成唐代文化的繁荣、对于思想文化史的发展产生了极大的积极作用,此不具论。就韩愈当时面临的形势而言,主要矛盾是佛、道两教的扩张所造成的严重的社会与文化危机。特别是经过"安史之乱",唐王朝在逐渐走下坡路,政出多门,国是日非,佛、道的横流无疑使局势雪上加霜。而朝廷坚持崇重、加护佛、道的方针,特别是宪宗本人,晚年佞佛好道,对于形势更是推波助澜。韩愈本人早年即立志张扬儒道、力辟佛老,以求挽救世风。多年来更不懈地努力,大力鼓吹。由于他居官低微,尽管他广为宣传,招引后学,所倡导的儒学"复古"和文体、文风革新也造成一定声势,但丝毫未能动摇在朝廷支持下的佛、道两教的声势。正是在这种情况下,在元和十四年正月,朝廷有奉迎佛骨之举。韩愈适逢其机,遂怀着满腔激愤,针对这一事件,对佛、道两教发起奋力一击。两教中他集中全力攻驳佛教;打击佛教,他又侧重抨击朝廷的崇佛;他更把批判矛头直指宪宗本人,从而造成了轰动一时、影响深远的大事件。

凤翔法门寺护国真身塔所藏佛指骨本是佛教圣物。据传此塔三十年一开,开则岁和年丰,此前朝廷曾屡次奉迎。到元和十四年又恰逢三十年之期,在宪宗亲自主持下,这次奉迎活动空前盛大。先是遣中使迎佛骨于禁中,留三日,然后令传递诸寺供养。结果在长安掀起一片佞佛狂潮。百姓老少奔波,解衣散钱,焚顶烧指,百十为群,转相效仿。正是针对朝廷上下的这种迷信狂潮,时为刑部侍郎的韩愈奋而上疏朝廷。他力陈佛教祸国殃民的危害,更历数前世帝王佞佛短命的后果,要求"人其人,火其书,庐其居",彻底禁绝佛教。这篇奏章激怒了宪宗。宪宗出表以示宰臣,欲加之极法。幸而有大臣,也是韩愈朋友的裴度、崔群上奏说:"韩愈上忤尊听,诚宜得罪,然而非内怀忠恳,不避黜责,岂能致词。伏祈稍赐宽容,以来谏者。"(《旧唐书》本传)经过疏通缓颊,从轻处罚,贬为潮州刺史。唐宪宗在中唐诸帝里算是有作为的"英主"。他治下十几年,朝廷平藩取得了胜利,政治上也出现了振兴气象。但到晚年,不免滋长起骄矜之气，也更加迷信佛、道以求"来生之计"。所以奉迎佛指骨一事，也反映了朝廷渐趋腐败的大势。而从另一方面看，中唐时期佛、道两教势力膨胀，在经济上、政治上都造成许多矛盾，对国计民生的危害更十分突出。所以韩愈谏迎佛骨的行动，意义远超出辟佛之外，实际也是对宪宗和朝廷腐败趋势的警告和批评。而他的关于崇佛则短命的不祥预言，尽管情理有所不合，但不久后也即得到应验。

唐制，重罪被贬官员要闻诏即行。这已是韩愈第三次南下岭表。韩愈出发后，罪人之家不可留京师，家属随之遣逐潮州。他的四女挐十二岁，本已抱病卧席，被迫乘车上道，惊痛撼顿，二月二日死于商南（今陕西商南）层峰驿，就地掩埋。当时韩愈已抵达宜城县（今湖北宜城），不知道消息。直到后来北归，始得携带尸骨，归葬河阳祖茔。从这件事，可见当时流离之惨痛。韩愈经过三个多月的辛苦奔波，四月末到达潮州。

当时的潮州是岭南荒僻之地，居民困乏，文化落后。韩愈仅在这里住了短短八个月。这一年七月，群臣上尊号,大赦天下。十月,韩愈改授袁州(今江西宜春)刺史。但闻命已是十二月。次年正月二十六日宪宗逝世。闰月三日穆宗即位。八日,韩愈抵达袁州,上表谢恩,已是新皇帝了。韩愈在袁州的时间也不长。九月诏授国子祭酒,这是他曾长期任职的国学的长官。他在潮州、袁州一年多的时间里,放奴婢,兴学校,驱鳄鱼,治水害,颇多善政,遗惠后人。特别是在潮州,历代受到崇祀,至今保存遗迹甚多,相关传说也传诵不辍。

韩愈回朝的第二年——长庆元年七月,由国子祭酒转兵部侍郎,又做了件轰轰烈烈的大事。就在韩愈调任新职的第三天,成德镇(治镇州,今河北正定)都知兵马使王廷凑杀节度使田弘正及其僚佐、家属,自称留后,求节钺。朝廷出讨不利,廷凑反出兵围深冀节度使牛元翼(治深州,今河北深县)于深州。朝廷授命韩愈为宣慰使,出使镇州劝降。当时朝臣都为之危惧。而他以一介书生,身入逆乱之地,严辞谴责,晓以大义,挫败廷凑的凶焰。后来廷凑罢兵,韩愈立下功劳。他的这一行动,也是他一贯的维护统一、整顿纲纪主张的实践。

　　韩愈晚年在京出任京兆尹兼御史大夫、吏部侍郎等职,仕途变得颇为通畅。但斗志和锐气却也不及当年了。他于长庆四年去世。死因是个历史上长期争论的疑案。白居易有《思旧》诗,悼念服用丹药致死的朋友,第一位就是"退之服硫磺,一病讫不痊"(《白氏长庆集》卷六二)。这个"退之"是不是韩愈,历来意见不一。有人以为"退之"当另有其人,不可以此厚诬贤者。但有种种迹象表明,韩愈晚年嗜好丹药确是事实,因而致祸是完全可能的。中唐时期贵族士大夫间服食丹药之风盛行,与道教信仰并无绝对关系。韩愈如果终于以此陷溺其身,只能令人痛惜;而且即使这是白璧之玷,也终无害于一代文化伟人的成就和人格。

左迁至蓝关示侄孙湘①

　　一封朝奏九重天,夕贬潮州路八千②。欲为圣明除弊事,肯将衰朽惜残年③。云横秦岭家何在,雪拥蓝关马不前④。知汝远来应有意,好收吾骨瘴江边⑤。

① 左迁:指元和十四年止月十四日以上表论谏佛骨被贬潮州刺史。古人尚右,以左为贬降。蓝关:蓝田关,在今陕西蓝田县蓝田山南,为唐时自长安南下襄汉的必经之地。韩湘,字北渚,韩愈兄会之孙、侄老成之子,后于长庆三年(823)进士及第,官至大理丞。

② 九重天:指朝廷。语本《楚辞·九辩》:"岂不郁陶而思君兮,君之门以九重。"五臣注:"虽欲见君而君门深邃,不可至也。"路八千:据《元和郡县图志》卷三四:潮州"西北至上都取虔州路五千六百二十五里","八千"取成数。

③ 圣明:指朝廷。肯将:犹言岂肯将。衰朽:自指老迈无能。

④ 秦岭:指陕西南部的终南山,与今天的秦岭山脉所指有异。家何在:当时家属在后,未同行。

⑤ 瘴江:满是瘴气的江水。瘴气是南方致病的疫气;又潮州实有恶溪,古称员水,后为纪念韩愈改称韩江。

　　韩愈论佛骨,是对气焰熏天的佛教势力的奋力一击,更把矛头直指皇帝本人,其后果本是事前可以估量的。因此在表章里已有"佛如有灵,能作祸祟,凡有殃咎,宜加臣身"等语。这正表现了韩愈坚持道义、舍生忘死的大无畏的勇气。韩愈被贬,闻诏即行,抵达蓝关,也就是一两天的路程。刚刚经受大祸来临的痛苦,偶然遇见亲人,一腔怨愤得以倾诉。这一首短诗,把悲伤、怨愤、不屈的意志、失意的悲观等种种复杂、矛盾的感情,表达得淋漓尽致。

这是一首格律精严的七律,仅八句、五十六个字,篇幅窘窄,又受到格律限制。而韩愈利用这紧促的局面,陈事、写景、述情,表达高度浓缩;又巧妙地转换笔墨,造成波澜,使得诗情一波三折,言简意长。三、四两句是一篇之骨。"除弊事"明自己行事的正大,"(不)惜残年"表视死如归的勇气。照应前面一、二两句的叙事,自然显示了获罪的不公和严贬的无理。而"朝奏"、"昔贬"、"九重天"、"路八千"的对句,写出了获罪遭贬的严酷。这前四句写的是自己的不平遭遇,事关朝政大事,也是表明心迹,发抒愤懑,道义在我的自豪和信心溢于言表。后四句是"家事",写偶遇亲人的感情,表依恋和嘱托之意,哀情不尽。"云横秦岭"、"雪拥蓝关"是实景,又透露出境况的凄凉。"家何在"写家属被遣逐,当时确实不知家属行踪,也是表毁家的沉痛;"马不前"烘托行路的艰难,也是表对亲人的依恋。最后是述说哀情:前途生死未卜,因而有后事的嘱托。这种离别的悲哀更加强了前面抒写的怨愤之情。因为有贯穿全篇的道义感和无畏精神,使得作品"语极凄切,却不衰飒"(方回《瀛奎律髓》卷四三纪昀批语),颇具杜甫"沉郁顿挫"的风神。韩愈七律十二首,篇篇可读。此公立志"复古",多写古诗,却决非欠缺近体功夫。

泷　　吏①

南行逾六旬,始下昌乐泷②。险恶不可状,船石相舂撞③。往问泷头吏:"潮州尚几里④?行当何时到?土风复何似⑤?"泷吏垂手笑:"官何问之愚!譬官居京邑,何由知东吴⑥?东吴游宦乡,官知自有由。潮州底处所,有罪乃窜流⑦。

侬幸无负犯,何由到而知⑧?官今行自到,那遽
妄问为⑨!"不虞卒见困,汗出愧且骇⑩。吏曰:
"聊戏官,侬尝使往罢⑪。岭南大抵同,官去道苦
辽。下此三千里,有州始名潮。恶溪瘴毒聚,雷
电常汹汹⑫。鳄鱼大于船,牙眼怖杀侬。州南数
十里,有海无天地。飓风有时作,掀簸真差事⑬。
圣人于天下,于物无不容。比闻此州囚,亦有生
还侬⑭。官无嫌此州,故罪人所徙⑮。官当明时
来,事不待说委⑯。官不自谨慎,宜即引分往⑰。
胡为此水边,神色久悗慌⑱。瓿大瓶罂小,所任
自有宜⑲。官何不自量,满溢以取斯⑳。工农虽
小人,事业各有守。不知官在朝,有益国家不㉑?
得无虱其间,不武亦不文㉒。仁义饰其躬,巧奸
败群伦㉓。"叩头谢吏言:"始惭今更羞。历官二
十余,国恩并未酬㉔。凡吏之所诃,嗟实颇有
之㉕。不即金木诛,敢不识恩私㉖!潮州虽云
远,虽恶不可过。于身实已多,敢不持自贺㉗!"

① 泷(lóng)吏:指韩愈在泷边所遇小吏。泷,激流,具体指昌乐泷,在岭南道韶州乐昌县(今广东乐昌市)。

② 逾:超过。

③ 舂撞:撞击。舂,通"冲"。

④ 泷头:泷边。潮州:今广东潮州市。

⑤ 土风:当地风俗。

⑥ 何由:怎能,诘问之词。东吴:唐韶州为三国东吴的始兴郡。

⑦ 底处所:什么地方。底,何。窜流:流放。

⑧ 侬(nóng):自称,当地方言。负犯:犯罪。

⑨ 那遽妄问为:怎么急着胡乱发问呢。为,语词。

⑩ 不虞:没有料到。卒见困:指仓促间被问语塞。卒(cù),通"猝",仓促。愧且骇:惭愧又惊异。

⑪ 聊戏官:且和您开玩笑。使往罢(pí):到哪里出差。罢,通"疲",止。

⑫ 恶溪:流经潮州的员水,上游为福建汀江,至广东揭阳入海,后为纪念韩愈来潮称韩江。瘴毒:有毒的瘴气。汹汹:声势浩大的样子。

⑬ 掀簸:翻动颠簸。差事:怪事。差,通"诧"。

⑭ 比闻：近来听说。比，贴近。生还依：生还的人。依，人，方言。

⑮ 故：本来。所徙：流放之地。

⑯ 说委：详细说。委，委曲。

⑰ 引分：分有应得。分，本分。

⑱ 惝怳(tǎng huǎng)：失意恍惚的样子。

⑲ 瓺(gān)：大瓮。罃(yīng)：小口大腹的瓶。所任自有宜：谓各有合适的用途。

⑳ 满溢：指器小过量。取斯：指取得流窜之祸。

㉑ 不：同"否"。

㉒ 得无：莫非是。虱其间：谓在朝居官为人患害。语出《商君书·去彊》："国无礼乐虱官，必强。"虱官谓蠹害国家的官员。

㉓ "仁义"二句：谓以仁义来装饰自己，奸邪狡猾败坏同辈人。

㉔ 历官二十余：自贞元十二年在董晋幕府任幕僚至此担任二十余个不同职务。未酬：没有报答。

㉕ 诃：斥责。

㉖ 不即：不就，不受。金木诛：受刑罚。金指刀锯斧钺，木指

鞭棰桎梏。敢不：岂敢不，反诘之词。恩私：恩宠。私，
偏爱。

㉗ 持自贺：用来自贺侥幸。

　　这是一首具有幽默情趣的诗。在韩愈的诗歌创作
里算是一种"别调"。本来他的诗的总风格是奇崛高古
而力避浅俗。而这篇却正是以浅俗笔墨出之，取对话
体，多用口语，又夹杂俚语方言，结构则平顺质实，历历
叙写与泷头小吏的交谈，表达更力求拙朴，从而制造出
另外一种不同凡响的印象。韩愈以"尚奇"著称，这实
际同样是"尚奇"的表现，是以浅俗造成奇诡不凡的艺
术效果。

　　此诗设为与泷边小吏的问答，在对答中小吏卖弄其
聪明狡狯，极力夸说前途的险恶，指责诗人本来罪有应
得、缺乏自知之明；诗人则显得愚钝无知，感悟迟钝。两
者间恰形成鲜明的对照，凸显出一种幽默情趣。而这种
幽默情调与作者悲剧命运的反差，又把凄惨忧惧之情显
露得十分突出。同样，平顺的结构也别具匠心：主要篇

幅重述对话,中间略加点染,人物双方口吻、情态,宛然在目,而内在的感情则溢于言表。

这篇诗在立意上,显然对屈原《渔父》、贾谊《鵩鸟赋》等有所借鉴。以自嘲来自解,以自斥表自负,以致那种玩世不恭的戏谑笔调,正体现出不惧不馁、坚毅不屈的精神。虽然题材、形式、表现方法和上述屈、贾作品不同,但却得其深意,另有发挥,故能别成一体。

送桂州严大夫①

苍苍森八桂,兹地在湘南②。江作青罗带,山如碧玉簪。户多输翠羽,家自种黄甘③。远胜登仙去,飞鸾不暇骖④。

① 桂州:唐时为岭南道桂管经略使驻所,今广西桂林市。严大夫:严谟,长庆二年严谟以秘书监为桂管观察使,例带御史大夫京衔。同时白居易、张籍均有送诗。诗题下或有"赴任"两字,或注"同用南字"四字。

② 森八桂:典出《山海经·海内南经》:"桂林八树,在贲隅
  东。"注:"贲隅,音番隅,今番禺县。"

③ 输翠羽:进贡翠鸟的羽毛。《新唐书·地理志》:"岭南
  道……厥贡金、银、孔翠、犀、象、彩藤、竹布。"黄甘:俗称
  "黄皮果"。

④ 飞鸾不暇骖(cān):不需骑乘飞翔的鸾鸟。鸾,传说中类
  似凤凰的鸟;骖,驾车两侧的马。

　　这是一首五言律,也是韩愈很少写作的诗体。作为
晚年在京的应酬之作,立意并不见精彩。特别是结尾的
安慰、颂扬之语,更显得草率、俗气。值得称道处在中间
两联。第二联刻画岭南山水,比喻极其新颖、形象,摹其
形而得其神。特别是中间的色彩字"青"、"碧",凸显出
清新明丽的质感;而以"罗带"形水,以"碧簪"比山,更
描绘出桂林山水所特有的秀丽纤巧。第三联描写南国
风俗,选择富于典型性的细节,写出南国特有的风土人
情。又重复用"翠"、"黄"表颜色字,和前面的"青"、
"碧"相映衬,更使得全诗画面色彩斑斓,境界全出。袁

宗道引述第二联说,"每读此诗,未尝不神驰龙洞仙岩之间"(《答杨员外肖墨》,《白苏斋类集》卷十六)。

早春呈水部张十八员外二首①(选一)

　　天街小雨润如酥②,草色遥看近却无。最是一年春好处,绝胜烟柳满皇都③。

① 水部张十八员外:张籍,时为水部员郎。本诗是长庆三年任吏部员外郎后作。

② 天街:指贯通长安城南北、直抵皇城的朱雀门大街。润如酥:温润如乳酪。

③ 绝胜:完全胜过。皇都:首都。

　　元和十年后,韩愈写作近体诗渐多,诗风也有明显的转变。这种变化是和元和末年整个诗坛风气的转变相一致的,当然也和韩愈个人的心态有关系。从袁州回京后,他的生活比较安定,年纪渐长,心情也趋闲静,有

更多的机会玩赏风物。如这篇小诗,描绘初春细雨中草
色萌发、生机盎然的景象,用语流利闲婉,格调清新活
泼,笔墨不多,描绘出早春的胜景,发人联想。开端细雨
如酥的比喻极其新颖而贴切,突出了那种温润、浓郁的
质感。而第二句"遥看"初生草色似有如无,捕捉春草
萌生的朦胧印象,更透露出盎然生机,从而特别突出了
一个"早"字。而在这"早春"的独特景象中自有人在,
第三、四句抒写对这美好风光的感受、赞赏。这逼出的
后两句诗,翻了赏春的一般成案:"春花秋月"本是人间
美景,但满城花柳却比不过这"小雨"、"草色"的优美,
从而这后两句又是巧妙的烘托之笔。短短的小诗,构思
曲折有致,更把人情物理表现得淋漓尽致。

论 佛 骨 表①

臣某言②:

伏以佛者,夷狄之一法耳,自后汉时流入
中国,上古未尝有也③。昔者黄帝在位百年,年

百一十岁④;少昊在位八十年,年百岁⑤;颛顼在位七十九年,年九十八岁⑥;帝喾在位七十年,年百五岁⑦;帝尧在位九十八年,年百一十八岁⑧;帝舜及禹年皆百岁⑨。此时天下太平,百姓安乐寿考,然而中国未有佛也⑩。其后殷汤亦年百岁⑪。汤孙太戊在位七十五年⑫;武丁在位五十九年⑬。书史不言其年寿所极,推其年数,盖亦俱不减百岁⑭。周文王年九十七岁⑮;武王年九十三岁⑯;穆王在位百年⑰。此时佛法亦未入中国,非因事佛而致然也。汉明帝时始有佛法,明帝在位才十八年耳⑱。其后乱亡相继,运祚不长⑲。宋、齐、梁、陈、元魏已下,事佛渐谨,年代尤促⑳。惟梁武帝在位四十八年,前后三度舍身施佛,宗庙之祭,不用牲牢,昼日一食,止于菜果㉑;其后竟为侯景所逼,饿死台城,国亦寻灭㉒。事佛求福,乃更得祸。由此观之,佛不足事,亦可知矣。

① 元和十四年正月八日,朝命奉迎凤翔法门寺佛骨至京师,留禁中三日,乃送诸寺,王公士庶奔走施舍如不及,韩愈遂上此疏极谏其弊。十四日,贬为潮州刺史。佛骨是佛教文物,相传佛陀逝世后火化,得到舍利,被古印度诸邦信徒分别供养,据传法门寺护国真身塔内所藏佛指骨即是其中的一部分。又据传此塔三十年一开,开则人和年丰,元和十四年适逢三十年之期,朝廷遂有奉迎佛骨之举。此佛指骨现已在陕西凤翔县法门寺塔内发现。

② 某:原疏有名字。

③ 夷狄之一法:意本《晋书·蔡谟传》:“佛者夷狄之俗,非经典之制。”关于佛教传入中土的时间,一般认为在两汉之际即公元纪元前后,韩愈这里是依据“汉明求法”说。此说最早见于东汉末《四十二章经序》,谓汉明帝夜梦神人,遂遣使者张骞、秦景、王尊等十二人至大月支国,写取佛经四十二章,起立塔寺,于是道法流布。

④ 黄帝:古史称为少典之子,姓公孙,又号轩辕氏。《史记·五帝本纪》集解引皇甫谧《帝王世纪》:“(黄帝)在位百年而崩,年百一十一岁。”《太平御览·帝王部》引作“百一十岁”。

⑤ 少昊：古史称为黄帝子，名挚，字青阳。《周易·系辞下》正义引《帝王世纪》："少皞在位八十四年而崩。"皞，同"昊"。

⑥ 颛顼：古史称为黄帝之孙，昌意之子。《史记》集解引《帝王世纪》："在位七十八年，年九十八。"

⑦ 帝喾(kù)：古史称为黄帝之曾孙，尧父，又号高辛氏。《史记》集解引《帝王世纪》："在位七十年，年百五岁。"

⑧ 帝尧：《史记》集解引徐广曰："尧在位凡九十八年。"正义引皇甫谧："凡年百一十七岁。"《太平御览·皇王部》引《帝王世纪》作"百一十八岁"。

⑨ 帝舜及禹：《史记·五帝本纪》："舜……年六十一代尧践帝位。践帝位三十九年，南巡狩，崩于苍梧之野。"《史记》集解引皇甫谧："(禹)百岁癸卯崩。"

⑩ 寿考：长寿。考，年岁。语本《诗经·大雅·棫朴》："周王寿考。"

⑪ 殷汤：商王朝的创立者，亦称成汤、天乙。《史记·殷本纪》集解引皇甫谧："(殷汤)为天子十三年，年百岁而崩。"

⑫ 太戊：太庚子，汤玄孙，在位时用伊陟、巫咸为相，国家中兴，史称殷中宗。《尚书·无逸》："肆中宗之享国，七十有

五年。"

⑬ 武丁：太戊六世孙,太庚子,在位用傅说为相,使殷王朝再度中兴,史称高宗。《册府元龟》卷一："(武丁)在位五十九年,年百岁。"

⑭ 所极：所至。

⑮ 周文王：《礼记·文王世子》："文王九十七乃终。"

⑯ 武王：《礼记·文王世子》："武王九十三而终。"

⑰ 穆王：周穆王,名满,昭王子,西击犬戎,东征徐戎。《尚书·吕刑》："(穆)王享国百年。"

⑱ 汉明帝：刘庄,年号永平(58—75),在位十八年。

⑲ 运祚：国运。东汉末年有董卓之乱,黄巾起义,在豪强割据中形成三国鼎立,魏、蜀、吴三国和代魏的两晋国运都不长久。

⑳ 宋、齐、梁、陈：南朝的四个王朝。宋八帝,六十年(420—479);齐七帝,二十四年(479—502);梁六帝,五十六年(502—557);陈五帝,三十三年(557—589)。元魏：拓跋族于北方建立的王朝,自孝文帝改姓元,计十四帝(包括南安王、东海王),一百四十九年(386—534)。渐谨：越发诚敬。谨,恭敬。促：短暂。

㉑ 梁武帝：萧衍，字叔达，梁王朝的实际创建者，公元502—549年在位。三度舍身施佛：舍身是佛教徒修行方式之一，方法是自加苦行，直到施舍生命。事实上梁武帝四度舍身建康（今江苏南京市）同泰寺为奴，时间分别在大通元年（527）、中大通元年（529）、中大同元年（546）、太清元年（547）。不用牲牢：指戒杀，祭祀时不用畜生。牛、羊、豕为牲，系养者为牢。昼日一食：佛教戒律，过中（正午）不食。

㉒ 侯景：字景万，怀朔镇（今内蒙乌拉特中旗）人，为北朝尔朱荣将，归高欢，又附梁，封河南王；后举兵反叛，攻破建康。不久兵败，被部下所杀。饿死台城：萧衍被侯景叛兵围困在台城，饥饿而死。台城在建康玄武湖侧，本是战国时吴国的后苑城，晋、宋以后为朝廷禁省所在，禁省名台，故称台城。

　　高祖始受隋禅，则议除之㉓。当时群臣材识不远，不能深知先王之道、古今之宜，推阐圣明，以救斯弊㉔。其事遂止，臣常恨焉。伏惟睿圣文武皇帝陛下，神圣英武，数千百年已来，未有伦比㉕。即位之初,即不许度人为僧尼、道士,又不许创立寺、观㉖。臣常以为高祖之志必行于陛下之手。今纵未能即行,岂可恣之转令盛也㉗?今闻陛下令群僧迎佛骨于凤翔,御楼以观,舁入大内,又令诸寺递迎供养㉘。臣虽至愚,必知陛下不惑于佛、作此崇奉以祈福祥也㉙。直以年丰人乐,徇人之心,为京都士庶设诡异之观、戏玩之具耳㉚。安有圣明若此,而肯信此等事哉!然百姓愚冥,易惑难晓,苟见陛下如此,将谓真心事佛㉛。皆云天子大圣,犹一心敬信;百姓何人,岂合更惜身命?焚顶烧指,百十为群,解衣散钱,自朝至暮,转相仿效,唯恐后时㉜。老少奔波,弃其业次㉝。若不即加禁遏,更历诸寺,必有断臂、脔身以为供养者㉞。伤风败俗,传笑四方,非细事也。

㉓高祖:李渊,本仕隋,为太原太守,后起兵反隋,建立唐王

朝,名义上是接受隋恭帝(杨侑)禅让称帝,故称"受隋禅"。
议除之:武德七年(624)太史令傅奕上疏反佛。九年,有
诏整顿寺、观,沙汰僧尼、道士(《旧唐书》卷一《高祖本
纪》),以高祖去世而止。

㉔ 群臣:指大臣裴寂等人,反对废佛。推阐圣明:推广发扬
圣明之志,指毁佛的志向。

㉕ 睿圣文武皇帝陛下:元和三年群臣给唐宪宗所上尊号。伦
比:类比。

㉖ "即位"三句:此事于史实待考。

㉗ 恣之:放纵、助长之。

㉘ 御楼:登上门楼,指宫城承天门楼。舁(yú)入大内:抬进
宫城。舁,抬;大内:皇宫。供养:以香花、明灯、食物等奉
献致敬。

㉙ 祈福祥:祈求福佑吉祥。

㉚ 直以:不过因为。直,不过。徇人之心:曲从人们的意愿。
徇,依从。诡异之观:怪异的景观。

㉛ 愚冥:愚昧不明事理。

㉜ 焚顶烧指:佛法中"身供养"的方式。焚顶,用香火烧头
顶。解衣散钱:指以衣服、金钱布施。唯恐后时:只怕

落后。

㉝ 业次：正在从事的工作。

㉞ 禁遏：禁止。脔身：也是"身供养"的方式，割身体上的肉。

　　夫佛本夷狄之人，与中国言语不通，衣服殊制㉟；口不言先王之法言，身不服先王之法服，不知君臣之义、父子之情㊱。假如其身至今尚在，奉其国命，来朝京师，陛下容而接之，不过宣政一见，礼宾一设，赐衣一袭，卫而出之于境，不令惑众也㊲。况其身死已久，枯朽之骨，凶秽之余，岂宜令入宫禁㊳？孔子曰："敬鬼神而远之。"㊴古之诸侯行吊于其国，尚令巫祝先以桃茢祓除不祥，然后进吊㊵。今无故取朽秽之物，亲临观之，巫祝不先，桃茢不用，群臣不言其非，御史不举其失，臣实耻之㊶。乞以此骨付之有司，投诸水火，永绝根本，断天下之疑，绝后代之惑，使天下之人知大圣人之所作为出于寻常万万也。岂不盛哉！岂不快哉！佛如有灵，能作祸祟，凡有殃咎，宜加臣身[42]。上天鉴临，臣不怨悔[43]。无任感激恳悃之至，谨奉表以闻[44]。臣某诚惶诚恐[45]。

[35] 夷狄之人：泛指外国人。佛教创始人释迦牟尼生于古印度北部迦毗罗卫国（在今尼泊尔境内）。殊制：制度不同。古代服制体现礼法的规定。

[36] "口不言"二句：意本《孝经·卿大夫》："非先王之法服不敢服，非先王之法言不敢道。"法谓合乎礼法。

[37] 宣政一见：在宣政殿接见一次。唐代四夷入朝贡者，皆引见于宣政殿；宣政殿在大明宫内。礼宾一设：在礼宾院设宴一次。唐制凡有胡客入朝，于礼宾院设宴。赐衣一袭：赏赐一套衣服。一袭，一套。

[38] 凶秽之余：凶险、污秽的遗物，指佛骨。

[39] 孔子曰：语出《论语·庸也》："子曰：'务民之义，敬鬼神而远之，可谓知矣。'"

[40] 行吊：吊丧。巫祝：巫师，司祭礼的人。以桃茢（liè）祓

(fú)除不祥：用桃枝编成的扫帚扫除不祥。苅,笤帚;祓,
除凶之礼。古谓鬼畏桃木,故以桃枝编制扫帚,用来祓除
不祥。

㊶ 巫祝不先：不先用巫祝。御史：指御史大夫,检察机关御
史台的主官,司弹劾非法。臣实耻之：语势取《论语·公冶
长》:"左丘明耻之,丘亦耻之。"

㊷ 殃咎：灾祸。

㊸ 鉴临：譬如明镜在上,谓明察。

㊹ 恳悃(kǔn)：诚恳忠诚。

㊺ 这是上疏的套语。

这篇是传诵千古的辟佛名作,也是造成韩愈在文化
史上的重要历史地位的代表作之一。韩愈辟佛具有多
方面的意义,造成了巨大而深远的影响,这些在本书里
已有多处说明。如单就文章而论,这篇作品无论是论点
还是逻辑,都是有明显的缺陷和弊病的。前面已经指出
过,韩愈辟佛,理论上并没有多少新意。在这篇文章里
也一样。指斥佛教为"夷狄之法"、破坏伦理、有害民生

等等，都是前人反佛的常谈。作者并没能从根本理论上对佛教教理、教义进行有力的批驳。而他提出的"人其人，火其书，庐其居"的简单的灭佛方法，历史证明是难以奏效的。从论述逻辑看，例如说帝王佞佛则国祚、寿命短促，即使罗列出再多的实例，这样谈因果关系，恰恰堕入肯定因果的自相矛盾的悖论之中。但是事实是，虽然韩愈以前反佛者代有其人，后继者是更不可胜数，而他反佛的名声却震烁古今，成为历史上张扬儒道、勇辟佛老的旗帜和象征。这其中原因很多，例如他辟佛斗争的现实意义、他斗争的坚定性等等。一个重要因素则在于他的辟佛文字写得好。如这篇《谏佛骨表》，义正词严，掷地作金石声，在历代广泛传诵，以至被当作为人的准则，为文的楷模。

在具体写法上，这篇文章主题是论谏迎佛骨，然而并不具体讨论佛骨本身，又如前所说欠理论上的深度，但面对佛教势力猖獗、朝野佞佛成风的形势，特别是面对皇帝本人主持的盛大仪式，能不顾个人安危利害，敢触逆鳞，直面谏争，议论滔滔，不稍假借，确实表现出鲜明的针对性、强烈的战斗性和持之以恒、无所畏惧的奋斗精神。这种战斗精神体现在文字中,也就造成了强大的气势。这种气势极大地弥补了文章在理论和逻辑层面的缺陷。

文章使用了韩愈惯用的先声夺人的结构方法。开端立论,只是简单的一句话,举出"华夷之辨"的大道理。接下来又并不就这个道理加以论说,而是一气直泻地历数自黄帝以来未有佛法则国泰民安、佛教传入则乱亡相继的"规律"。这样总结"规律",如前面指出的,逻辑上的漏洞本是很明显的。但一气贯注的排比、罗列,却造成了不容反驳的强大气势。韩愈所谓"气盛则言之短长与声之高下皆宜",在这里得到了充分体现。如此善于制造声势,正是韩愈议论文字的重要特点和优点。在用历朝事实阐明佛教祸国殃民的"规律"后,转而针对本朝奉迎佛骨的现实,并进而直接把矛头指向唐宪宗。不过这里作者基于臣下的立场,不得不使用巧妙的回旋笔墨:本来主持其事的是皇帝本人,却故作回护之词,把过错归于臣下。这固然有回避锋芒的用意,但

也是行文以退为进的方式。在揭露奉迎佛骨造成严重
社会混乱之后,最后一段正面表达个人意见,以表白忠
恳和决心收束。

全文三个段落,一气之下,转折无迹,大量的感叹、
反诘、排比句式交替运用,有力地表达出激昂慷慨的情
绪;行文多用短句,造成急切的行文节奏,更有助于表达
激烈、忠恳的语气文情。

鳄　鱼　文①

维年月日,潮州刺史韩愈使军事衙推秦
济,以羊一猪一,投恶溪之潭水,以与鳄鱼食,
而告之曰②:

昔先王既有天下,列山泽,罔绳擉刃,以除
虫蛇恶物为民害者,驱而出之四海之外③。及
后王德薄,不能远有,则江汉之间,尚皆弃之以
与蛮夷楚越,况潮岭海之间,去京师万里哉④!
鳄鱼之涵淹卵育于此,亦固其所⑤。今天子嗣

唐位,神圣慈武,四海之外、六合之内皆抚而有之⑥;况禹迹所掩、扬州之近地,刺史、县令之所治,出贡赋以供天地宗庙百神之祀之壤者哉⑦!鳄鱼其不可与刺史杂处此土也⑧。

① 韩愈被贬潮州,到任后,访问民间疾苦,民众反映郡西水里(今韩江)有鳄鱼,食民畜产为祸患,韩愈遂派遣官吏祭之,因作此文。

② 维年月日:另本或作"惟元和十四年四月二十四日"。军事衙推:唐代军府或州郡的军职属官。恶溪:即今韩江。

③ 先王:指尧、舜、禹、汤、周文、周武等儒家理想的上古圣王,与下面的"后王"相对应。列山泽:焚烧山陵和沼泽(的草木)。列,同"烈"。罔绳擉(chuò)刃:用绳子结网,用刀锋刺杀。罔,通"网";擉,刺。四海:指天下。

④ 后王:后代帝王。远有:领有远地。蛮夷楚越:前两者是古代边疆民族名,后两者是古国名,概指非华夏的少数民族地域。岭海之间:潮州在五岭之南,南面是大海。去京师万里:这里举其概数,以示遥远。

⑤ 涵淹：沉潜在水中。卵育：孵化生长。亦固其所：本来是
它们应在的地方。

⑥ 今天子：指唐宪宗李纯。嗣唐位：继承唐朝帝位。六合：
天地四方。抚而有之：指统治领有。抚，安抚，保护。

⑦ 禹迹所掩：大禹所走过的地方。相传大禹曾南下到苍梧
（今广西梧州市苍梧县）。扬州之近地：按古代划分九州，
潮州属于扬州。贡赋：向朝廷输送的贡品赋税。

⑧ 杂处：指混居在一起。

　　刺史受天子命，守此土，治此民，而鳄鱼睅
然不安溪潭，据处食民畜、熊豕、鹿麚，以肥其
身，以种其子孙，与刺史亢拒，争为长雄⑨。刺
史虽驽弱，亦安肯为鳄鱼低首下心，伈伈睍睍，
为民吏羞，以偷活于此邪⑩？且承天子命，以来
为吏，固其势不得不与鳄鱼辨⑪。鳄鱼有知，其
听刺史言：

⑨ 睅然：凶恶的样子。睅（hàn），大眼突出。据处：盘踞。种

其子孙：繁衍其后代。亢拒：抗拒。亢，同"抗"。争为长雄：指竞相压倒对方。

⑩ 驽弱：软弱。驽，本义为劣马。低首下心：犹言低声下气。伈伈(xǐn xǐn)睍睍(sì sì)：畏惧偷窥的样子。为民吏羞：被民众和僚属取笑。

⑪ 势：情势。辨：谓辨明是非。

　　潮之州，大海在其南，鲸鹏之大、虾蟹之细无不容归，以生以食，鳄鱼朝发而夕至也⑫。今与鳄鱼约：尽三日，其率丑类南徙于海，以避天子之命吏⑬。三日不能至五日；五日不能至七日；七日不能，是终不肯徙也，是不有刺史听从其言也⑭。不然，则是鳄鱼冥顽不灵，刺史虽有言，不闻不知也⑮。夫傲天子之命吏，不听其言，不徙以避之，与冥顽不灵而为民物害者，皆可杀⑯。刺史则选材技吏民，操强弓毒矢，以与鳄鱼从事，必杀尽乃止⑰。其无悔⑱！

⑫ 无不容归：没有不能容纳的。以生以食：生存养育。以，而。

⑬ 尽三日：以三天为限。天子之命吏：皇帝正式任命的官员。

⑭ 不有刺史：无视刺史的存在。

⑮ 冥顽不灵：愚昧顽固，没有灵性。

⑯ 傲：倨傲，轻贱。

⑰ 材技吏民：有才能技艺的官吏、百姓。与……从事：谓和……较量。

⑱ 其无悔：不要后悔，告诫之语。

韩愈到潮州任刺史，祭祀山川、驱逐物怪是他作为地方官的职责。这些例行公事，主要具有礼仪、教化的意义。但韩愈祭鳄鱼一事，不仅史书上郑重记录，民间更传诵千古，直到今天潮州仍在传说，并可历历指出祭祀之处，树亭纪念。这也反映了当地民众对于韩愈的敬重和对他在潮善政的怀念。传说韩愈祭祀之后，韩江鳄鱼即迁徙他处，不再为民祸害。这当然是无稽之谈。韩愈本人乃是"圣人之徒",不会抱有这样的对于"怪、力、乱、神"的迷信。因此韩愈写作这篇祭文应是应酬公事,以游戏笔墨逞其才华。如果说具有正大用意,也不在驱逐鳄鱼事情本身,而是表达为民除害、除恶务尽的勇气和决心。

文章写法则庄谐杂出。在祭祀文字应有的庄严格式下,流露出嘲戏幽默的情趣。文章以先王治天下的伟业起,笔墨显得正大高远;短短的文字中前后五次提出"天子",其中两次提"天子命",两次提"天子之命吏",表明自己堂堂正正,正义在握。前段两个以"况"字作提顿的问句,一纵(鳄鱼在此"亦固其所")一收(鳄鱼不可与刺史杂处此土),力重千钧,指出鳄鱼必须迁徙。中间一段提顿转折,指斥鳄鱼的危害,表示"刺史"除恶的决心。第三段承"听刺史言""与鳄鱼约",用递进式的排比句,层层逼近,造成兀傲雄健的气势,庄谐杂出、流利宣畅地表示决战到底的勇气和决心。结尾处戛然而止,战斗意气宣泄到高潮。特别是这后一段文字,句法紧凑而流畅,表情显赫而深入,多被后人写作檄文类文字模仿。

应当说这篇文章的意义主要是象征性的。作者利用驱逐鳄鱼一事,表达出与邪恶事物势不两立的战斗热情和正义在手、胜利在握的自信。韩愈在贬黜之中写作这样的文章,也是借以抒写怀抱,表达志向。

柳子厚墓志铭[①]

子厚讳宗元。七世祖庆,为拓跋魏侍中,封济阴公[②];曾伯祖奭,为唐宰相,与褚遂良、韩瑗俱得罪武后,死高宗朝[③];皇考讳镇,以事母弃太常博士,求为县令江南,其后以不能媚权贵失御史;权贵人死,乃复拜侍御史,号为刚直,所与游皆当世名人[④]。

① 柳子厚:柳宗元字子厚,元和十四年(819)十一月八日(《旧唐书》本传作"十月五日")卒于柳州(今广西柳州市)。友人刘禹锡为之经营丧事,其《祭柳员外文》说到"退

之承命,改牧宜阳……勒石垂后,属于伊人"(《刘宾客外集》卷一〇),则此文在袁州作。

② 庆:柳庆,字更兴,《周书》有传。拓跋魏:北魏朝皇族姓拓跋,至孝文帝拓跋宏迁都洛阳,改姓元。据《周书》和柳宗元《先侍御史府君神道碑》,柳庆为侍中、平齐公,封济阴公不见史料记载。

③ 奭:柳奭(?—659),高宗朝宰相,外甥女王氏为高宗皇后,武则天与之争宠。及王氏被废,累贬为爱州刺史(属安南都护府,今越南北部清化市),被处死。柳奭与子厚高祖子夏为从父兄弟,于子厚为高伯祖,此处记载辈分有误,当由照抄子厚《神道碑》所致。褚遂良、韩瑗:都是高宗朝宰相,都以反对废王皇后、立武则天为后贬官卒。

④ 皇考:父亲的敬称。讳镇:即名镇;依礼忌讳直书尊亲名字。太常博士:掌管礼乐郊庙的太常寺的属官。柳镇以母亲等家属在宣城,求为宣城县令。不能媚权贵:权贵指窦参,窦参于贞元五年自御史中丞为相。事情发生在贞元四年(788),陕虢观察使卢岳卒,岳妻分财不及妾子,妾诉之。中丞卢佋欲重妾罪,而侍御史穆赞不听,佋与窦参共诬赞受金,赖柳镇等得以申理。窦参终借故贬柳镇为夔州(今

重庆市奉节县)司马。贞元八年,窦参贬死,柳镇复拜侍御
史。所与游皆当世名人:柳宗元有《先君石表阴先友记》,
谓"先君之所与友,凡天下善士举集焉",并列举了当世名
人为友者六十五人的名字。

　　子厚少精敏,无不通达。逮其父时,虽少
年,已自成人,能取进士第,崭然见头角⑤。众
谓柳氏有子矣。其后,以博学宏词授集贤殿正
字⑥。儁杰廉悍,议论证据今古,出入经史百
子,踔厉风发,率常屈其座人⑦。名声大振,一
时皆慕与之交。诸公要人争欲令出我门下,交
口荐誉之。

⑤ 逮其父时:其父在世时。已自成人:指靠自己努力而成
　　材。崭然:杰出的样子。见头角:出人头地。见,通"现"。
⑥ 柳宗元于贞元十四年登博学宏词科,授集贤殿正字,这是
　　校理图书的职务。
⑦ 儁杰廉悍:才智出众,品行刚正。儁,同"俊"。踔(chuō)

厉风发：行为超迈，意气风发。踔，超越。率常屈其座人：(议论)常常胜过同座之人。率，大抵。

贞元十九年，由蓝田尉拜监察御史⑧。顺宗即位，拜礼部员外郎⑨。遇用事者得罪，例出为刺史⑩；未至，又例贬州司马⑪。居闲，益自刻苦，务记览，为词章泛滥停蓄，为深博，无涯涘，而自肆于山水间⑫。元和中，尝例召至京师，又偕出为刺史，而子厚得柳州⑬。既至，叹曰："是岂不足为政邪！"因其土俗，为设教禁，州人顺赖⑭。其俗以男女质钱，约不时赎，子本相侔，则没为奴婢⑮。子厚与设方计，悉令赎归⑯。其尤贫力不能者，令书其佣，足相当，则使归其质⑰。观察使下其法于他州，比一岁，免而归者且千人⑱。衡、湘以南为进士者，皆以子厚为师⑲；其经承子厚口讲指画为文词者，悉有法度可观⑳。

⑧ 贞元十七年柳宗元由集贤殿正字出为蓝田县尉,十九年拜监察御史里行。"里行"是试用之意。

⑨ 顺宗李诵于贞元二十一年正月即位;礼部员外郎是尚书礼部属官。

⑩ 用事者得罪:指"永贞革新"主持者王叔文、王伾、韦执宜等被贬黜。贞元末年,"二王"等趁皇帝易位之机,联合同道,执掌朝权,试图革新朝政,打击阉宦,限制强藩,但执政柄仅半年余即告失败。贞元二十一年八月李诵被迫退位,改元永贞,"二王"、韦执宜被贬黜。例出为刺史:九月,"二王"亲重的参与革新的朝官八人,依处罚犯罪之例贬为远州刺史,柳宗元得邵州(属江南道,治邵阳县,今湖南邵阳市)。

⑪ "未至"二句:是年十一月,朝议以为八人贬斥太轻,加贬为远州司马,柳宗元得永州(今湖南永州市)。司马为州佐官,柳宗元是"员外置同正员",即编外官,实际是被安置的囚犯。

⑫ 泛滥停蓄:此以流水比拟文思横溢而深厚。停,通"渟",水聚不流。无涯涘:用水的漫无边际形容文思没有羁束。自肆:自我徜徉、放荡。

⑬ "元和"四句：元和九年(814)末，王叔文党谪官者已流放近十年，执政者有人怜其才，招至京师，旋被出为远州刺史。柳宗元得柳州(今广西柳州市)。

⑭ 土俗：民间风俗。教禁：教戒禁令。顺赖：驯顺信任。

⑮ 以男女质钱：以儿女作抵押借钱。约不时赎：相约不按时赎回。子本相侔：利钱和本钱相等。没为奴婢：陷没而成奴婢。

⑯ 方计：办法。

⑰ 书其佣：记下工钱。归其质：归还抵押品。

⑱ 观察使：柳州归桂管经略观察使所辖。比一岁：近一年。且千人：近千人。

⑲ 衡、湘：衡山和湘江。衡、湘以南泛指南方。为进士者：指习进士业者。

⑳ 口讲指画：谓亲自教授。悉有法度可观：全都合乎规范，值得观赏。

　　其召至京师而复为刺史也，中山刘梦得禹锡亦在遣中，当诣播州⑳。子厚泣曰："播州非人所居，而梦得亲在堂，吾不忍梦得之穷，无辞以白其大人,且万无母子俱往理。"㉒请于朝,将拜疏,愿以柳易播,虽重得罪,死不恨㉓。遇有以梦得事白上者,梦得于是改刺连州㉔。呜呼!士穷乃见节义。今夫平居里巷相慕悦,酒食游戏相征逐,诩诩强笑语以相取下,握手出肺肝相示,指天日涕泣,誓生死不相背负,真若可信㉕;一旦临小利害,仅如毛发比,反眼若不相识,落陷阱不一引手救,反挤之又下石焉者,皆是也。此宜禽兽、夷狄所不忍为,而其人自视以为得计,闻子厚之风,亦可以少愧矣㉖。

㉑ 刘禹锡(772—842),字梦得,洛阳人,郡望中山(在今河北)。亦在遣中:也在被外放人员之中。播州:属江南道,治遵义县(今贵州遵义市)。

㉒ 梦得亲在堂:指家有老母。梦得之穷:"穷"谓陷于困境,没有办法。

㉓ 拜疏:上疏朝廷。重得罪:再次得罪。死不恨:死无遗憾。

㉔ 遇有以梦得事白上者:指裴度疏救刘禹锡,向宪宗说情缓

颊。改刺连州：改授连州刺史。连州,属江南西道,治桂
阳,今广东连县。

㉕ 相慕悦：相互羡慕讨好。相征逐：相互招呼追随。诩诩
(xǔ xǔ)：媚好的样子。相取下：相互谦让。

㉖ 自视以为得计：自以为计谋得逞。

　　子厚前时少年,勇于为人,不自贵重顾藉,
谓功业可立就,故坐废退㉗。既退,又无相知有
气力得位者推挽,故卒死于穷裔,材不为世用,
道不行于时也㉘。使子厚在台、省时,自持其身
已能如司马、刺史时,亦自不斥㉙;斥时有人力
能举之,且必复用不穷。然子厚斥不久,穷不
极,虽有出于人,其文学辞章必不能自力以致
必传于后如今,无疑也。虽使子厚得所愿,为
将相于一时,以彼易此,孰得孰失,必有能辨
之者。

㉗ 勇于为人：为人处世敢作敢为。不自贵重顾藉：不珍重、

顾惜自身。故坐废退：因而被弃置、贬黜。

㉘ 推挽：推举提拔。穷裔：极边远地方。

㉙ 台、省：柳宗元任监察御史属御史台，任礼部员外郎属尚书省。自持其身：约束自己。

　　子厚以元和十四年十一月八日卒，年四十七㉚。以十五年七月十日归葬万年先人墓侧㉛。子厚有子男二人，长曰周六，始四岁；季曰周七，子厚卒乃生。女子二人，皆幼。其得归葬也，费皆出观察使河东裴君行立㉜。行立有节概，立然诺，与子厚结交㉝。子厚亦为之尽，竟赖其力㉞。葬子厚于万年之墓者，舅弟卢遵㉟。遵，涿人，性谨慎，学问不厌㊱。自子厚之斥，遵从而家焉，逮其死不去。既往葬子厚，又将经纪其家，庶几有始终者㊲。铭曰：

　　　是惟子厚之室，既固既安，以利其嗣人㊳。

㉚ 柳宗元的死期别本或作"十月五日"。

㉛ 万年：唐万年县领长安朱雀门大街街东五十四坊及东市。

㉜ 裴君行立：裴行立,时为桂管观察使,柳州为其所属,河东是他的郡望。

㉝ 节概：节义气概。立然诺：谓言而必行。

㉞ 为之尽：为他尽全力。

㉟ 卢遵：柳宗元母卢氏家子弟,为其表弟。

㊱ 涿人：涿州属河北道,治范阳县,今河北涿县。学问不厌：勤学好问不满足。

㊲ 经纪：料理。

㊳ 室：指墓室。利其嗣人：带给后人吉利,纪念、祝福之语。

　　韩愈和柳宗元可说是真正的知交和诤友。在文学史上,他们同是一代文坛领袖,共同倡导"古文运动",并列为这一影响巨大的文体、文风和文学语言革新运动的主将。而他们的政治立场和学术思想既有共同处,又有相当大的差异。这后一方面也是造成两人处境错讹的重要原因之一。他们常常就一些重大问题进行相当激烈的论辩,但这并没有影响两人间的亲密关系和相互谅解。结果柳宗元去世后,他的好友、也是政治上的盟友刘禹锡把为他志墓的重任委托给韩愈,韩愈写下这篇情辞并茂、见解又相当深刻的好文章。

自古常有人指责韩愈好为"谀墓之文",批评他写墓志隐恶而扬善。在这一方面,他有时确实未能免俗,写过些替达官贵人文过饰非、揄扬失实的文章。可是从总体看,他的碑传文字应当说是作品中最杰出的一类。他写墓志,一般不是如惯例那样记叙墓主的族出、历官、业绩、后嗣等等,然后饰以美言,著铭颂扬了事;而是根据墓主具体情况,因人因事,立意、构思各出机杼,带着饱满热情刻画人物形象,展现人物风采,体现出正大的意旨。结果这些墓志就成为具有高度艺术性的传记文。如志柳宗元这一篇,就可以看作是史传文的典范作品。

这篇墓志的前半在依例记述族出之后,基本是按顺序叙写生平,行议论于记叙之中。前幅大体以墓主生平为线索,精心选择最能体现人物精神风采的事件或细节,使用极其精练的文字,夹叙夹议地刻画出一位壮志未酬的失意才人的形象。一段写政绩(治柳州),一段写交谊(帮助友人刘禹锡),就此展开议论,行文从而由实转虚。接下来即从虚处斡旋:一方面对士风堕落进行揭露和抨击,另一方面就柳宗元的"得失"讨论士大夫为人的价值。所表达的见解精辟而深刻,感慨也极其深长,又正关合对于碑主的评价。其间批评柳宗元"不自贵重顾藉"一段,当然反映了作者与他政见和处世方式的不同,但实际也是似贬实褒、以退为进的手法,并借此引出"文学辞章"与"有出于人""孰得孰失"一番大议论。而这番议论又故作疑辞,实则有力地肯定、颂扬了柳宗元的贡献与价值,阐发出具有尖锐的现实批判意义的思想观念。这又是由虚转实。文章最后依例以记载后事、卒葬作结。

韩愈的笔墨常带浓厚的感情。这一篇也是如此。写柳宗元,替柳宗元鸣不平,字里行间渗透着他个人的感慨,包含着自己的切身感受。特别是后面揭露人情世态一段,刻画穷形尽相,微言讽刺之意流露在字里行间。而形象地揭示出千古以来正直文人的悲剧

命运，高度肯定他们的"文学辞章"，也正表现了正直
士大夫的自是与自信。千古以下读这些文字，仍令人
感叹不已。

祭柳子厚文①

维年月日，韩愈谨以清酌庶羞之奠，祭于
亡友柳子厚之灵②：

嗟嗟子厚，而至然邪③？自古莫不然，我又
何嗟？人之生世，如梦一觉，其间利害，竟亦何
校④？当其梦时，有乐有悲，及其既觉，岂足
追惟⑤？

① 本文是在袁州所作的柳宗元祭文。

② 清酌庶羞之奠：清酒与食物等祭品。庶，众多；羞，美味
食品。

③ 嗟嗟：悲叹之词。至然：至于如此。

④ 何校：何所计较。

⑤ 追惟：追想。此处意本《庄子·齐物论》："梦饮酒者，旦而哭泣；梦哭泣者，旦而田猎。方其梦也，不知其梦也。梦之中又占其梦焉，觉而后知其梦也。且有大觉而后知此其大梦也。而愚者自以为觉，窃窃然知之。"

凡物之生，不愿为材，牺尊青黄，乃木之灾⑥。子之中弃，天脱罜羁，玉佩琼琚，大放厥辞⑦。富贵无能，磨灭谁纪⑧？子之自著，表表愈伟⑨。不善为斫，血指汗颜，巧匠旁观，缩手袖间⑩。子之文章，而不用世，乃令吾徒，掌帝之制⑪。子之视人，自以无前，一斥不复，群飞刺天⑫。

⑥ "牺尊"二句：意本《庄子·天地》："百年之木，破为牺尊，青黄而文之，其断在沟中。比牺樽于沟中之断，则美恶有间矣，其于失性一也。"牺尊，牺牛形（或画牺牛形）酒樽。

⑦ 子之中弃：指柳宗元于永贞元年被贬官。天脱罜(zhí)羁：上天给脱掉了羁束。络首曰罜，络足曰羁。语本《庄子·

343

马蹄》："……及至伯乐,曰:'我善治马。'烧之,剔之,刻
之,雒之,连之以羁馽,编之以皁栈。"玉佩琼琚:比喻文词
华美。语本《诗经·郑风·有女同车》:"有女同车,颜如舜
华,将翱将翔,佩玉琼琚。"《正义》:"所佩之玉是琼琚之玉,
言其玉声和谐,行步中节也。"大放厥辞:谓大肆铺扬其
文词。

⑧ "富贵"二句:意本司马迁《报任安书》:"古者富贵而名磨
灭,不可胜记,唯倜傥非常之人称焉。"

⑨ 自著:自我表露。著,显露。表表:特出的样子。

⑩ 不善为斫:不善于砍削。意本《老子》:"夫代大匠斫者,希
有不伤其手矣。"

⑪ 掌帝之制:制,制书,泛指诏令。韩愈于元和九年十一月至
十一年初曾任知制诰之职。

⑫ 一斥不复:一经贬斥便不再被任用。群飞刺天:大群飞虫
飞满天空,比喻诽谤攻击者之多。

　　嗟嗟子厚,今也则亡,临绝之音,一何琅
琅⑬。遍告诸友,以寄厥子,不鄙谓余,亦托以
死⑭。凡今之交,观势厚薄,余岂可保,能承子

托？非我知子，子实命我，犹有鬼神，宁敢遗堕⑮？念子永归，无复来期，设祭棺前，矢心以辞⑯！

呜呼哀哉，尚飨⑰！

⑬ 琅琅：声音响亮的样子。

⑭ 以寄厥子：托付自己的儿子。不鄙谓余：不鄙弃我。谓，语词。托以死：托以死后之事。

⑮ 遗堕：弃置不顾。

⑯ 永归：指死亡。矢心以辞：以言辞表白誓言。矢，通"誓"。

⑰ 尚飨：请亡灵馨飨，祭祀用套语。

韩愈和柳宗元交谊甚久，但会合的时间并不多：只是贞元十九年韩愈贬阳山前，两人同在长安时有机会见面；贞元末革新派当政，韩愈贬阳山，后北归，柳宗元又贬南方；元和十年柳宗元奉诏入京，两人有短促的相见机会。但相处时间虽短暂，两人间却一直音问不绝，经常就各种理论、实际问题进行争论，成为真正相互尊重和了解的诤友。以至柳宗元贬死柳州,向韩愈托孤,他的政治上的同道刘禹锡也请韩愈替他志墓。

韩愈为纪念友人柳宗元写了三篇文章:墓志和这篇祭文外,三年后还写了《罗池庙碑》。三篇文章题材同为纪念友人柳宗元,但写法不同,各有特色,都是深情洋溢的好文章,一方面抒写刻骨铭心的沉痛和惋惜之情,一方面表达对亡友的赞叹和颂扬。

这篇祭文全用四言韵语,实际是一首情浓语悲的四言诗。祭文本是用于祭祀的应酬文字,但出于对友人的真正的了解和深刻的同情,作者和着血泪,抒写出对友人大才不施、赍志以没的悲剧命运的深切哀痛。前幅巧妙地化用《庄子》典故,全然是在虚处斡旋,发出对于人生意义和社会不平的深沉思索,借以表扬友人的过人才具,更替友人一斥不复、怀才不遇的人生际遇鸣不平,又以解脱之语表达激愤之意。后段则实写亡友托孤的细节,以著其身后的寂寞凄凉,表明与亡友交谊之深厚,发抒自己的无尽哀思。

殿中少监马君墓志①

　　君讳继祖,司徒赠太师北平庄武王之孙,少府监赠太子太傅讳畅之子②。生四岁,以门功拜太子舍人③。积三十四年,五转而至殿中少监④。年三十七以卒。有男八人,女二人。

---

① 本篇是马继祖的墓志。继祖卒官殿中少监,是主管宫廷膳食服御等事的殿中监的属官。此文题下或有"铭"字。

② 司徒赠太师北平庄武王:马燧,中唐名将。司徒是三公之一,是宰相、亲王的加官;太师是三师之一,这里是死后赠官。马燧生前封北平郡王,庄武是谥号。少府监赠太子太傅讳畅:马畅,马燧之子。少府监是主管宫廷百工的少府监的主官;太子太傅也是赠官。

③ 门功:即门荫,先人有功依例得授官职。太子舍人:太子通事舍人,东宫属官。

④ 五转:五度迁官。

　　始余初冠,应进士贡在京师,穷不自存,以故人稚弟拜北平王于马前⑤。王问而怜之,因得见于安邑里第⑥。王轸其寒饥,赐食与衣,召二子使为之主,其季待我特厚⑦。少府监赠太子少傅者也。姆抱幼子立侧,眉眼如画,发漆黑,肌肉玉雪可念,殿中君也⑧。当是时,见王于北亭,犹高山深林钜谷,龙虎变化不测,杰魁人也⑨;退见少傅,翠竹碧梧,鸾鹄停峙,能守其业者也⑩;幼子娟好静秀,瑶环瑜珥,兰茁其牙,称其家儿也⑪。后四五年,吾成进士,去而东游,哭北平王于客舍⑫;后十五六年,吾为尚书都官郎,分司东都,而分府少傅卒,哭之⑬;又十余年至今,哭少监焉。呜呼!吾未耄老,自始至今未四十年,而哭其祖子孙三世,于人世何如也⑭!人欲久不死而观居此世者,何也?

⑤ 初冠:古俗二十岁成人,初加冠。自存:自活。故人稚弟:

故人指兄韩弇。贞元三年唐与吐蕃在平凉盟会,吐蕃劫
盟,韩弇死事。马燧是预议主张结盟者。

⑥ 安邑里第:马燧宅邸,安邑坊在长安东城。

⑦ 轸:怜悯。召二子使为之主:马燧二子彙、畅,"为之主"指
负责照料。其季:排行最小的,指马畅。

⑧ 姆:保姆。可念:可怜爱。

⑨ 钜:同"巨"。杰魁:高大。

⑩ 停峙:峙立。守其业:保守家业。

⑪ 娟好:秀丽美好。瑶环瑜珥:佩带美玉制作的佩环和耳
环。瑶和瑜都是美玉。兰苗其牙:形容牙齿初生的样子。
苗,草木出生。称其家儿:谓和马家儿的身份相称。

⑫ "后四五年"四句:马燧于贞元十一年八月逝世,时韩愈三
上宰相书不报,东归河阳,又到洛阳。

⑬ "后十五六年"五句:元和五年马畅卒,时韩愈为尚书都官
员外郎分司东都。分府,分司官。

⑭ 耄(mào)老:年老。八十、九十曰耄。

本篇墓主是没落将帅的后人,平生碌碌,无重大业
绩可述;韩愈和马家虽称世交,但地位相悬,作者只是在

349

年轻求举时得其照应,以后便没有多少交往。如果不是大手笔,几乎没有着笔的余地。但作者的构想却能出奇制胜,不是历历记述墓主的生平,而是就自己与马家祖孙三世的生死离合之迹相周旋。从而一方面简略地写出一代名将家族的没落及其后人的落拓处境;另一方面也寄托了个人的身世之感。表面是揄扬之辞,背后流露出无尽的哀情,无限的感伤。这样,这篇文章更像是一篇哀祭文字。

全篇文字十分简洁。开端写马继祖生平,仅用六十余字。接着写祖孙三世与自己的关系,铺排叙述,交错点染,采撷细碎,不乏生动的细节描绘。特别是中间描写祖孙三代的形象,比喻形容极其新颖鲜明,描摹如画。因此文字虽然简短,但却曲折顿挫,余意不尽。

结　　语

　　以上选录韩愈诗22首,文27篇,赋1篇,篇数大约是韩愈作品总数的十分之一,但他的具有代表性的优秀作品大体包含其中了。选篇照顾到诗、文的不同体裁、风格,内容上的各类题材、主题,力求反映韩愈思想和创作成就的全貌。选注者对作品做了繁简不一的评述,只是个人的体会和感受,意在给读者提供阅读的启发和参考。

　　仅就本书选录的有限作品就可以看出,韩愈的文学才能及其所取得的成就是相当全面的,诗、文各体创作(还有赋)成就都十分突出。唐代文人中有些善诗但不善文章;有些文章写得好但没有留下好诗,韩愈则是各体诗文兼擅的少数人之一。中唐时期颇出现几位诗、文俱佳的作家,这与当时整个文学发展进入总结期有关,即此前各体诗文创作的高度成就足资借鉴,文人们自身的教养也更为全面和成熟。这其中,韩愈和柳宗元的成绩是最为可观的。又如就韩愈的具体情况论,他文章写作更是兼能众体:论议、书状、碑志、记序、哀祭以及难以归类的杂文等,各种体裁的创作成绩均十分杰出,都有名作传世;诗的方面则五、七言,古、近体都达到了相当高的水平。而作为一代文坛的大家,他的诗文又极具独创性,不愧为代表唐代文学成就的又一个"集大成"的人物。

又在古代文人中,像韩愈那样不仅文学成就杰出,在思想、学术领域也有巨大建树并造成深远影响的同样并不多见。他一生以张扬儒道,攘斥佛、老为职志,不懈地进行斗争,虽然屡遭挫折、打击,甚至濒死也不怨悔。就振兴儒学而言,他力图以古先圣人之道来挽救颓败的纪纲,整饬崩坏的社会秩序。他的观念固然有保守成分,但从主导倾向看,主张维护国家统一,反对分裂割据,要求任贤使能,关注民间疾苦,等等,都发扬了儒家优秀的思想传统,无论是理论还是实践,都具有进步意义。就其辟佛斗争说,固然有偏颇和弱点,但由于当时佛教势力的膨胀已造成社会经济和思想文化等领域多方面的危机,而朝廷的方针却在继续推波助澜,他不顾安危,奋起反击,其勇气值得敬佩,其行动更起了巨大积极作用。而纵观兴儒、辟佛这两个方面的贡献,就现实意义而言,由于他的努力,有力地扭转了思想文化发展的方向;而就长远意义言,则"开后来赵宋新儒学新古文之文化运动",从而成为"唐代文化学术史上承前启后转旧为新关捩点之人物"(陈寅恪《论韩愈》,《金明馆丛稿初编》)。这样,在同时期文人中,文名与他类似的如白居易、元稹等等不乏其人,政治地位比他高的更不计其数,但在学术史、文化史上所起的作用、所作出的贡献可与他相比拟的,并世却再无二人。

韩愈更总结传统,因应时势,把"儒学复古"与"文学复古"结合起来。他提出了关于"文以明道"的明确、系统的理论主张,一方面让儒学给文学创作充实以正大的内容,另一方面又自觉地使文学成为振兴儒学的工具。他把文章写作和文学创作当作整个思想文化运动的有机组成部分，从而使两者得以相互促进，成就相得而益彰。他的这种文学观念和遵循这种观念的实践，更极大地提高了文学和文人的社会和历史地位。文学不再是"雕虫篆刻"，文人不能被"俳优蓄之"，更不是如宋人那样把"道"放在绝对的地位，以至认为"因文害道"。韩愈如此提高文章和文学的地位和作用，当然反映了唐代文学发展的形势，也体现了唐代文人的社会地位和作用的提高。而正是由于他把文学的作用提到空前的高度，使得他在创作实践中表现出极其开阔的视野和宏大的气魄，这也成为他取得成就的重要原因。

韩愈取得如此多方面的巨大成就，更取决于他的品德和人格。对于这一方面，历来颇有微词，例如说他羡慕富贵官职，直到晚年还贪恋女色，等等。但这些实际都不外是古代文人的一般陋习；特别是在唐代文人间，行为放浪不拘更是风尚。而从立身大节看，韩愈的品格则确有许多难及之处。他从事自己的事业目标明确，意志坚定，持之以恒，不遗余力；他勇于斗争，不惧牺牲，敢于对抗强权，虽几经贬谪毫不气馁，表现出大无畏精神；他谦虚好学，勤奋进取，即使在艰难的贬所，也耐得住寂寞，坚持读书、作文，他的许多重要作品都是在流贬中写作的；他的精神境界开阔自由，善于学习，虽然以承继孔、孟圣人之道自任，但对百家杂说亦广取博收，旁推交通，虽然他为文力主上追三代、秦、汉，在实践中又不废魏晋以下；他思贤如渴，爱才如命，善于联合同道，勇于诱掖后学，从而把众多有才学的人团结在自己周围，使得享誉一代文坛的"韩门"从而形成，这对推进他个人的事业也起了重要作用。在这些方面，他都发扬了中国文人的优良传统，堪称榜样，长久以来引人企羡，给人教益。

在古代文人中，韩愈无疑是作品传诵最广、影响最大的人物之一。自宋人倡导新的"诗文革新运动"，他的文章更被树立为创作典范；宋人倡理学，树"道统"，他又被看作是"道统"论的开创者。如在《导言》里已经指出的，对韩愈的评价，无论是对他的文章，还是对他的儒学，历来有很多争论。特别是在近、现代，在批判旧文化、批判封建主义的潮流中,韩愈更常常成为集矢之的。但不论对他有多少批评和指责,也不论这些批评和指责有多少正确或合理的成分,但终于不能动摇他在中国文化史、文学史上的地位,更不能抹煞他的成就和贡献。事实证明,韩愈的卓越的思想和文学遗产一直成为后继者的滋养,对以后历代思想文化和文学创作发挥着重大而积极的影响。后代的人们一遍遍地重新阅读韩愈的作品,各人当然会有不同的理解和感受,却总会从中得到启发和教益。就这样,韩愈作为有唐一代文化和文学的卓越代表,在中国文化发展的历史长河里永远闪烁着不尽的光辉。